Mondstrahlrutschen
Fahrradgeschichten
und andere erotische Erzählungen
rudolf mittelmann

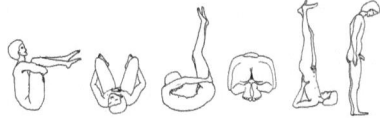

Mondstrahlrutschen

Fahrradgeschichten und andere erotische Erzählungen

rudolf mittelmann

für die Mädchen A. und M.

Bibliografische Information der Deutschen Nationalbibliothek

Die Deutsche Nationalbibliothek verzeichnet diese Publikation in der Deutschen Nationalbibliografie; detaillierte bibliografische Daten sind im Internet über dnb.d-nb.de abrufbar.
ISBN 9783837052046

Design & Layout:
arTm & friends
Satz:
Scribus Open Source Publishing

Herstellung und Verlag:
Books on Demand GmbH, Norderstedt
© 2009 rudolf mittelmann
Alle Abbildungen vom Autor

Fahrradgeschichten

und andere erotische Erzählungen

Eine kleine Sammlung von kurzen und sehr kurzen Geschichten über erotische Momente und Begebenheiten.
Die Geschichten des ersten Teils erzählen aus meiner Studentenzeit. Wenn auch nicht in jeder Geschichte mein Radl explizit vorkommt, war das doch ein Lebensabschnitt, den ich mir ohne mein Fahrrad nicht vorstellen kann. Deshalb habe ich diese Sammlung Fahrradgeschichten genannt. Die meisten spielen in Darmstadt, aber es ist auch eine frühere aus Frankfurt dabei. Alle sind im Dezember 2008 niedergeschrieben.
Im zweiten Teil habe ich noch einige ältere und neuere Geschichten gesammelt, die um das Thema Erotik gesponnen sind, aber nicht in meiner Studentenzeit spielen.
Fast alle Schauplätze gibt es wirklich. Fast jede Geschichte beginnt mit einem Ereignis, das ich wirklich erlebt habe, geht aber schnell in eine Phantasie über. Für mich selbst ist gerade die Mischung aus Wirklichem und Erdachtem das Spannende. Wenn es für die Leserinnen und Leser ebenso interessant ist, und zudem hier und da zum Denken anregt oder zum Schmunzeln, habe ich mein Ziel erreicht.

Linz, Februar 2009   *rudolf mittelmann*

Inhalt:

I. Fahrradgeschichten

II. Andere erotische Erzählungen

I. Fahrradgeschichten

Eisenwasser

Ich war in einer der letzten Klassen des Gymnasiums, als ich an einem ungewöhnlich heißen Frühlingstag wieder mal von der Großstadt in den nahen Wald radelte. Zuerst musste ich eine stark befahrene Straße entlang, danach durch ruhigere Wohngebiete. Wenn ich die großen Kleingartenanlagen erreicht hatte, begann ich immer schon den nahen Wald zu spüren, den ich so sehr liebte. Dabei war er noch nicht zu sehen, denn da war der hohe Bahndamm dazwischen. Hinter der Unterführung gab es noch Tennisplätze, aber die Bäume überragten schon alles. Und bald war ich richtig im Wald.

Mein erster Stopp war meist das Königsbrünnchen, wo eisenhaltiges Wasser aus dem Boden sprudelte, eine richtige Quelle. Die Steine unter dem Wasser sahen strahlend orange aus von dem immer frischen Rost, und darum herum leuchtete das immer gut befeuchtete Moos auf dem felsigen Boden giftig grün. Das Wasser konnte man trinken, es sollte auch irgendeine Heilwirkung haben, was mich aber nicht interessierte. Aber es machte mir Spaß, mir ein paar Handvoll Wasser in den Mund zu schaffen, was ja nicht so einfach ist. Einen Trinkbecher brachte ich mir nie mit, das hätte den besonderen Reiz dieses Brunnentrinkens gestört, empfand ich damals. Manchmal war es dort nicht sehr idyllisch, wenn beispielsweise eine ganze Schulklasse lärmend und spritzend herumsprang und auch bei langem geduldigem Warten einfach nicht weiterziehen wollte. Oder wenn ein ganzer Trupp Rentner den Brunnen belagerte und sonst niemanden herzu ließ. Meistens aber war ich hier ganz allein, na ja, soweit man im Wald überhaupt allein sein kann, wo es von Vögeln wimmelt, manchmal entdeckte ich auch Mäuse, oder Rehe, und ich mochte auch gerne die ganz kleinen Tiere beobachten, insbesondere die Ameisen. Und schließlich waren da noch die Bäume, diese uralten Wesen, die es vorzogen zu schweigen, trotzdem konnte ich mich zwischen den riesigen Gesellen nie wirklich ganz verlassen fühlen.

Heute war es wie gesagt ziemlich heiß, eher wie ein Sommertag, dabei war es erst Mai. Ich hatte ausnahmsweise schulfrei, nur unsere Klasse, warum habe ich vergessen. Jetzt war ich im Wald, und fühlte mich großartig. Was konnte es besseres geben als frei haben und im Wald zu sein.

Ich radelte den engen, kurvigen Weg hinunter, der von der Forststraße zum Brünnchen führte. Ich ließ das Rad auslaufen, stieg ab und lehnte es an eine der alten Holzbänke. Das Brünnchen selber bestand aus einem Felsbrocken, etwa brusthoch, davor ein steinernes, längliches Becken, das weiter unten in einen normalen Bach mündete. Neben dem Felsen hatte das Becken am Rand ein paar grob gehauene Stufen. Zu meiner Überraschung entdeckte ich jetzt, ich war doch nicht allein. Da kauerte eine Frau in einem schwarzen, ärmellosen Kleid. Oder war das ein schwarzes Hemdchen und ein schwarzer Rock? Ihr Gesicht war braungebrannt, hager und ziemlich faltig. Ihre langen, offenen Haare waren sehr dunkel, aber mit grauen Strähnen durchsetzt. Als sie sich zu mir umdrehte und mir in die Augen sah, erstarrte ich. Mein erster Gedanke war, eine Hexe. Aber so was gab es ja wohl nicht. Obwohl... ich hatte in einer linken Frauenzeitung einen Artikel gelesen, darin klang das Wort Hexe ganz anders, anerkennend, positiv, und wurde als erstrebenswertes Leitbild angepriesen: „Heute schon gehext?", war der Slogan.

„Möchtest du trinken? Dann komm doch näher." Die Frau hatte eine angenehme, tiefe Stimme. Mit ihrem nackten, braungebrannten Arm bedeutete sie mir, näher zu kommen. Ich trat auf sie zu. Sie machte aber keine Anstalten, mir Platz zu machen. Wie sollte ich so an das Rohr kommen, aus dem das Wasser lustig ins Becken plätscherte? Ich blieb unschlüssig stehen.

Wieder machte sie eine einladende Geste, wobei mir ihre starken Muskeln an Schulter und Arm auffielen. An der Länge ihrer sehnigen Arme konnte ich ihre Größe abschätzen, sicher war sie einen Kopf größer als ich. Wie unter Zwang machte ich noch drei Schritte und stand nun direkt neben ihr. Sie legte ihren Arm um meine Beine und hielt mich ziemlich fest. Die Berührung erschreckte mich im ersten Moment, aber dann fand ich sie angenehm.

„Oh, das fühlt sich gut an", murmelte sie kaum lauter als das Wasser rauschte. Dabei ließ sie ihre Hand mehrmals meine Beine hinunter und wieder hinauf gleiten. Beim dritten Mal rutschten ihre Finger unter den Saum meiner Hose, und sie hielt meine eine Pobacke fest in ihrer starken Hand, wozu sie wohlig brummte. Mir aber wurde schwarz vor Augen, oder rot, ich sah Sternchen, ich wusste kaum mehr, wo oben oder unten war. Es rauschte in meinen Ohren, oder in meinem Kopf, wie neben den Niagarafällen, mir wurde schwindelig. Von weit her vernahm ich eine durchdringende, warme Stimme: „Wenn du trinken willst, solltest du aber schon in die Hocke gehen, hier ist das Wasser, hier. Schau doch, hier."

Langsam begriff ich, und versuchte, mich niederzuhocken, ohne sie anzurempeln. Ich wollte mich am Felsen festhalten, erwischte aber ihre Schulter, was aber ebenso gut war, denn die war von eiserner Festigkeit. Außerdem war festhalten überflüssig, denn sie hatte mich die ganze Zeit sicher im Griff. Neben ihr hockend, brauchte ich nur zu schlürfen, sie hielt mir ihre hohle rechte Hand mit Quellwasser vor den Mund. Mindestens zehnmal trank ich diese besondere Trinkschale leer. Plötzlich wurde mir endgültig schwarz vor Augen.

Als ich wieder zu mir kam, war das erste, was ich wahrnahm, das Rauschen des nahen Wassers. Als ich die Augen öffnete, blickte ich in die hier licht stehenden, sehr hohen Buchen hinauf. Davor stand riesig groß die Hexe in dem schwarzen Kleid. Grimmig sah sie über mich hinweg, wahrscheinlich ins Leere. Der nahe Bach und das vertraute Blätterdach ließen mich zuversichtlich munter werden, trotz der finster aussehenden Frau über mir. Ich versuchte aufzustehen. Sofort schaute sie mich an, und ihr Ausdruck wurde freundlicher. „Geht es dir besser?", fragte sie, ich versuchte zu nicken. Sie reichte mir die Hand und bedeutete mir, mich zunächst mal nur hinzusetzen. Sie fühlte meinen Puls, legte mir ihre Hand auf die Stirn. Da wurde mir schon wieder heiß. Sie hatte sich vor mich gehockt, den Rocksaum hoch hinaufgeschoben. Ihre Schenkel waren genau so braun, hager, sehnig und muskulös wie ihre Arme. In ihrem Ausschnitt sah ich ihre Brüste. Ich begann zu schnaufen, warum wusste ich nicht so richtig. Sie aber lachte mich an, nachdem ihre Augen einmal kurz an mir heruntergewandert waren. Ich schaute auf meine Hose und verstand. Mein dick gewordener Schwanz war unter dem dünnen Hosenstoff gut zu erkennen und die rosa Spitze lugte unter dem Saum hervor. Verlegen legte ich die Hand über mein Geschlecht.

Sie aber war aufgestanden, murmelte in singendem Tonfall: „Schön. Schön hier. – Ich muss weiterziehen. Es wird dir gleich wieder besser sein, guter Junge, pass auf dich auf!"

Sie drehte sich um. Ich blickte ihr nach, wie sie mit eleganten Bewegungen ihr altes, schwarzes Fahrrad hinter einem Busch hervorzog und langsam und würdevoll davonradelte, ohne sich noch einmal umzudrehen.

Nach ein paar Minuten stand auch ich auf, warf einen misstrauischen Blick auf das nach wie vor lustig plätschernde Brunnenwasser, dessen Anblick mir in Zukunft jedesmal die seltsamsten Schauer über den Rücken jagen sollte, und setzte meinen Radausflug fort.

Immer, wenn ich später am Königsbrunnen vorbei kam, hielt ich nach der Frau im schwarzen Kleid Ausschau, und in meinem Kopf sah ich die unglaublichsten Phantasien um die alte Hexe, aber sie selber sah ich nie wieder.

Dezember 2008

Das Strickzeug

Heute hatte ich nur zwei Lehrveranstaltungen auf dem Stundenplan. Das Seminar war erst um drei am Nachmittag, und die Vorlesung heute morgen fiel aus. Viel Zeit, zumal ich schon um sechs Uhr munter geworden war.

Jetzt, im Frühsommer, hätte es längst richtig hell sein sollen, aber heute war der Himmel mit dicken dunkelgrauen Wolken verhangen. Während ich mir mein Frühstücksmüsli schmecken ließ, begann es draußen zu schütten. Ich kochte mir eine große Kanne guten Tees, ein Second Flush Darjeeling aus dem besten Teeladen der kleinen Stadt. Trotz des köstlichen Tees begann ich zu frösteln und musste mich wärmer anziehen. Ungemütlich war es heute, und dabei hatte ich mich so auf den freien Vormittag gefreut, den ich an der Grube, dem Badesee im Wald, zu verbringen gedachte. Statt dessen nun dieses Regenwetter. Eigentlich ein optimaler Tag zum Lernen. Aber wo ich mir doch innerlich schon frei gegeben hatte, konnte ich mich nicht zur Arbeit aufraffen. Ich legte ein Tonband mit guter Rockmusik auf, Tarkus, und ließ meine Gedanken treiben.

Auf einmal bemerkte ich einen hellen Fleck auf der Tapete. Ein Reflex. Wo kam der denn her? Sicher von einem Fenster von gegenüber, oder von einem Auto. Ach ja, der Regen hatte aufgehört. Der Himmel war zwar noch fast ganz bedeckt, aber ein kleiner blauer Zipfel ließ ein wenig Sonne durch. Sofort tauschte ich meine lange Jeans gegen die kurze, holte meine leichte, knappe Regenjacke und mein Handtuch, und zog die Sportschuhe an. Nach fünf Minuten war ich schon mit meinem Fahrrad unterwegs Richtung Wald. Ich wurde von Autos angespritzt, aber das machte mir nichts aus, meine nackten Beine trockneten von selbst und sehr schnell, und die Regenjacke war natürlich wasserdicht. Über den langen Feldweg kam ich endlich in den Wald, wo die Luft schwer war von der aufsteigenden Feuchtigkeit, und ziemlich kühl. Ich trat kräftiger in die Pedale, bis mir wieder warm wurde. Obwohl über mir das dichte, grüne Blätterdach der Buchen kaum etwas vom

Himmel sehen ließ, spürte ich auf einmal die Sonne hervorkommen. Der Bodennebel sah geheimnisvoll aus. So liebte ich meinen Wald.

Ich musste ein paarmal abbiegen, kannte aber den Weg im Schlaf. Endlich kam ich bei der Grube an. Unter den Bäumen stellte man sein Rad ab. Heute war ich da ganz allein, kein anderes Rad zu sehen. Ich stapfte über die Wurzeln, zwischen noch ganz nassen Farnzweigen durch, bis ich zu der schmalen Wiese kam, die dann bald steiler abfiel, zu dem nur wenige Meter breiten Sandstrand am Badesee. Ich breitete mein Handtuch auf dem Gras aus, zog mich gewohnheitsmäßig ganz aus, denn hier war der Nacktbadestrand. Weiter rechts stand eine alte, knorrige Eiche am Wasser, noch ein Stück weiter war ein weiterer Strand mit einer Waldlichtung dahinter, auf der es auch einen kleinen Grillplatz gab. Der Teil war der Textilstrand. Ein ungeschriebenes Gesetz, besser gesagt eine Regel, die auch nur dann beachtet wurde, wenn genügend viel Publikum anwesend war. Heute war ich ganz allein und konnte tun und lassen, was ich wollte, was mir sehr recht war. Ich legte mich auf mein Handtuch und genoss das bisschen Wärme, was die jetzt leicht verschleierte Sonne herunterschickte. Als ich mich wieder umdrehte, saß keine zwanzig Meter weiter links ein Mädchen. Sie hatte ihr Fahrrad mit auf die Wiese genommen, und lehnte sich mit dem Rücken gegen den Lenker, den sie mit ihren Kleidern gepolstert hatte. Sie hatte Strickzeug auf dem Schoß und war fleißig am handarbeiten. So konnte ich sie ungeniert betrachten. Sie war wohl ebenso jung wie ich, aber ihre Brüste hingen schon ziemlich tief. Ihre Figur konnte ich in der Haltung nicht genau erkennen. Ich versuchte, woanders hinzuschauen, aber es gelang mir nicht.

Da sah sie auf, und gleich zu mir herüber. Ich fühlte mich ertappt und wollte wegsehen, aber sie lächelte mir zu, deutete mit der Nase in den Himmel und machte eine Geste des Schauderns. Da erst bemerkte ich, es war ein Wind aufgekommen, mich fröstelte es ganz plötzlich. Ich nickte ihr zu. Sie griff hinter sich, wobei ihre Brüste lustig zappelten, zerrte ihren Pulli hervor und zog ihn über. Schade dachte ich. Nichts mehr zu sehen.

Sie lächelte mir noch einmal zu und begann wieder zu stricken.

Eigentlich hat sie Recht, dachte ich mir, meine Gänsehaut betrachtend, es hat keinen Sinn sich hier zu erkälten. Ich zog mir mein Sweatshirt an und legte mich wieder hin, aber etwas gedreht, so dass ich aus den Augenwinkeln zu ihr hinsehen konnte. Sie werkelte emsig vor sich hin.

Die Wolken wurden immer dicker, von der Sonne war nichts mehr zu sehen. Jetzt wird es aber ungemütlich, dachte ich. Da kam mir ein Gedanke. Gleich wurde ein Plan daraus.

Eigentlich war ich ein sehr schüchterner Typ, der nicht leicht mit Mädchen in Kontakt kam. Aber die Gelegenheit war doch zu verlockend. Das musste ich ausprobieren.

Ich stand auf, atmete tief durch, um mir Mut zu machen, und setzte dann langsam einen Fuß vor den anderen. Ich bewegte mich genau auf sie zu, in Zeitlupe, wie mir schien, und doch viel zu schnell. Eben hatte ich noch genau gewusst, was ich sagen wollte und wie, und jetzt alles vergessen. Was für ein Teufel hatte mich da geritten? Ich bereute meinen Mut. Aber umdrehen konnte ich auch nicht mehr, denn eben schaute sie auf. Verwunderung las ich in ihren Augen, und das konnte ich gut nachfühlen, ich selber war über mich am meisten verwundert.

„Hallo!", begann ich wie von selbst, meine eigene Stimme kam mir fremd vor,

„Ganz schön kühl heute, was?" Sie nickte. Ich setzte gleich fort: „Ich dachte, ich meine, also, ..." Mir versagte der Redefluß. Mir wurde heiß. Das passte ja gar nicht ins Konzept. Mir muss doch kalt sein. Welches Konzept überhaupt? Habe ich etwa ein Konzept? Das wäre doch nett, wenn ich selber davon wüsste?

Wenigstens sie hatte noch eine Gänsehaut auf ihren Beinen, wie ich jetzt aus der Nähe sehen konnte. Sie sah mich von unten nach oben auf seltsame Weise an, etwas kokett vielleicht, aber nicht übertrieben, und begann dann zu grinsen: „Was wolltest du sagen? Sprich nur, ich höre."

Jetzt war mir alles egal. Ich sprudelte heraus: „Ich dachte, wenn es doch so kühl ist, dann – dann könnten wir uns doch nebeneinander setzen, was meinst du, dann wärmen wir uns gegenseitig. Wär doch gut, oder?" Sie lachte auf: „Ha ha, ja, das würde dir so passen, ja? Du bist mir der Richtige." Ich sah meine Felle davonschwimmen. Doch es war noch nicht vorbei. Denn auf einmal begann sie zu kichern, deutete mit der Stricknadel auf mein Geschlecht, und rief: „Schaut euch das an, wie klein der ist, hihihi! – Tu nicht so entgeistert, setz dich her. Komm, trau dich." Dabei rückte sie symbolisch ein wenig zur Seite, was vollkommen überflüssig war, die Wiese war ja groß genug. Benommen von der nicht mehr erhofften Aufforderung nach diesem Tiefschlag setzte ich mich rechts neben sie. Etwas trotzig zielte ich sehr dicht, so dass ich sie regelrecht anrempelte. Sie meinte aber dazu: „So ist's recht, komm näher, gut." Und sie legte ihren rechten Arm um meine Schultern und zog mich an sich.

Wir schwiegen eine ganze Zeit. Ich genoss ihre Nähe, und mir war noch immer heiß. Ich mogelte meinen linken Arm hinter ihrem Rücken durch, damit ich sie auch an mich drücken konnte. „Gut – gut", schnurrte sie wieder.

Auf einmal fragte sie sehr leise: „Hab ich dich beleidigt vorhin? Es sollte lustig sein, war aber nix. Tschuldige." – „Was? Ach so. Ist schon gut. Ich bin überhaupt nicht beleidigt oder was."

Nach einer Weile begann sie wieder: „War wirklich eine blöde Bemerkung. Schau mal. Der ist ja riesig.", und sie kicherte leise in sich hinein. Tatsächlich hatte ich inzwischen eine Erektion.

Sie legte ihr Strickzeug, das sie die ganze Zeit in ihrer Linken gehalten hatte, nun endgültig zur Seite. „Gar nicht so schlecht, das Wetter. Das schlechte Wetter. Da haben wir die Welt für uns allein." Sie kicherte wieder. Ein fröhliches Wesen, dachte ich. Sie begann nun ungeniert meinen Schwanz zu streicheln. Dazu summte sie leise eine schöne Melodie, die ich nicht kannte. Ich drehte den Kopf und küsste sie auf ihre Stirn. Sie drehte ihren Kopf und küsste mich auf den Mund. Das dauerte lange, danach sagte sie mit schelmischem Lächeln: „Du sitzt doch da ganz unbequem, warum sagst du denn nichts." Das stimmte, mir tat schon der ganze Rücken weh, sie hatte ja ihre Rücklehne, ich aber nicht. Ich hatte eben die Zähne zusammengebissen, um die einmalige Idylle bloß nicht zu unterbrechen. Sie setzte fort: „Darf ich dir das ausziehen, das legen wir da her, dann legst du dich da der Länge nach her." Dabei zog sie mir schon meinen Sweater über die Ohren und breitete ihn im Anschluss an ihr Handtuch auf dem Boden aus. Ich legte mich gehorsam da drauf, auf meinen Bauch, aber sie protestierte gleich: „Doch nicht so, anders herum natürlich, so geht das doch nicht, tztztz." Ich drehte mich also auf den Rücken, und schon war sie über mir. Sie presste ihre Schenkel an meine Seite und rutschte eine Zeit lang vor und zurück, dann nahm sie meinen Luststab und setzte sich vorsichtig und langsam darauf, bis er in ihr verschwunden war, wozu sie ein langes „Ohmmmmmmm" erklingen ließ wie bei einer Meditation. Lange Zeit blieb sie einfach sitzen, bis sie ihren Pulli auszog und einen sehr langsamen Ritt begann. Ich passte mich ihrem Rhythmus so gut wie möglich an und erwiderte ihre Bewegungen vorsichtig. Manchmal öffnete ich die Augen, um ihre Brüste über mir baumeln zu sehen oder ihr verträumtes Gesichtchen zu bewundern. Sie war ganz entrückt. Dann schloss ich wieder die Augen und ließ mich treiben. Die Zeit schien stehenzubleiben, ob es kalt war oder warm wusste ich nicht. Ich spürte keine Mücken und keinen Wind, mein Geist schwebte in anderen Sphären. Es gab jetzt nichts, nichts als die zärtliche Liebe zu dieser Frau. Nach sehr langer Zeit kündigten ein paar abrupte Bewegungen ihren Orgasmus an, ich brauchte ein wenig länger. Sie strahlte mich an, ich sah sie an. Wir waren sehr glücklich. Da erschrak sie plötzlich und sah auf. „Oh!", rief sie aus. Ich drehte den Kopf so weit in den Nacken, wie ich konnte, um das Ufer entlang sehen zu können, wo sie hinblickte. Da waren sechs Leute, zwei Paare und zwei einzelne Männer, die da standen und saßen, und alle starrten gebannt zu uns herüber.

Das Mädchen war rot geworden, ich vielleicht auch. Doch dann begann sie zu schmunzeln, und meinte: „Ach was, ist ja nur natürlich, dass die da drüben uns zuschauen, wo sollten sie denn sonst hingucken? Wir haben ja auch eine tolle Show abgezogen, oder?" Sie feixte mich an und piekte mich in die Rippen. „Ja, da hast du recht, meine Liebe, das war wirklich wunderbar."

Langsam löste sie sich von mir, stand grinsend auf und hielt mir die Hand hin. „Komm, verziehen wir uns, bevor sie eine Zugabe verlangen." – „Och, hmm, warum sollten wir denn keine Zugabe geben wollen? Magst du nicht mehr?" – „Doch, schon, aber doch nicht hier, die zahlen doch keinen Eintritt", lachte sie. Schnell war sie angekleidet und hatte ihre Siebensachen in das Körbchen vor dem Lenker gepackt. „Geh dich anziehen, dann suchen wir uns ein verschwiegeneres Plätzchen, okay?"

Etwas weich in den Knien stolperte ich zu meinen Sachen, wobei ich ziemlich dicht genau zwischen die beiden Pärchen musste, und diesmal sicher rot wurde. Blöde Gaffer, dachte ich. Ich zog mich an und lief zu meinem Fahrrad. Wir trafen uns am breiten Weg. „Ich weiß einen feinen Platz", rief sie mir zu. Ich strahlte sie an und fuhr ihr nach.

Dezember 2008

Jugendherberge

Die Hitze über der kleinen Stadt wollte sich nicht verziehen. Es war schon später Nachmittag, aber die schräg einfallende Sonne brannte unvermindert. Ich war lange durch die Fußgängerzone gelaufen, mit der alten, kleinen Kamera in der Hand, und hatte Leute fotografiert. Genauer gesagt, Mädchen in Miniröckchen oder Hot Pants. Ich war müde und durstig geworden. Auch hätte ich eine Dusche gebrauchen können, obwohl ich nur leicht bekleidet war. Einer der Nachteile meiner Studentenbude war die nicht funktionsfähige Dusche. Dafür hatte ich ein Waschbecken im Zimmer, und bald gelernt, mich da von Kopf bis Fuß gründlich sauber zu machen. Gerade hatte ich beschlossen, heim zu gehen, einen Tee zu kochen und mir einen gemütlichen Abend zu machen. Ich kam über eine Art Platz zum Ende der Fußgängerzone und träumte vor mich hin.

Da sprach mich ein Mädchen an: „Hallo. Weißt du vielleicht, wo es hier einen Briefkasten gibt?"

Ich war ziemlich verblüfft: Ich hatte die mit weißem Hemdchen und weißer langer Hose bekleidete, etwas rundliche, braungebrannte Schöne gar nicht kommen sehen.

Dabei sah sie nicht gerade so aus, als ob sie noch schnell hätte laufen können. Im Gegenteil, sie wirkte total erschöpft, fast verzweifelt, k.o. und verschwitzt. Neben sich hatte sie einen schwer aussehenden Reisesack hingestellt, auf der anderen Seite hielt sie eine große Tasche und eine sogenannte Handtasche, ebenfalls ziemlich groß, jedenfalls viel zu groß für eine Hand. In der freien Hand hielt sie mir einen Brief entgegen, gerade mal hüfthoch, als könne sie den Arm nicht mehr höher heben. Insgesamt ein Bild des Jammers. Boshaft dachte ich: kein Wunder wenn du so verschwitzt und fertig bist, hättest halt ein kurzes Höschen anziehen sollen statt der langen Jeans. Ich schalt mich innerlich Chauvi! und begann zu überlegen, wo hier ein Briefkasten sein könnte. „Hmm. Da fällt mir keiner ein in der Nähe. An der Post natürlich, oder am Bahnhof, oder bei uns da draußen... aber hier? Nee, weiß ich nicht."

Sie stöhnte auf und ließ die Hand sinken, als wöge der Brief ein paar Kilo. „Der Brief muss unbedingt heute noch weg. Und dann muss ich noch die Jugendherberge finden. Pah, ist das heiß. Ich schaff das nicht."

Spontan (ja, ganz manchmal fällt sogar mir etwas Spontanes ein) bot ich ihr an: „Du kannst ja mir den Brief mitgeben. Ich gehe jetzt heim, da komme ich bei einem Briefkasten vorbei. Wenn du willst."

„Würdest du das tun? Wirklich? Das ist aber lieb von dir. Aber du darfst mir ja nicht vergessen, den Brief einzuwerfen, das ist ganz wichtig für mich." – „Ja, abgemacht. Ich werde es nicht vergessen."

Sie schob die Hand mit dem Brief matt ein paar Zoll nach vorn, ich musste mich vorbeugen, um ihn ihr aus der Hand nehmen zu können. Na die ist ja wirklich fertig, dachte ich. Und dann der schwere Sack.

Da hatte ich noch eine Idee. Eine ganz kleine Gegenleistung musste doch drin sein. Für die Briefüberstellung. Ich fragte sie: „Du, würdest du mir auch einen Gefallen tun? Ich würde gerne ein Foto machen, von dir." – „Wieso denn das? Ich muss ja furchtbar aussehen." Ich dachte, ja, mit der Hose schon, aber ich kann dich ja wohl nicht bitten, die jetzt auszuziehen. In meine Serie, die ich heute geknipst habe, wirst du nicht reinpassen, aber das soll jetzt mal egal sein. Ich sagte: „Du siehst ganz okay aus. Bleib einfach da stehen, oder nein, dreh dich zur Sonne, die Schatten sind jetzt zu blau." Ich hatte meine alte Kamera schon schussbereit in der Hand, ging um sie herum und in die Hocke, warf noch einen Blick auf die Einstellungen und drückte ab. Das dauerte keine halbe Minute. Schon stand ich vor ihr und sagte: „Danke." – „Wenn's sonst nix ist, das ging ja blitzschnell. – Und, stimmt das, da die Straße runter zur Jugendherberge?" – „Ehm. Na ja. Also eigentlich ist das ein Umweg. Kürzer wäre die da. Dann auf die Heinrichstraße und dann ..." und ich beschrieb ihr den ganzen Weg. Sie seufzte. „Das klingt ja nicht so, als sei das gleich um die Ecke. Mist. Na danke, und vergiss nicht meinen Brief."

Sie beugte sich zu ihrem Sack und warf ihn sich über die

Schulter. Langsam trottete sie los.

Ich blieb stehen und sah ihr nach.

Das war so eine der Gelegenheiten im Leben, die man nicht vorbeigehen lassen sollte, schoss es mir durch den Kopf. Was könnte ich denn tun?

Ich überlegte schnell. Ich könnte ihr nacheilen, und ihr anbieten, ihr den Sack zu tragen. Eine sehr gute Idee. Dann hätten wir noch eine Viertelstunde zum Plaudern. Und eine Chance, die Sache noch zu verlängern. Wenn zum Beispiel der unwahrscheinliche Glücksfall eintreten würde, dass die Herberge heute Ruhetag hätte oder wegen einer Epidemie geschlossen wäre oder irgend so was. Dann würde sie da stehen, ohne Aussicht auf ein Dach über dem Kopf, und ich könnte ihr großmütig, wenn auch nicht uneigennützig, anbieten, bei mir zu übernachten. Mir wurde auf eine Weise heiß, die nichts mit der sommerlichen Hitze zu tun hatte. Was das für Möglichkeiten eröffnete. Meine Phantasie zündete ein ganzes Feuerwerk ab, was dann in der Nacht alles passieren könnte. Da gab es nur ein kleines Problem. Nämlich, die Jugendherberge würde keineswegs heute geschlossen haben. Die hatten jetzt Hauptsaison. Warum sollten die zu haben? Unmöglich.

Das Mädchen war nicht mal dreißig Meter gegangen, hatte

den Sack abgestellt und sich gegen eine Mauer gelehnt. Ich stand immer noch da und grübelte. Keine Epidemie. Natürlich nicht.

Und, wenn ich einfach ein wenig schwindelte? Eigentlich war das nicht so meine Sache. Soweit es irgend ging, und es ging ja doch fast immer, blieb ich lieber bei der Wahrheit. Hallo, mir ist gerade eingefallen, in der Zeitung stand, die Herberge bleibt die Tage geschlossen, die haben eine Durchfallepidemie. Magst du vielleicht mit zu mir kommen? Ach nein, so wollte ich das nicht machen. Könnte gar sein, dass sie sich dort mit einer Freundin treffen wollte, dann hätte sie sogar sofort meine Lüge aufgedeckt. Nein, das musste doch anders gehen.

Das Mädchen hatte sich und ihren Sack derweil weitergeschleppt. Ich setzte mich in Bewegung und beeilte mich, sie bald einzuholen. Und was sagen? Ich grinste. Jetzt wusste ich, was ich sagen wollte. Entweder sie ging darauf ein, oder eben nicht.

Von schräg hinten redete ich sie an, so dass sie im ersten Moment zusammenzuckte: „Hey du. Ich hab mir was überlegt. Warte doch." Fast erleichtert ließ sie sofort den Sack fallen.

„Du hast so schwer zu tragen. Was hältst du davon: Ich trage dir den Sack, und deine Tasche obendrein. Und du kommst mit mir. Ich habe eine feine kleine Bude, da drüben. Nicht so weit. Und, du sparst dir die Gebühr in der Jugendherberge." Ich hatte das alles schnell herausgesprudelt, und jetzt stand ich da und wurde rot. So ein plumpes Angebot. Es kam mir jetzt ganz falsch vor, so was so zu sagen. Auf diese Art. Aber nun war es zu spät. Sie schaute mich erst entsetzt an. Dann stammelte sie: „Emm, was? Wieso meinst du... Ach!" Ich wollte schon umdrehen und verschwinden, da blitzte etwas in ihren Augen auf. Ich wartete ab. „Du glaubst wohl... ich nicht. Aber wenn du mich einladen willst, mir dein Bettchen lässt, und meine Sachen trägst, dann... warum nicht. Okay." Dabei ließ sie ihre Taschen zu Boden gleiten. „Also, du nimmst mein Zeug. Wo geht's lang?"

Ich war baff. Das ging ja wie geschmiert. Einerseits. Andererseits. Der neue Tonfall jetzt. Das gefiel mir weniger. Sie sprach zu mir wie zu einem Sklaven.

„Vorsichtig mit der Korbtasche. Da sind Flaschen drin. Und mit dem Seesack musst du auch aufpassen!"

Ich nahm die zwei Taschen in die linke Hand, hängte mir meine Kamera um und packte den Sack mit der rechten. Puh. War das ein Sandsack? Was hatte ich mir da eingebrockt? Als wir zu der Stelle zurückgekommen waren, wo ich sie fotografiert hatte, also nach vielleicht fünfzig Metern oder sechzig, war ich schon kuriert von meiner Euphorie. Ich fragte mich im Ernst, ob ich die Entfernung bis zu dem Haus, wo meine Bude war, schaffen würde. Wie konnte sie nur mit so schwerem Gepäck reisen! Was für eine blöde Idee. Ich hatte mir vorgestellt, sie trampte ein wenig herum in ihren Ferien, oder besuche jemanden. Vielleicht steckte da was ganz anderes dahinter? Wer konnte wissen, auf was für ein Abenteuer ich mich da eingelassen hatte? Während sie neben mir mit jedem Schritt besser gelaunt erschien, und pausenlos von belanglosen Dingen plapperte, die mich nicht interessierten, weil sie damit nichts von sich selbst verriet, kamen mir Bilder in den Sinn, die mir nicht gefielen: Was, wenn sie eine Ladendiebin war, und die Polizei schon hinter uns her? Oder eine gesuchte Dealerin, und ich trug ihr noch ihren Stoff? Noch viel schwärzere Gedanken kamen mir da, und die Last der Gepäckstücke schien auch mit jedem Schritt zuzunehmen. Und wenn sie ein ungewolltes Kind bekommen und getötet hatte, und ich trug hier die Leiche auf der Schulter? Trotz der Hitze schauderte es mir den Rücken hinunter, und ein Schatten hatte sich über die Stadt gelegt, ein böses Dunkel, so kam es mir vor.

Ich hielt das bald nicht mehr aus. Wie konnte ich diese Unbekannte wieder los werden? Meine Gedanken rasten wie wild, ich geriet in eine Art Panik, und doch trottete ich weiter neben oder hinter ihr her, wenn ich zurückfiel wartete sie immer mit leicht vorwurfsvollem Blick. Sie quatschte dabei in einer Tour: „... ist doch kein Wunder, wenn die Leute ihren Dreck auf den Boden werfen, schau dir das an, die Papierkörbe werden wohl nie geleert, so eine Sauerei, aber was ich nie versteh, warum die Leute alles beschmieren, oder verkratzen, die Parkbänke, ach da ist ja ein India-Laden, die haben tolle Klamotten, und gar nicht teuer, aber die eine Kette, die ich da mal gesehen habe, die war aus Silber und hat schon was gekostet, ich frag mich wie die die Kleider und das ganze Zeugs so billig herschaffen können, und dann heißt's wieder Benzinkrise, und wieso werden dann die Bahnkarten teurer, bei uns fahren die Loks doch mit Strom, na gut in Mannheim hab ich gestern eine Diesellok gesehen, der größte Blödsinn sind ja die Flugzeuge, ich meine für kurze Entfernungen, das lohnt ja überhaupt nicht, aber die nehmen ja nicht mal ne Steuer für das, für das, na wie heißt das, Kerosan oder Kerosin, was weiß ich, warum gehst du so langsam, ist es noch weit, mir hat heut mittag alles wehgetan, nicht nur die Füße, aber jetzt geht's schon wieder, Mann, das Café da drüben schaut gemütlich aus, wenn ich Geld hätte, aber ich habe fast keins mehr, wie findest du diese Stadt, mir gefällt sie ganz gut, aber ich bleibe nicht hier, ich frag mich nur warum sie in allen Fußgängerzonen dieselben Lampen verwenden, das ist ja langweilig, kommen wir noch an einem Gemüseladen vorbei, ich hätte jetzt Lust auf eine Karotte oder so was, irgendwas Knackiges, und ich brauche eine Dusche, schau mal der Hund da drüben, ist der nicht süß, ich liebe Hunde, leider kann ich mir keinen leisten, na ja, das kann ja noch werden, also warum die Autos so stinken dürfen, pfui, da wird einem ja schlecht, ...“

Wenigstens bei dieser Bemerkung musste ich ihr Recht geben. Der Klein-LKW, der uns gerade überholt hatte, hinterließ eine fürchterlich stinkende, blaue Wolke. In der schwül-heißen Nachmittagsluft verzog die sich auch nicht. Höchst unangenehm, mir wurde wirklich schlecht.

Wir waren mittlerweile bei der Einmündung der kleinen Gasse angekommen, noch eine Grundstückslänge, und es war geschafft.

Nur war ich mir gar nicht mehr sicher, ob ich das überhaupt wollte. Jetzt war es wohl zu spät, mir war nichts eingefallen, wie ich die Einladung rückgängig hätte machen können, jetzt hatte ich sie am Hals.

Ich war vor der Haustür stehengeblieben, sie kam die drei Schritte zurück, die sie vorausgegangen war. „Ach hier? Wir sind schon da? Na, dann mach mal auf, hier draußen brennt die Sonne immer noch, ja kannst du deinen Schlüssel nicht finden? Also das passiert mir nie, man muss sich doch merken können, wo man den Schlüssel hinsteckt, sieht ja ganz nett aus, das Haus, in welchem Stock wohnst du denn, ach da ist ja richtig abgeschlossen...", sagte sie während ich den Schlüssel zweimal umdrehte, denn die Vermieterin war schon alt und fürchtete sich vor Einbrechern. Das Haus war jedenfalls gut verschlossen, denn wir mussten durch den breiten Gang, wo mein Fahrrad stand, und dann rechts durch die zweite Haustür, die ebenfalls mit einem Sicherheitsschloss abgesperrt war, danach die erste Treppe hinauf, und hier stand man gleich vor der dritten schweren Tür mit dem dritten Sicherheitsschloss. Das Heimkommen war dann besonders nach alkoholischen Exzessen ziemlich anstrengend. Jetzt gab es aber erst mal zwei andere Probleme. Erstens war da der Hund. Wir mussten jetzt durch die Wohnung der Vermieterin, bis zu der Treppe, die dann weiter hinauf führte, und da lauerte für gewöhnlich der große Hund, ein Setter, der sich einbildete, das Haus verteidigen zu müssen. Auch gegen mich, obwohl ich schon Jahre hier wohnte. Allerdings gab es für mich als einen, der Hunde nicht mochte, auch günstige Gelegenheiten, ohne die Bell- und Anspringattacken ins Haus zu kommen: am frühen Nachmittag wurde der Hund im Wald ausgeführt, zwei bis drei Stunden lang. Aber dafür waren wir heute zu spät dran, wie ich am in der Einfahrt geparkten Auto der Zimmerwirtin erkannt hatte. Oder am späten Abend, dann schaute der Hund fern, und solange der Fernseher lief, waren die Sinne des Hundes wie abgeschaltet. Aber dafür waren wir zu früh dran, der Fernseher wurde erst um acht Uhr eingeschaltet. Blieb noch die dritte, etwas weniger zuverlässige Variante: wenn ich ein weibliches Wesen mit hatte, egal ob meine Mutter oder eine Kommilitonin oder wen immer, attackierte der Hund meist nur die, aber nicht mich, und mir blieb dann die Aufgabe, den Hund von der Gästin fern zu halten. Diesmal hatte ich diese mir völlig Unbekannte mit, aber ich wusste, dass sie Hunde gern mochte, wie sie vorher erzählt hatte. Da stand es fifty/fifty, ob sich der Hund für mich oder für sie entschied.

Der Hund, das war das eine Problem. Das andere war mein Mietvertrag. Da stand drin, „Damenbesuch verboten". Ja, das war damals noch möglich, gut dass sich die Zeiten geändert haben. Zwar hatte ich die Wirtin schon lange daran gewöhnt, dass ab und zu eine Studentin mitkam, um mit mir zu lernen, aber nun kam dieses Mädchen mit dem schweren Gepäck. Das sah ja beim besten Willen nicht nach einer gemeinsamen Lernstunde aus. Da half nur eine Ausrede, Wahrheitsliebe hin oder her. Aber zuerst musste ich meinen Damenbesuch einweihen. Ich unterbrach ihren Redefluss brutal: „Jetzt sei mal einen Moment still. Wir müssen jetzt bei der Wirtin vorbei, und die hat was gegen weiblichen Besuch. Am besten du sagst gar nix, bis wir oben sind, oder du sprichst mit dem Hund, der manchmal wild ist. Kein Wort von übernachten, und das Gepäck gehört mir, klar?" Das war mir doch ein wenig grob rausgerutscht, aber sie ließ mich anders nicht zu Wort kommen. Sie wollte zu einer Erwiderung ansetzen, aber ich war schon dabei, die dritte Tür aufzusperren, und zischte ihr „Psst!" zu. Kaum setzte sie hinter mir den Fuß durch die Tür, kam der große Hund hergerast, wild bellend, und wollte sich auf meinen Gast stürzen, da bremste er plötzlich auf drollige Weise ab und sein Bellen ging in ein freundliches Winseln über. Das Mädchen hielt ihm die Hand hin, er schnüffelte und wedelte mit seinem Schwanz, offensichtlich Liebe auf den ersten Blick. Noch besser fand ich das unbeirrt weiterklappernde Geschirr in der Küche, also würde sich die Wirtin nicht sehen lassen, und den Besuch gar nicht bemerken. Manchmal ist es auch praktisch, wenn Tiere nichts ausplaudern können... „Was, noch einen Stock hinauf? Du wohnst ja lässig." Schon nach der nächsten Treppe konnte sie ihre Klappe nicht mehr halten, aber das machte jetzt nichts, die Vermieterin hörte ziemlich schlecht. „In diesem Stockwerk schläft die Wirtin und der Hund, es gibt auch noch ein Zimmer zu mieten, aber das steht gerade leer. Wir sind ganz oben." Auf dem Halbstock war das Klo und die nicht funktionierende

Dusche, ganz oben kam erst mal eine Tür. Sie war vor mir her-
aufgestiegen, und blieb verdutzt stehen: „Schon wieder eine
Tür! Sperrst du auf?" – „Die ist offen, geh nur rein. Dann die
rechte Tür." – „Noch eine!" – „Das ist dann meine. Ich hab
den Schlüssel hier." Ich sperrte auf und ließ ihr den Vortritt.
Sie blieb gleich wieder stehen, sah sich mit leicht zusammen-
gekniffenen Augen um, und kommandierte: „Stell die Sachen
unter den Tisch. Viel Platz ist hier nicht. Ist das dein Bett? Das
sieht ja altmodisch aus, aber ist sicher gemütlich." Tatsächlich
war der einzige Platz, der sich für ihr ausladendes Gepäck eig-
nete, unter dem runden Tisch. Um den Tisch standen zwei alte,
bequeme Sessel, an der linken Wand stand ein Kleiderschrank
und vor der Gaupe der kleine Kühlschrank, unter der Dach-
schräge das Bett, an der rechten Wand stand ein Arbeitstisch,
rechts daneben das Giebelfenster auf die große Straße zu, und
an der verbleibenden Wand, der Schräge gegenüber, war von
rechts nach links die Zimmertür, der Ölofen, ein kleines, nied-
riges Tischchen mit einer Doppelkochplatte, und das Waschbecken. Während ich den Sack unter die Tischplatte wuchtete,
stellte sie sich an das Gaupenfenster, das zur Gassenseite hin-
ausschauen ließ. „Schöne Aussicht. Ist das ein Park? Lässig,
soviel Bäume in Sichtweite." – „Ja, ich mag den Park gern."
Seit wir heroben angekommen waren, machte sie längere Pausen und hörte mir auch mal zu.
„Und was kannst du mir zum Essen anbieten? Ich habe jetzt
einen gewaltigen Hunger! Eigentlich sollte ich duschen gehen,
aber ich muss erst mal was essen." Das mit dem Duschen gehen würde noch spannend werden. Und was sollte ich ihr zum
Essen hinstellen? Ich hatte Brot und Käse daheim. Milch, Eier,
und eine Flasche billigen Wein müsste ich auch noch haben.
Ich fragte nicht lang, sondern deckte einfach Teller und Besteck auf, holte Käse und Milch aus dem Kühlschrank und das
Brot vom Vorratsfach, wo ich auch noch eine angefangene Packung Mehl und Salz fand, und stellte alles auf den Tisch. Ich
stellte Wasser auf für Tee und bereitete die Kanne vor. Dann
rührte ich in einer Schüssel Eier und Mehl mit einem Schuss
Milch zu einer Art Teig und das ganze buk ich in meiner klei-

nen Pfanne zu einem Eierkuchen. Das Mädchen plapperte derweil wieder munter drauf los, ich konnte mich aber schon damals nur auf eine Sache zur Zeit konzentrieren, und kochen war jedenfalls nicht meine Stärke, da konnte ich ihr unmöglich gleichzeitig zuhören. Ich bemerkte aber ihren abschätzenden Blick, als wir uns schließlich zum Essen niederließen. Sie hatte sich wohl ein feineres Mahl erhofft. In den tiefen Sesseln zu essen war gar nicht so einfach, am bequemsten war es noch, den Teller in die Hand zu nehmen und sich damit zurückzulehnen, aber das tat man wohl nicht. Sie mühte sich einen Moment lang ab, vorgebeugt an alles dran zu kommen, sprach aber bald: „Hier drin ist es ziemlich warm, macht es dir was aus, wenn ich meine Hose ausziehe? Dann kann ich auch bequemer sitzen. Bei mir daheim laufe ich meist fast nackig herum." Sie kicherte, und hatte ihre Hose schon abgelegt. Mir kam die Idee, sie auf meine Bude mitzunehmen, auf einmal wieder viel weniger blöde vor. Ich genehmigte mir einen ausführlichen Blick auf ihre runden, sexy Schenkel. An eine solche Begleitung beim Abendessen könnte ich mich gewöhnen, dachte ich, und fühlte ein Kribbeln in meiner Mitte stärker werden. „Was schaust du so? Du könntest deine Hose ja auch ausziehen, zwickt die dich nicht? Und sonst aus Solidarität." Auf die Idee hätte ich auch selber kommen können. Im Minislip setzte ich mich wieder hin. Ich goss uns Tee nach. „Ach, danke, na die Tasse noch. Aber hättest du dann noch was anderes?" – „Was meinst du? Einen Wein hab ich noch. Oder Wasser. Aus der Leitung." – „Ih gitt, Wasser, nee. Aber Wein wär nicht schlecht." Mit der Zeit wurde sie doch ganz umgänglich, fand ich. Ich wusch das Geschirr ab, wobei sie mir zuschaute. Musik wäre auch nicht schlecht, dachte ich. Ich glaube, jetzt passt ein Kuschelrock ganz gut. Ich ging meine Sammlung im Geiste durch, mir fiel nichts ein, auf das diese Beschreibung gepasst hätte. Ich griff als Notlösung zu meinem Beatles-Band, stellte den Verstärker aber ganz leise. Den Korkenzieher konnte ich zuerst nicht finden, in diesem Raum gab es höchst selten Wein. Kaum war die Flasche offen, nahm sie mir diese aus der Hand, setzte an und trank einen Schluck. Ich schaute wohl leicht schockiert drein, sie lachte auf und sagte: „Kennst du das nicht? Das macht man so, gegen Korkbrösel. Kannst jetzt Gläser bringen." Ach. Das war mir neu. Auch eine Art. Hast du noch mehr solcher Überraschungen für mich? Wir stießen an und tranken. Besser gesagt: Ich trank. Sie schnupperte erst mal ausführlich, hielt das Glas gegen das Licht, um die Farbe zu prüfen, nippte dann, und trank einen Schluck, den sie lange im Mund umherspülte. Anschließend sann sie noch dem Abgang nach. Sehr professionell, meine Liebe, das hätte ich dir nicht zugetraut. Doch vollkommen umsonst bei dem billigen Fläschchen. Sie sagte: „Die Blume ist nicht sehr ausgeprägt, am Gaumen bleibt er eher flach. Der Abgang überzeugt aber am wenigsten. Ein zu junger Wein, und nicht aus der besten Lage. Aber besser als Wasser allemal!", und prustete los. Ich war verblüfft. Sie hatte ja recht, aber musste man das so direkt sagen? Schließlich war sie hier zu Gast. „Du hast recht, ja, sorry, mein Budget ist nicht so groß." – „Klar, was soll ich da sagen, ich kann mir kaum eine Flasche Wasser leisten. Nimm's leicht. – Sag mal, stört dich das, wenn ich so direkt bin?" – „Oh, also, nun ja, ich muss mich erst dran gewöhnen. Aber es geht schon." – „Gut, dann ist das ja in Ordnung. Außerdem kann und will ich mich sowieso nicht ändern. Ich bin wie ich bin, ist mein Motto, und schon immer gewesen." Ich schaltete das kleine Lämpchen über dem Spiegel und das Nachttischlicht ein, die grelle Lampe über dem Tisch aber aus. Sofort wurde es eine Stufe gemütlicher, und wir saßen noch lange und quatschten über dies und das. Trotzdem gelang es mir nicht, irgendetwas über ihr Leben zu erfahren. Irgendwann begannen wir beide zu gähnen, es wurde Zeit für das Bett. Ich hatte ja nur eins, und gemeint, wir würden uns das teilen. Doch da musste ich mir was anderes einfallen lassen, wie sie mir auf ihre drastische Art deutlich machte: „Danke, dass du mir dein Bett angeboten hast. Und du? Schläfst du auf dem Boden, oder machst du es dir im Sessel bequem? Ich wasch mich hier, zum Duschen bin ich schon zu müde." Sie hockte sich auf den Boden, um ihr Waschzeug hervorzukramen. Ich überlegte, wo ich mich wirklich hinlegen sollte. So ein Mist. Ich hatte durchaus vor gehabt, in meinem Bett zu schlafen. War das nicht selbstverständlich? Für sie nicht, offensichtlich. Hmm. Im Sessel? Niemals. Ich habe doch keine Ersatzwirbelsäule im Schrank liegen! Auf dem Boden? Ich hatte keine Luftmatratze, und nur eine kleine Wolldecke. Während ich so grübelte, zog sie sich ungeniert ganz aus, bis auf ihren winzigen weißen Slip. Ihre Haut faszinierte mich, und die kleine Speckschicht, die sie rundum umgab, fand ich auch eher sexy als abstoßend. Sie wusch sich ausführlich, ähnlich wie ich das auch immer machte, wobei sie geräuschvoll prustete und spritzte, der vordere Zimmerteil wurde ziemlich nass. Zum Abtrocknen drehte sie sich um. Ihre Brüste nahm sie nacheinander vor, hielt sie mit der einen und rubbelte sie mit der anderen ab. Mein Slip spannte sich deutlich. Ich stand neben dem Kühlschrank um noch die Milch wegzuräumen. Aber ich konnte nicht wegsehen, wenn sie schon so eine Show abzog. Während sie sich den Bauch abtrocknete und den Rücken, fragte sie: „Du sagst ja gar nix mehr. Wo willst du nun schlafen?" Ich antwortete nichts. Sie rieb sich die Beine ab. „Wenn du nichts sagst, weiß ich nicht, was du denkst, das macht mich nervös. Hmm. Unten muss ich mich auch waschen." Schnell zog sie ihren Slip herunter und fing wieder an, mit dem Wasser zu spritzen. Ich sah ihren runden Po, aber bevor sie sich wieder zu mir herdrehte, steckte sie sich das Handtuch zwischen den Beinen durch und hielt es hinten und vorne hoch. Mein Handtuch. Ich hatte kein Gästetuch hergegeben. Das wird gut riechen, freute ich mich. Mit dem merkwürdigen Handtuchdress ging sie zum Bett und setzte sich. Während ich zum Waschbecken ging, wischte ich unauffällig mit dem Fuß den Putzlappen über das klitschnasse Linoleum. Ich zog mein T-Shirt aus und begann mich zu waschen. Ich spürte ihren Blick im Rücken. Sollte ich mein Geschlecht auch waschen? Wenn ich doch auf dem Boden schlafen musste, zahlte sich das nicht aus. Ich wusch mich ebenso gründlich ab, aber ohne eine solche Überschwemmung zu machen wie sie. Ach was, dachte ich, bleiben wir bei der Solidarität, heute ein Zauberwort. Ich zog den Slip aus und wusch mich. Das Ding war längst wieder auf Normalgröße geschrumpft. Mein Pyjama, den ich nur benutzte, wenn ich krank war, lag im Nachttisch. Ich zögerte. Ich musste genau da hin, wo sie auf meinem Handtuch saß. War das denn so schwer? Warum traute ich mich nicht? Es war doch mein Zimmer. Schritt für Schritt kam ich ihr näher. Sie aber rutschte ein Stück zur Seite. „Kommst du doch zu mir?" Ich hielt inne. „Ich wollte nur..." – „Das ist eine schlechte Angewohnheit von dir, diese abgebrochenen Sätze. Was wolltest du?" – „Na, meinen, meinen Dingsda, meinen..." – „Dein Dingsda lässt du bei dir. Komm her." Sie schnellte vor und packte mich, schon saß ich neben ihr auf dem Bett. Auf meinem Bett. Nass. Sie hielt mir das Handtuch hin, ich begann mich halbherzig abzutrocknen. Eigentlich war ich schon fast trocken.

„Und? Stirbst du jetzt? So dicht neben mir?", fragte sie spöttisch. „Geh nur auf deinem Boden schlafen, wenn du das besser findest. Ich für mein Teil ziehe dein Bett vor." Sie kicherte leise. Etwas trotzig murmelte ich: „Ich würde schon lieber in meinem Bettchen liegen." – „Ach ja? Und was hindert dich daran?" – „Na, du. Du hast doch gesagt..." – „Schon wieder. Abgebrochen. Was habe ich gesagt? Ich habe gesagt, ich würde lieber in deinem Bett schlafen als auf dem Boden." – „Nein, das meine ich nicht. Vorhin. Du hast mir nur Sessel oder Boden gelassen." – „Also lassen wir den Quatsch. Steh auf, damit ich die Decke zurückschlagen kann." Wir standen nackt nebeneinander, sie schlug die Decke zurück, sie schubste mich auf die Matratze und ließ sich halb neben, halb auf mich fallen. „Ui. Ganz schön eng. Kannst du noch ein Stück rutschen?" – „Nicht, solange du auf mir liegst!", keuchte ich, denn ich bekam kaum Luft.

Bald lagen wir halbwegs bequem nebeneinander. Ich begann sie vorsichtig zu streicheln, ihren mir zugewandten Arm. Sie regte sich nicht. Und: sie schwieg. Was bedeutete das? Meine Finger wanderten weiter. Den Arm hinauf, hinüber zum Hals, langsam hinunter. Der Graben zwischen den Brüsten. Abwechselnd die Brüste. Mein Schwanz wurde hart. Ihre Nippel auch. Sie nahm meine Hand und presste sie sehr fest auf ihre Brust.

So fest hätte ich mich nicht getraut. Sie nahm meine Rute in die Hand und drückte zu.

Es hätte ein feines Vorspiel sein können. Aber sie flüsterte schließlich: „Ich mag jetzt schlafen. Gute Nacht." Sie ließ mich aber nicht los, und ich genoss es sehr, so neben ihr zu liegen. Ich koste sie ganz vorsichtig, sie war schon eingeschlafen, und noch immer hielt sie mein bestes Stück fest umklammert.

Ich erwachte sehr früh, mit heftigen Kreuzschmerzen. Neben mir eine nackte Frau. Dafür hätte ich auch die zehnfache Menge Schmerzen ausgehalten. Im Schlaf sah sie aus wie ein Engel. Das war jetzt nicht vorstellbar, wie derb sie reden konnte. Ich genoss den frühen Morgen. Draußen war es schon hell, ich hatte mich vorsichtig umgedreht und so hörte auch mein Rücken auf, weh zu tun. Doch auf einmal fiel mir ein, sie würde sicher ein Frühstück wollen. Was wirst du mir zum Frühstück anbieten? So würde sie fragen. Aber wir hatten meine Brot- und Käsevorräte gestern Abend verzehrt. Bei ihrem Hunger war fast nichts übrig geblieben. Sollte ich mich davonstehlen, zum Bäcker unten um die Ecke? Dazu hatte ich so gar keine Lust. Wenn sie gerade dann aufwachte – nein. Das wollte ich nicht verpassen. Und außerdem, mein Etat war eher aufgebraucht. Sicher, ich hatte noch einen Zwanzigmarkschein, aber den brauchte ich auf der Uni. Über dem Grübeln schlief ich nochmal ein. Als ich erwachte, hatte ich einen Ständer, und sie hatte sich umgedreht. Die Decke war ziemlich verrutscht, ich konnte die obere Hälfte ihres runden Rückens bewundern und war selber fast ganz unbedeckt. Aber es war warm. Ganz vorsichtig begann ich, ihr über den Rücken zu streicheln. Auch als sie einmal heftig zusammenzuckte, setzte ich mein Streicheln fort. So sanft und langsam, wie ich nur konnte, um sie ja nicht zu stören. Sie würde schon irgendwann aufwachen.

Da fuhr ich zusammen. Eine gutbekannte, gar nicht verschlafene Stimme fragte laut: „Kannst du nur Rücken? Und nur so federleicht? Ich hab auch einen Arsch. Gestern abend warst du nicht so langweilig drauf. Gib mir deine Hand. Hier, meine Titten wollen auch mal drankommen."

Von wegen Engelchen. Na, dann war ja alles beim Alten. Ich brauchte mich nicht länger zurückhalten, und knutschte, drückte, herzte, küsste und schleckte alles, was ich erwischte, und je wilder ich das machte, desto zufriedenere Geräusche ließ sie hören.

Nur als ich versuchte, meinen pulsierend harten Schwengel zwischen ihren Backen und Schenkeln zu ihrem feuchten Spalt zu dirigieren, wich sie mir geschickt aus, und beim zweiten Mal sagte sie mit tiefer, rauer Stimme: „Das nicht. Lass das. Alles andere ist gut."

So blieb es bei heftigem Schmusen, bis wir genug hatten. „Leider haben wir nichts Gescheites mehr zum Essen", sagte ich, als wir aufgestanden waren. Sie fragte: „Oh, und was ist mit dem Knäckebrot da drüben? Ist die Packung leer? − „Ach nein, du kennst dich ja schon besser aus bei mir als ich, das können wir nehmen. Ich schau mal da oben, ah, ja, da ist noch etwas Honig. Einen Kaffee kann ich auch machen." − „Na dann ist es ja geritzt, unser Frühstück!", lachte sie. Wir saßen in unseren Slips auf den Sesseln und verzehrten die ganze Packung, die Krümel pieksten auf der Haut.

Nach dem doch etwas kargen Frühstück sah sie mich plötzlich ganz verändert an, so dass ich erschrak. Was war denn jetzt passiert?

„Du", fing sie mit einer tiefen, dunklen Stimme an, „bist du mir böse, dass ich dich nicht ran gelassen habe? Ich kann das nicht, so schnell, wir kennen uns ja kaum. Und. Ich bin noch − ja du kannst ruhig lachen − Jungfrau. Und das erste Mal, das will ich mir noch aufheben. Findest du das gemein von mir, dich erst so anzumachen und dann nein zu sagen? Das tut mir Leid, aber es ist mir wichtig..." − „Ach du. So ein Blödsinn, warum sollte ich dir böse sein oder was? Du warst doch großartig, es war doch so schön, unsere Schmuse-Session gestern Abend, und heute morgen erst recht, und das andere, ist doch ganz allein deine Sache, wie du das haben willst. Für mich war es super." − „Echt? Dann bin ich froh. Ja, ich fand es auch ganz toll mit dir. Bist ein feiner Schmusetyp."

Danach eröffnete sie mir, sie wollte sich auf den Weg machen, und ich solle ihren Sack tragen zum Bahnhof. Wohlgemerkt, sie bat mich nicht, sondern sie verlangte es einfach, in dem Punkt hatte sich nichts geändert. Geändert hatten sich aber meine Gefühle ihr gegenüber. Ich spürte deutlich, ich hatte mich ein bisschen in sie verliebt.

Als sie ihre Sachen eingepackt hatte, entdeckte ich zu meinem Schrecken ihren Brief. Den hätten wir doch gestern aufgeben müssen! Was sollte ich jetzt machen? Ich sagte: „Au weh. Den Brief. Den haben wir gestern doch vergessen. Das ist jetzt schlimm für dich, oder? Es war doch so wichtig."

– „Ach der. Den kannst du vergessen. Das hat sich erledigt." – „Warum denn das?" – „Ach weißt du, noch so eine Gemeinheit von mir. Ist ganz egal, wann der eingeworfen wird. Ich dachte nur, so kann ich einen Typen anquatschen. Verstehst du? Meine Anmache. Sorry. Du hast es Ernst genommen, natürlich. Und es war ja auch gut so, hast du eben gesagt. Also ist es okay, oder? Aber ich bin halb gestorben, wie du mit meinem Brief weg bist, ohne mich mitzunehmen. Bin noch nie im Leben sooo langsam gegangen, damit du ja hinter mir herkämst. Aber du warst ja brav. Es hat dann alles geklappt wie am Schnürchen..." Jetzt kicherte sie wieder, und hatte den frechen Tonfall drauf, sie war wieder obenauf. Ich seufzte. Und ich hatte mir eingebildet, sie angemacht zu haben. Wie Mann sich so täuschen kann.

Ich brachte sie zum Bahnhof, sie wollte das Geld für die Straßenbahn sparen, und wir wechselten uns ab beim Schleppen des Sacks. Der Abschied war kurz, aber schmerzhaft. Ich wusste sofort, ich würde sie nie wieder sehen. Dabei hätte ich dieses Biest am liebsten gar nicht mehr hergegeben.

Dezember 2008

Feuer in der Hose

Strahlend blauer Himmel, Sonnenschein, aber nicht zu heiß.
Was für ein schöner Tag. Ich genoss mein Frühstück, zog nur
meine kurze Jeans und ein Hemdchen an, nahm mein Handtuch und ganz unten im Haus mein Fahrrad mit. Draußen stieg
ich auf und radelte durch die lebhafte Vorstadt. Die Häuser
wurden kleiner, der Verkehr dünner, die Sonne wärmer. Hinter
den letzten Häusern begann eine flache Landschaft aus Gärten
und Feldern. Ich kam an einem alten turmartigen Gebäude vorbei, überholte eine Schulklasse, die wohl Wandertag machte.
Die Hitze wurde langsam unangenehm. Aber ein Stück weiter
vorne erwartete mich der Wald. Der große, kühle Wald mit seiner guten Luft, den oft seltsamen Tierschreien und den interessanten Lichteffekten. Ich liebte den Wald.
Im Wald gab es lange, gute Forstwege, wo man schnell fahren
konnte, oder auch richtige Waldwege, die waren anstrengen-
der, aber auch interessanter. Heute blieb ich auf den großen
Wegen und kam schnell an mein Ziel, den Badesee, genannt
die Grube. Schon konnte ich links durch die Bäume das Wasser sehen, das von hier aus dunkel aussah, und das gleißend
hell beleuchtete Ufer. Aber das Unterholz war dicht, die frischen Buchenblätter leuchteten in einem faszinierenden Grün.
Ein Stück weiter hörte das Unterholz abrupt auf. Rechts vom
Weg war es zwischen den licht stehenden Bäumen sumpfig.
Das war die richtige Stelle. Ich bremste ab und schob mein
Rad links durch die hohen Bäume, suchte mir einen dünneren
Stamm und sperrte mein Rad mit der Kette an. Dann nahm ich
mein Handtuch und hüpfte über Wurzeln und ein paar Sträu-
cher auf die schmale Wiese, die weiter vorne schräg zum Was-
ser abfiel. Ich war am See. Es waren etliche andere Leute da.
Ich suchte mir einen Platz direkt am Wasser, da gab es kein
Gras, nur Sand. Ich legte mein Handtuch auf, zog mich ganz
aus und streckte mich auf dem Tuch aus. Erst ließ ich mir den
Bauch bescheinen, dann die Rückseite. Bald aber stand ich auf
und stieg vorsichtig in den See. Das Wasser fühlte sich erst

mal eiskalt an. Kann man da reingehen, ohne sich den Tod zu holen? Aber da drüben planschte eine ganze Familie, weiter vorne schwammen ein paar Leute kräftig aus. Wenn die das können... Ich biss die Zähne zusammen und machte zügig ein paar Schritte, bis mir das Wasser an Po und Geschlecht schwappte – huh, eiskalt. Ich biss noch fester zu und kam bis zur Brust rein, dann ließ ich mich nach vorn gleiten und schwamm kräftig los.

Bald kam mir das Wasser gar nicht mehr kalt vor, es war vielmehr herrlich, ein wunderbares Gefühl. Das erfrischende Wasser, die warme Luft, die heiße Sonne, was konnte schöner sein? Ich schwamm fast den ganzen See hinunter, nur die letzten zwanzig Meter ließ ich aus, weil da so viel Schlingpflanzen wuchsen. Das mochte ich weniger. Weiter links war ein Teil für die Angler reserviert, aber hinter den Schilfbüscheln saßen meist keine Sportfischer, sondern Spanner, und sie benutzten auch keine Angeln, sondern Ferngläser, um sich am Anblick der nackten Frauen aufzugeilen. Für letzteres hatte ich ja im Prinzip Verständnis, wozu sind die schönen Frauen denn sonst da, aber ich konnte beim besten Willen nicht verstehen, warum die sich hier im hohen Gras versteckten und mit Feldstechern spechtelten, anstatt sich einfach ins Volk zu mischen und sich dann seelenruhig alles aus der Nähe anzuschauen. Na gut, jeder wie er will, dachte ich, das tut ja niemandem weh, was die da machen.

Ich schwamm zurück, stapfte aus dem Wasser – und drehte gleich wieder um, das war zu kurz gewesen und musste sofort wiederholt werden. Nach der zweiten Runde fühlte ich mich sauwohl, aber auch ein wenig erschöpft, auf angenehme Weise. Ich legte mich auf mein Handtuch und ließ mich braten, dabei schlummerte ich fast ein. Mit dem Kopf direkt auf dem Boden hörte sich alles anders an, die Insekten, das Rauschen der Bäume, das Flugzeug, die Stimmen der Leute. Einerseits irgendwie intensiver, gleichzeitig aber auch so, als ob mich das alles überhaupt nichts anginge. In dieser Stimmung war leicht einschlafen. Plötzlich war ich wieder munter. Ich drehte den Kopf auf die andere Seite. Da bemerkte ich, oberhalb von mir, gerade mal zwei Meter weiter, auf dem Gras, hatten sich zwei Frauen niedergelassen. Sie saßen da auf ihren Matten und schauten zum See, über mich hinweg. Dabei unterhielten sie sich leise und rauchten Zigaretten. Ich schätzte sie so auf dreißig oder fünfunddreißig. Beide waren streifenfrei gebräunt. Die kleinere von den beiden hatte aber einen gelblichen Teint, also gelb-braun, was mir immer wie künstlich getönt vorkommt. Keine Ahnung, ob das stimmt. Beide waren blond, wahrscheinlich gefärbt, schlank, und hatten das, was man so unter einer guten Figur versteht. Beide hatten mittelgroße Brüste. Die eine saß im Schneidersitz, die andere hatte die langen Beine aufgestellt, leicht gespreizt. Ich konnte ihre Geschlechter sehen, in einer Deutlichkeit, die mich frappierte. Na klar, bei der kurzen Entfernung, und im vollen Sonnenlicht. Sie waren beide komplett enthaart. So was hatte ich noch nie gesehen, damals. Ich musste immer wieder hinschauen. Auf einmal wurde mir klar, bei ihren Sonnenbrillen konnte ich gar nicht wissen, wo sie wirklich hinschauten. Aus ihrer Kopfhaltung hatte ich geschlossen, sie schauten über den See. Ihre Augen konnten aber gleichgut zu mir herblicken.

Und wenn schon. Dann sahen sie halt, dass ich sie betrachtete. Wenn ihnen das nicht gepasst hätte, hätten sie sich nicht so dicht hersetzen sollen, oder wenigstens nicht mit weit geöffnete Beinen. Ich war ja zuerst hier gewesen.

Ich legte meinen Kopf andersrum hin und schloss die Augen. Aber ich sah ständig diese nackten Schamlippen vor mir, diese beiden Tore zu höchster Lust, diese Eingänge in ihre Paradiesgärtlein. Da ich auf dem Bauch lag, spielte es keine Rolle, dass sich mein Geschlecht inzwischen erheblich ausgedehnt hatte. Diese Spanner waren eine Idioten! Wie viel mehr bekam ich hier direkt am Strand zu sehen.

Ich begann, mein Becken ganz langsam ein wenig vorzuschieben, nach mehreren Atemzügen wieder zurück. Das tat gut. Diese Reibung zwischen Handtuch und Bauch war genau das, wonach mein Schwanz verlangte, jetzt. Nochmal und nochmal. Wenn nur niemand herschaute. Links von mir war nur noch eine junge Mutter, die versuchte, ihre beiden kleinen Kinder zu bändigen. Rechts von mir lagen und saßen eine ganze Menge Leute, aber soweit ich sehen konnte, waren die vollständig mit sich selbst beschäftigt, schliefen, oder träumten den blauen Himmel an, vertrieben Insekten oder spielten Karten.

Diese Bewegung tat so gut, einerseits. Andererseits wurde die Erregung davon nur heftiger, Entspannung rückte in immer weitere Ferne.

„He du! He!" Oh Schreck, meint die mich? Ich sah nach vorn, über die beiden Mösen hinweg. Die größere Frau hatte ihre Sonnenbrille hochgeschoben, deutete mit einer neuen Zigarette direkt auf mich, sah mich erwartungsvoll an, und rief verhalten: „Ja du! Hast du vielleicht Feuer?" Die andere setzte hinzu: „Uns sind die Steichhölzchen ausgegangen." Ich hatte schon in meine Jeans gegriffen. Da musste doch mein Feuerzeug drin sein. Wie oft war ich schon gefragt worden, wozu ich als Nichtraucher ein Feuerzeug in der Tasche mit herumtrug. Zuerst hatte ich immer wahrheitsgemäß geantwortet, weil ich so gerne zündelte. Später hatte mein Freund mir beigebracht, ich solle statt dessen antworten: ich hätte eben immer Feuer in der Hose, oder noch besser: damit ich einer schönen Frau jederzeit Feuer anbieten könne. Jetzt wurde der Spruch zum ersten Male wahr. Ich zog triumphierend das Feuerzeug hervor, krabbelte auf allen vieren die paar Schritte bis zwischen ihre Beine, und richtete mich auf meinen Knien auf, das Feuerzeug vorstreckend. Ohne es zu bemerken, streckte ich gleichzeitig noch etwas anderes vor, denn meine Erektion hatte ich über der Aufregung vollkommen vergessen. Die Kleine mit der Sonnenbrille sagte „Oh Mann, oh Mann!", keineswegs entsetzt, eher anerkennend, die andere hielt ihre Zigarette unter mein Feuerzeug, Mund und Augen aufgerissen, dann lächelnd. Ich begriff, eine Welle von Scham schwappte über mir zusammen, sofort zog ich die vorgestreckte Hand zurück, mein Geschlecht dagegen ignorierte meine Gefühle und blieb standhaft. Die größere hatte sich zuerst gefangen, und kicherte unbekümmert: „Feuer, bitte."

Ich versuchte ihre Zigarette anzuzünden, sie streckte den Kopf vor, um gleichzeitig zu ziehen, und schielte dabei noch immer auf mein Ding, das sich jetzt doch langsam zurückzog. Endlich klappte es, sie sog tief ein und nebelte mich mit einer dicken Wolke ein, was ich eigentlich gar nicht mochte. Diesmal war es mir recht, die Wolke hätte noch viel dicker sein dürfen und sich eine Viertelstunde nicht verziehen brauchen.

Die Kleinere sagte: „Super. Brauchst nicht rot zu werden. Setz dich her."

Die andere blies die zweite dicke Wolke, dann meinte sie: „Wir fressen dich nicht. Magst du eine?", wobei sie mir die Packung hinhielt. Ich schüttelte den Kopf. Sie waren ein winziges bisschen auseinandergerückt und erwarteten ernsthaft, ich setzte mich zwischen sie.

Na gut, wenn sie wollen, warum nicht. Ich drehte mich um, nach einem kurzen Kontrollblick auf meinen jetzt halbwegs braven Schwanz, und ließ mich genau zwischen beiden auf ihre Matte plumpsen.

„Wenn du nicht rauchst, kannst du wenigstens arbeiten", kicherte die Kleinere. Dabei deutete sie nach rechts, über die Beine der Langen. Diese reichte mir ein Plastikfläschchen mit Sonnenöl. „Reib uns die Rücken ein, bitte, das macht dir doch sicher Spaß? Nur wenn du willst, natürlich. Ganz dünn, sparsam auftragen steht drauf." Und sie kicherte leise weiter. Ich ließ mir das nicht zweimal sagen und begann sofort, mir etwas von dem Zeug auf die Hände zu verteilen. Ich begann bei der Kleineren, rutschte noch ein wenig zurück und verteilte ihr das Öl in Kreisbewegungen auf ihrem Rücken. Sie brummte dazu, offensichtlich gefiel ihr das so. Mir aber tat die verdrehte Stellung nicht gut, ich ging wieder auf die Knie und hockte mich genau hinter sie. Nach ein paar Minuten fragte die andere: „Und ich? Komm ich auch mal dran?" Ihre Zigarette war schon zu Ende, sie beugte sich weit vor, mir den runden langen Rücken anbietend. Die Kleine unterbrach ihr Gebrumm und meinte: „Du wirst es erwarten. Ich bin zuerst dran, weil ich auf die Idee gekommen bin. Und meine Vorderseite ist noch ganz unbehandelt!"

Hey, dachte ich. Vorderseite. Von Rücken war die Rede. Vorderseite, da sind die Brüste, wie soll ich denn da... soll ich die auch? So grübelte ich und spürte die Hitze in den Schwanz zurückkehren. Das kann ja heiter werden.

Aber die Lange gab sich damit nicht zufrieden. „Dein Bauch hat Zeit. Zuerst mein Rücken." Sie sagte das so entschieden. Die Kleine wagte kein weiteres Wort. Brav hoppelte ich hinter die Lange und begann ihren Rücken einzuölen. Ich hätte ja mehr Öl verwendet, aber wenn sie es nur ganz dünn haben wollten, bitte sehr. Ich war richtig vertieft in meine neue Beschäftigung. So bemerkte ich zuerst gar nicht, wie sich die andere inzwischen zurückgelegt hatte. Das sah interessant aus. Ihre Brüste waren auseinander, zur Seite gerutscht. Ich musste immer wieder hinsehen, während ich noch immer mit beiden Händen über den Rücken der Langen kreiste. Endlich erlöste sie mich mit einem warmen „Danke".

Also gut. Zurück zur Ersteren. Ich nahm mir ein paar weitere Tropfen Öl und begann beidseitig vom Hals. Arbeitete mich weiter nach unten vor. „Soll ich da... auch?" flüsterte ich. Mein Schwanz pulsierte gegen meinen Bauch.

„Aber ja, mein Guter, aber ja", hauchte sie, „da ganz besonders. Ausführlich." Ich meinte, zu zerspringen vor Geilheit. Ich zersprang nicht, begann aber zu zittern. Und bald hatte ich den Bogen raus, wie man so sagt, ob die Redensart vom Busen ölen stammt? In immer schwungvolleren Bögen kamen abwechselnd die immer wieder zur Seite wackelnden Brüste dran, und mir begann die Sache richtig Spaß zu machen. Diese weichen Dinger waren wirklich nette Spielzeuge. Sie seufzte mehrmals und zischte auf einmal: „Vergiss nicht meinen Bauch und meine Beine und alles, alles, hörst du?"

Sofort protestierte die andere, die wohl gute Ohren hatte: „Halt, zuerst komme ich wieder dran! Mach ihr es bis zum Bauchnabel. Dann komme ich dran."

Die Kleine brummte wenig begeistert, aber gegen die Autorität der anderen war sie machtlos, das spürte ich genau. Mit wenig Enthusiasmus rieb ich also unter den Brüsten bis zum Nabel, aber gleich wieder hinauf, und noch ein paar mal um die wogenden Schmusekissen herum, und sofort schnurrte die

Frau wieder zufrieden.

Ich krabbelte neben die Lange und rieb ihr nun neues Öl vom Hals an abwärts. Mir selber brannte die Sonne derweil unbarmherzig auf Schultern und Rücken, wie mir plötzlich bewusst wurde. Eigentlich wollte ich es der Langen weniger innig machen, als kleine Strafe, weil sie so herrisch war. Aber erstens waren ihre Titten wieder so anders, so interessant, die konnte ich mir nicht entgehen lassen. Sie standen nach oben, als gäbe es keine Schwerkraft, oder als seien sie gasgefüllt. Selbst in dieser Lage perfekt geformt. Und zweitens streichelte die Lange mit ihrer linken Hand zwischen meinen Beinen herum, wobei sie jedesmal ein wenig höher hinauf geriet mit ihren Fingern, wie zufällig. Ich glaubte aber, mit Absicht. Mir wurde noch heißer. Als sie an meine Eier stieß, zuckte ich ein wenig zusammen. Aber das animierte sie nicht dazu, mich in Ruhe zu lassen, sondern erst recht zuzugreifen. Ich stöhnte unwillkürlich auf. Versuchte, mich auf das Einreiben zu konzentrieren. Jetzt zum Nabel, befahl ich mir, umsonst. Meine Hand blieb bei den festen Hügeln. Ich seufzte lauter, konnte das nicht unterdrücken. „Mach nur weiter, nicht aufgeben", raunte sie mir zu, mit einem Zwinkern. Endlich kam ich beim Nabel an. Was nun? Sollte ich mich mit Ständer wieder umdrehen? Dann könnten mich die ganzen Leute da drüben sehen. Ach. Egal. Jetzt ist schon alles egal. Ich drehte mich um, so gut es ging tief vorgebeugt. „Das hat lange gedauert", motzte die Kleinere. „Jetzt lass das Öl weg. Nur drei Finger, nur da in der Mitte, du weißt schon. Ja ja, weiter, na los doch, Mann. – Mann! Nicht so fest. Hast du denn kein Gefühl? – Ja. Ja, so wird das. – Weiter. – Ah. – Ah! Nicht aufhören. – Harrrrrr! Ahh. – Gut." Ein Beben war durch ihren Körper gefahren, die Titten hatten lustig mitgewackelt, und sie war zufrieden. Von Öl und Beinen und so weiter sagte sie nichts mehr, mit geschlossenen Augen lag sie ruhig da.

Ich atmete tief durch und dachte, die hat es schön, schön gehabt, und ich? Mit einem Seufzer drehte ich mich wieder möglichst unauffällig zurück zur Langen. Mein Langer war sauer. Was ich verstehen konnte. Das war ja ungerecht. Immer die anderen. Trotzdem. Wie eben gelernt, setzte ich auch hier die Behandlung ohne Öl fort, mit drei Fingern. Und mit Gefühl. Lernen ist immer gut, sagten meine Eltern immer, wie recht sie hatten. Es ging viel besser, die Lange brachte nur wohlige Geräusche, aber keinerlei Anweisungen. Es war leicht zu erkennen, wie ihre Erregung exponentiell auf den Höhepunkt zulief. Aber. Sie ließ ihre Hand nicht liegen, sondern strich wieder mein Bein hinauf. Unvermittelt packte sie mein Glied, drückte es kurz und ließ es wieder los. Noch eine kleine Weile, dann kam es ihr. Gleichzeitig kam von irgendwoher eine kleine Wolke und legte einen Schatten über alles. Die Lange packte mich mit überraschender Kraft am Arm, drehte mir diesen so um, dass ich der Länge nach niederfiel. Jetzt lag ich auf dem Bauch, zwischen den auf dem Rücken liegenden, befriedigten Frauen, nur etwas höher. Unsanft stieß die Lange mir ihre Hand unter dem Bauch durch. Ich ahnte, was sie suchte, und half ihr ein wenig, indem ich meine Mitte leicht empordrehte, ihr entgegen. Sie packte meinen Luststab und begann ihn rhythmisch zu drücken und zu kneten. Das war wunderschön, aber ich konnte nicht kommen. Irgendwann verebbten ihre Bewegungen, und ich kapierte, sie war eingeschlafen. Ich drehte mich nach der anderen um, auch die war am Schlummern. Na so was. Das sagt man meist den Männern nach. Auch recht.

Ich wartete noch eine Weile, bis ich mich auch untenherum wieder beruhigt hatte, stand auf, suchte mein Feuerzeug und schlich mich auf meinen eigenen Platz zurück. Nur zwei Meter, aber wie in eine andere Welt. Die Wolke wanderte neben die Sonne. Alles erstrahlte hell, rundum, alles leuchtet in der Sonne.

Am hellsten aber leuchteten die beiden Mösen, jetzt ein wenig rötlich, keine drei Meter vor mir.

Und die vier Brüste. Zwei zur Seite gekippt, zwei in den Himmel ragend.

Ich legte den Kopf auf meine Arme und dämmerte ein.

Dezember 2008

Der glühende Turm

Es war heiß. Blauer Himmel, gnadenlos brennende Sonne. Ich klappte mein Heft zu und seufzte.

Ich nahm ein Handtuch, hängte mir meinen Schlüsselbund um, sonst brauchte ich nichts. Nur mit Turnschuhen, Sporthöschen und T-Shirt setzte ich mich auf mein Rad und fuhr durch die kleine Studentenstadt, die leer wirkte unter der drückenden Hitze. Nach einer Viertelstunde kam ich aus den letzten Häusern hinaus auf einen langen Feldweg, der mich in den Wald bringen würde. Ich hatte beschlossen, das Schreiben an meiner Abschlussarbeit für heute aufzugeben und lieber ein Bad in der Grube zu nehmen. Meine Arbeit würde auf mich warten. Die lief mir nicht davon.

Der Weg führte zwischen einem braunen Feld mit verdorrten Pflanzen, vielleicht Kartoffeln, und allerlei verwilderten Kleingärten hindurch. An der einzigen Kurve stand eine Art Turm, ein altes, hässliches Gebäude, vielleicht drei Stockwerke hoch, sehr schlank, und keine Fenster, kein Dach. Obenauf flimmerte die Hitze, genau wie auf dem Weg. Ich hatte mir manches Mal ausgemalt, mir dort ein Lager einzurichten, einen Zufluchtsort, in diesem vergessenen Gemäuer.

Ein Sportler überholte mich mit seinem Rennrad. Sonst waren keine Leute unterwegs.

Als ich zu dem Turm kam, sah ich daneben im schmalen Schatten ein Mädchen stehen. Sie trat zornig mit dem Fuß nach ihrem an die Mauer gelehnten Fahrrad. Ich bremste ab. Sie sah mich an, erschreckt, aber auch trotzig. Lass mich bloß in Ruhe, sagten ihre Augen deutlich. Sie trug ein langes, besticktes braunes Kleid, im fernöstlichen Folklore-Stil, wie es damals häufig zu sehen war. Das Vorderrad war platt, und Werkzeug oder Luftpumpe war hatte sie wohl nicht mit. Auf dem Gepäckträger war ein Handtuch eingeklemmt, wie auf meinem auch.

„Platten?", fragte ich überflüssigerweise. Was besseres fiel mir nicht ein. Nicht jetzt, später würden mir dann die brillantesten

Sprüche in den Sinn kommen. Eine meiner schlechten Eigenschaften.

„Scheiße!" Sie brachte ihre Antwort mit einer derart geballten Patzigkeit, am liebsten wäre ich sofort weitergefahren. Aber das brachte ich auch nicht fertig.

Ich nahm mich zusammen, um ein freundliches Gesicht zustande zu bringen: „Soll ich dir helfen? – Ich meine, ich kann es ja mal versuchen..."

„Scheiße! Scheißplatten. Scheißreifen. Verdammt." Sie trat erneut gegen das Rad, aber schon weniger heftig.

„So wird es auch nicht besser. Wenn du einen Achter reintrittst..."

„Pfff. Und wenn schon. Ist ja doch hin. Und was geht das dich an?"

Ein harter Brocken. Ungehobeltes Raubein. Aber gerade das interessierte mich, jedenfalls gab ich nicht gleich auf. Ich stellte mein Rad hinter ihres, nahm das Flickzeug aus der Werkzeugtasche unter dem Sattel, und den Maulschlüssel, den ich mit Einmachgummis an der Querstange befestigt hatte.

„Lass mich mal", brummte ich. Widerwillig trat sie einen Schritt zur Seite. Ich war nicht so der große Fahrradbastler, aber mit Plattenflicken hatte ich einige Erfahrung, weil ich lange Zeit ein schlechtes Paar Schläuche gehabt hatte, die immer wieder irgendwo platzten und geflickt werden mussten. So hatte ich nach einer Viertelstunde ihre Panne behoben und mir ziemlich dreckige Finger und ein paar Kratzer eingefangen. Sie hatte die ganze Zeit ungerührt danebengestanden, ohne auch nur den kleinsten Versuch zu machen, mit anzupacken. Ich war neugierig, wie sie sich jetzt verhalten würde. Sich artig zu bedanken war sicher nicht ihre Sache.

„Fertig", sagte ich nicht ohne Stolz und hielt ihr den Lenker hin.

Sie starrte über das Feld und schwieg. Ich sah aber an ihren Zügen, wie es in ihr arbeitete.

Plötzlich öffnete sich ihr Mund einen schmalen Spalt. „Dann kann ich ja jetzt weiterfahren", presste sie zwischen ihren Zähnen hervor.

„Ja, kannst du. Bitte sehr. – Also dann. Ciao." Ich kam mir ziemlich doof vor, immer noch hielt ich ihr den Lenker hin, immer noch ignorierte sie das und stierte über die weite Landschaft. Ich lehnte ihr Rad wieder an die Mauer.

Da zischte sie: „Lass stehen. Schließ deins ab. – Mach schon! Mann, du bist vielleicht..." Was ich ihrer Meinung nach war, ließ sie dann offen. Aber sie hatte wohl ein deftiges Schimpfwort unterdrückt, wie ich am Tonfall klar erkannte.

Was hatte sie nun vor? Ich beschloss vorläufig mitzuspielen, was immer da kommen mochte, und sperrte mein Rad ab. Meine Hände begannen leicht zu zittern, wie ich überrascht bemerkte. Ich war aufgeregt.

Mit einer barschen Kopfbewegung deutete sie um die Ecke. Ich hatte keine Ahnung, was das bedeuten sollte, da war ja nichts. Sie packte mich fest am Arm, schob mich ein Stück um den Turm herum, zwischen einem Gebüsch und der Mauer durch. „Verdammt, weiter!" fauchte sie und gab mir einen derben Stoß. Ich stolperte und krachte gegen die alte Holztüre. Besser gesagt krachte ich durch die alte Holztür, die über mir zusammenbrach. Das splitternde Holz zerkratzte mich erheblich, aber ich spürte davon nichts. Im Turm war es fast dunkel, nur durch ein paar Ritzen in der uralten Mauer fiel ein wenig Tageslicht von oben, etwas mehr Helligkeit kam durch die zerbrochene Tür und das Gebüsch hinter uns.

„Du bist ja geschickt. Normal öffnet man eine Tür, bevor man durchgeht..." Das klang nicht mehr so böse, eher spöttelnd.

Ohne Vorwarnung schlang sie mir ihre nackten Arme um den Hals, zerrte mich an sich heran und presste ihren Mund auf meinen. Ich spürte ihre Brüste deutlich. Es wurde ein heftiger Kuss, ihre Zunge arbeitete wie wild in mir. Sie kriegt ja doch ihre Zähne auseinander, dachte ich, dann dachte ich nichts mehr, genoss das aufkommende Kribbeln erst im Rücken, dann überall, die wachsende Erregung.

Sie lockerte den Griff, ließ sich auf die Knie sinken, ohne mich loszulassen, zerrte mir mein enges Höschen herunter. Ich sah rote Sternchen und unter mir ihre Haarmähne, noch mehr Sternchen, sonst nichts. Sie nahm mich in den Mund und werkte mit Zunge, Lippen und Zähnen so ungestüm, ich spürte, ich könnte das nicht lange aushalten. Ich begann zu schwanken, hielt mich an ihrem Kopf fest, und dann entlud sich meine Anspannung in einer Explosion aller möglichen angenehmen Gefühle.

Als ich nach ein paar Sekunden, oder waren es Minuten, oder länger, halbwegs zur Besinnung kam, lehnte ich an der kühlen Mauer, allein. Sie war weg. Ich zog die Hose hoch und stolperte ins Freie. Trotz des hohen Gesträuchs kam mir das Tageslicht blendend hell vor. Die Hitze traf mich wie ein Faustschlag. Ich taumelte um die Kurve. Mein Rad stand noch da, ihres war weg. Sie war weg. Ich hielt mich an meinem Rad fest. Mir brach der Schweiß aus. Ich begann, bewusst tief durchzuatmen. Was war das nun gewesen?

Ich versuchte, einen klaren Gedanken zu fassen. Was für eine Begegnung!

Sie war weg. Auch gut. Eigentlich war ich froh, jetzt allein zu sein. Ich kam mir ein bisschen wie zerschlagen vor. Matt. Und jetzt begann ich all die Kratzer und kleinen Wunden zu spüren. Zerschunden wie nach einem Kampf, dachte ich. Und schmunzelte. Langsam begann ich mich besser zu fühlen.

Aber zur Grube, zum Badesee, würde ich jetzt nicht fahren. Sie hatte auch ein Handtuch mitgehabt. Wenn sie dort wäre, an der Grube. Das wäre mir unangenehm. Irgendwie wollte ich sie jetzt nicht gleich wieder treffen. Ich wusste nicht mal, wie sie hieß. Wo sie wohnte. Ich wusste gar nichts von ihr, außer...

Außer, sie war eine Furie. Ein Biest. Ein Drachen. Grantig und grob. Patzig und ungeduldig. Und dabei ziemlich sexy...

Aber sie war weg.

Ich fuhr langsam auf den Waldrand zu. Bei der nächsten Wegkreuzung nahm ich nicht den Weg nach links, Richtung Grube, sondern fuhr geradeaus weiter, tief in den Wald hinein. Ich liebte diesen Wald. Stundenlang radelte ich eine Strecke, die mir teilweise neu war. Ich genoss den großen Wald. Auf dem Rückweg, es war schon spät und ein wenig kühler geworden, sah ich mit gemischten Gefühlen auf den Turm, in dem ich mein Feuer verschossen hatte, er kam mir im Vorbeiradeln immer noch heiß glühend vor. Und immer noch spürte ich dieses Kribbeln im Bauch...

Dezember 2008

Mondstrahlrutschen

Mein Freund hatte mal wieder eine Studentin angequatscht, das konnte er gut. Er war auch verheiratet. Wochenendehe. Um so mehr versuchte er unter der Woche, Mädchen anzubaggern. Nur so, aus Spaß am Flirten. Irgendwie hatte er es also geschafft, sich heute an Ulla heranzumachen. Ganz platonisch, wie er meinte. Aber immerhin hatte sie ihn zum Tee eingeladen, und er hatte mich mitgenommen. Wie waren also mit seinem Auto hinausgefahren, in die Hochhaussiedlung, und hatten mit ihr Tee getrunken und die Sonne untergehen gesehen. Dabei erzählte sie uns ein wenig von sich, von ihrem Mann, der in Düsseldorf wohnte, von allerlei Freunden, von ihrem Fortschritt im Studium, von ihren beruflichen Plänen und dazwischen viel belangloses Zeug. Auch mein Freund kam immer wieder zu Wort, nur ich sagte nichts. Ich genoss vielmehr die Nähe zu dieser Frau, eigentlich ein Mädchen, ich fragte mich, wieso ist die schon verheiratet. Warum. Sie wirkte so jung, so unbeschwert, so lebensfroh. Keineswegs leichtfertig, aber lustig, begeisterungsfähig, offen. Eine Ehefrau stellte ich mir ernsthafter, zielgerichteter, festgelegter und ein wenig verschlossener vor. Na, das mochte ein Vorurteil sein.

Sie war ziemlich hübsch. Sehr schlank, lange Beine in hautenger Jeans, Wespentaille, dünne Bluse, darunter lustig wippende Brüste. Halblange kastanienfarbene Haare. Am schönsten war aber ihr fein gezeichnetes Gesicht. Ich verspürte ständig den Impuls, sie zu umarmen und abzuküssen. Was ich mich natürlich auf gar keinen Fall getraut hätte. Nicht nur weil sie verheiratet war. Es hätte nicht gepasst. Aber diese Spannung zwischen uns. Ich spürte sie deutlich, und so wie sie zwischendurch mal meinen Freund, mal mich ansah, hieß das nicht, auch sie spürte dieses Kribbeln, dieses leichte erotische Knistern in der Luft?

Von mir aus hätte der Nachmittag ewig dauern können, aber nach dem Sonnenuntergang fuhren wir in die Stadt zurück, parkten das Auto beim Stadion und gingen zu dritt auf das

Fest, das dort im Uni-Sportzentrum von einer Studentengruppe gegeben wurde. Das war nicht nach meinem Geschmack, denn da sollte es Tanz geben, und ich konnte nicht tanzen. Andererseits, Ulla wollte gerne auf das Fest, und mein Freund wollte mit Ulla tanzen. Und wenn ich mitging, war ich noch ein paar Stunden mit Ulla zusammen, das war es mir wert.

Es kam wie es kommen musste, nachdem mein Freund ein paar Runden mit ihr getanzt hatte, wollte sie mit mir. Sie forderte mich zum Tanz auf. Und ich gab ihr einen Korb. Ich wäre am liebsten im Boden verschwunden, so peinlich war mir die Situation, aber es war doch noch weniger schrecklich, mich nur vor ihr zu blamieren als vor den ganzen Leuten, wenn ich mich auf der Tanzfläche unmöglich aufgeführt hätte, dachte ich.

Und überhaupt. Ulla war vergeben. Sogar verheiratet. Warum sollte ich mir viel dabei denken, mich vor ihr zu blamieren. Das war doch gar nicht schlimm. So versuchte ich mir einzureden. Allein, umsonst, es war furchtbar. Peinlich hoch drei. Sie würde mich verachten. Es tat mir körperlich weh. Warum nur war ich mitgegangen? Die Situation war so vorhersehbar, und doch war ich zu dumm gewesen, die Peinlichkeit zu vermeiden. Ihre Verachtung war schlimmer als ausgepeitscht zu werden, so fühlte ich das damals.

Wir saßen dann noch lange, quasselten über dies und das, mein Freund hatte ein Bier getrunken, Ulla und ich ein Glas Wein. Jeder unvoreingenommene Zuhörer hätte sich nichts gedacht, ein normales Abendgespräch, wie man so redet auf einem Fest, wenn es einem gut geht. Nur ich, ihr hörte zwischen ihren Sätzen immer wieder Seitenhiebe auf meine Feigheit. Untertöne. Andeutungen. Mich nicht mit ihr tanzen zu trauen. Ihr einen Korb gegeben zu haben.

Irgendwann beschlossen wir, heimzugehen. Mein Freund, ganz Kavalier, wollte Ulla noch nach Hause bringen. Mir war alles egal, Hauptsache weg von dieser Tanzfläche. Er schlug eine Abkürzung zum Parkplatz vor. Wir gingen in den dunklen, hinteren Teil des Geländes. Der Mond schien hell, aber unter den großen Bäumen hier war es dunkel. Weiter vorn wartete eine Straßenlaterne. Dahinter etwa musste das Auto stehen. Davor aber war ein über zwei Meter hoher Zaun. Ein altmodischer Eisenzaun mit senkrechten, eckigen Stäben, die oben mit Bögen verbunden waren, und über jedem Bogen in langen spitzen Zacken ausliefen. Ganz hübsch sah das aus. Nur mussten wir über den Zaun klettern, denn das Tor war abgesperrt. Da sah der Zaun nicht mehr so schön aus. Eher bedrohlich. Mein hoch gewachsener Freund kletterte auf die Sockelmauer, schwang sich geschickt über die Zacken und ließ sich auf der anderen Seite hinunter. Das kann er doch nicht machen, dachte ich. Da kommt die Ulla nie rüber, die ist ja noch ein wenig kleiner als ich. Aber, Ulla war schneller als gedacht ganz oben, sah zu mir zurück und fragte leise: „Kommst du?" Oder hieß das: Kannst du? Ich kletterte auch auf die Sockelmauer, weniger elegant als die anderen beiden, und da oben wusste ich plötzlich ganz sicher, ich käme niemals auf die andere Seite, ohne mich aufzuspießen. Ohne mich schwer zu verletzen. Panik überfiel mich. Was sollte ich jetzt machen? Es war ohnehin eine warme Sommernacht, aber jetzt brach mir der Angstschweiß aus. Nach der Blamage auf dem Fest eben, konnte ich mir nicht noch eine Blöße geben. Ich versuchte es, mein Bein über den Zaun zu schwingen, aber es gelang nicht. Ulla war schon drüben. War die Geräteturnerin? Mit einem gewaltigen Schwung kam sie zurück, stand neben mir auf der Mauer. Ganz nahe. Ihre Augen waren so groß. Sie sah mich tief an. „Gib mir die Hand. Ich helfe dir." Mir schossen die Tränen in die Augen. Ich schüttelte fast unmerklich den Kopf. Ich kann nicht, sollte das heißen. Sie nickte. „Komm runter. Wir gehen außenrum."

Wir sprangen auf den Rasen, sie elegant, ich plump, aber egal. Sie hielt mir die Hand hin. „Komm!", hauchte sie. Ihre Hand. Sie ging mit mir. Hand in Hand. Mir wurde schon wieder schlecht, oder schwindelig, aber diesmal vor Glück. Womit hatte ich das nun verdient? Der Edelmacho stand draußen oder saß längst in seinem Auto und ich lief Hand in Hand mit diesem zauberhaften Wesen durch das Mondlicht. Einmal blieb sie stehen, mit riesigen, weichen Augen sah sie mich an und sagte mit vibrierender Stimme: „Du bist so süß." Es knisterte regelrecht. Ein Feuerwerk von blauen Funken umsprühte uns. Nach einem Moment lachte sie leise auf und setzte hinzu: „Und so dumm." Aber das war nicht böse, nur neckend. Sie hätte in dem Moment jedes beliebige Adjektiv verwenden können, Hauptsache sie sagte irgendetwas, es war allein der Tonfall schon wie eine Liebeserklärung. Mir schmolzen die Knie dahin. – Wir mussten weit zurückgehen. Sehr weit. Endlich kamen wir an das Ende des Zaunes. Der hörte da einfach auf. Vollkommen bedeutungslos, dieser grimmige Zaun mit seinen gefährlichen Zacken. Wenn man ihn doch einfach umgehen konnte. Außer heute nacht. Da hatte er mal einen Sinn gehabt.

——

Hinter dem Ende des Zauns war ein kleiner Spielplatz. Viel gab es hier nicht, aber eine Doppelschaukel und eine große Rutschbahn. Ulla ließ meine Hand los und rief losrennend, über ihre Schulter zurückschauend: „Komm wir rutschen!" Und lachte fröhlich. Schon kletterte sie die Leiter hinauf. Ich beeilte mich, ihr nachzukommen. Sie sauste nach unten, ich ihr nach. Sie spurtete aus dem Sand, zurück zur Leiter und gleich nochmal hinauf. Ich folgte ihr mit kurzem Abstand. Beim dritten Mal blieb sie oben sitzen. Ich kletterte ihr hinterher, und setzte mich hinter sie. Sie drehte sich zu mir um, sah mich tief an. Der Mond schien so hell. Ihre braunen Augen. Ihr Blick ging mir durch und durch. Ich hatte heftiges Herzklopfen. Ich spürte ihr Gesicht näher kommen. Ihre Lippen... ich fühlte ihre Lippen ganz nah. Funken stoben zwischen uns, das Blut rauschte, das Herz hämmerte. Sie legte eine Hand auf mein Bein. Unsere Lippen trafen sich.
Mehr nicht. Der flüchtigste Kuss der Welt. Aber in dieser Nacht. Nach allem vorher. Mit diesem Mädchen. Bei Mondschein. Sie drehte sich um und rutschte zum letzten Mal hinunter. Ich hinterher. Wir hatten beide die Schuhe voller Sand. Sie lachte darüber, ich lachte mit. Was für eine elektrische Nacht. Sie nahm mich wieder an die Hand. Lange Jahre würde ich auf ein so zärtliches Händchen warten müssen.
Hand in Hand liefen wir vorwärts. Die Laternen da vorne. Da

musste das Auto stehen. Kurz bevor wir es erreichten ließ sie mich los. Ich fühlte mich, als sei etwas von mir abgerissen worden.

Was für eine Nacht.

„Na, das hat aber lange gedauert. Was habt ihr denn getrieben, ihr zwei? Ein Quickie auf der Wiese?", fragte mein Freund, eher gönnerhaft als ärgerlich oder gar eifersüchtig.

Wenn ich dir die Wahrheit erzählen würde, du verstündest nichts. Nichts. Dachte ich. Bei dir zählt nur Sex. Wir haben Händchen gehalten, und uns fast geküsst. Sonst nichts. Und doch war es eine der besten Nächte des Jahrtausends. Für mich. Das verstehst du nie.

Ich saß auf der Rückbank und schwieg. Ulla, auf dem Beifahrersitz, sagte zuerst auch nichts, dann plapperte sie alles mögliche dahin. Als mein Freund ihr seine Hand auf ihr Knie legte, so wie er das immer machte, wenn er eine hübsche Beifahrerin hatte, war ich diesmal gar nicht neidisch.

Ulla. Ich fühlte mich, als wäre ich ein einziges Lächeln.

Dezember 2008

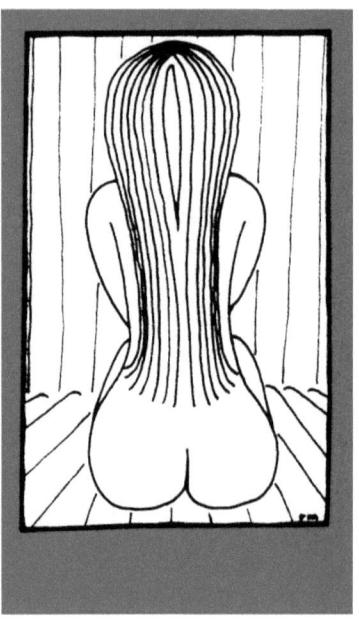

Im Hehlerladen

Einmal ging ich durch das enge Viertel mit den typischen, drei- oder vierstöckigen Wohnhäusern auf die Uni zu, da sah ich auf der anderen Straßenseite ein Mädchen im Fenster sitzen, zunächst mir den Rücken und die leuchtende Mähne zugewandt. Gerade mal zwei Meter über dem Gehsteig saß sie da quer zur Straße, den Kopf und Rücken an den Fensterrahmen gelehnt, das linke Bein angezogen, das rechte über dem Gehsteig baumeln lassend. Von der Ferne war sie mir durch ihre lange, rote Haarpracht aufgefallen, ein sehr helles Rot. Als ich auf gleicher Höhe war, sah ich auch ihr sehr bleiches, zartes Gesicht und, was mir gar nicht gefiel, ihre Zigarette, an der sie gierig saugte. Sie trug violette Cord-Jeans, was sich mit ihrer Haarfarbe nicht vertrug, aber auf eine reizvolle Weise, wie eine schräge, Spannung schaffende Dissonanz in einem Freejazz-Stück.

Am Abend, kurz vorm Einschlafen, fiel mir dieses Mädchen wieder ein, und es kam mir nachträglich so vor, als hätte sie außer der langen Hose gar nichts weiter angehabt, und ihre Brüste nur mit ihren langen Locken leicht verschleiert. Mit dieser angenehmen Vorstellung schlief ich lächelnd ein.

Eine Woche später kam ich in der Nähe vorbei, und dachte, ich schau mal, vielleicht sitzt sie wieder da und raucht, und ich kann mal herausfinden, ob sie oben ohne oder doch irgendetwas anderes trägt. Es war nur ein kleiner Umweg. Ich konnte das Fenster problemlos wiedererkennen, allein, es war geschlossen und kein Mädchen zu sehen. Dafür entdeckte ich, was mir beim ersten Mal entgangen war: Das Fenster mit den gelb gestrichenen Schlagläden gehörte sicherlich zur Wohnung des Hehlers, denn ein paar Meter rechts daneben im selben Haus war sein kleines, unauffälliges Schaufenster und der Eingang zu seinem Laden.

Wenn mein Freund und ich Lust hatten, uns etwas zu kaufen, für wenig Geld, dann gingen wir zum Hehler. Oder wenn uns für ein konkretes Bastelprojekt noch irgendwelche Elektronikteile fehlten, die im normalen Elektronikgeschäft zu teuer oder gar nicht zu haben waren, dann probierten wir unser Glück beim Hehler. Natürlich durfte das niemand wissen, dass wir den braven Geschäftsmann „Hehler" nannten, es war unser Code-Wort. Wir meinten das auch nicht böse, obwohl die Herkunft der Waren oft ein wenig dubios erschien. Aber natürlich konnte er auch ganz legal irgendwelche Restbestände aufgekauft haben oder so manches Teil bei einer Entrümpelung abgestaubt haben, uns war das im Grunde egal. Er selber war ein ruhiger, freundlicher alter Herr. Steinalt, hätte ich damals gesagt, mindestens sechzig, jetzt wo ich selber auf dieses Alter zugehe, finde ich es gar nicht mehr so alt. Solange ich meine Frauen noch glücklich machen kann, kann ich nicht furchtbar alt sein, oder? Aber zurück zum Hehler. Er trug immer einen grauen Arbeitskittel, vorne geknöpft und mit vielen Seitentaschen, ganz wie die Verkäufer in dem alten Eisenwarenladen in meiner Heimatstadt, der schon in meiner Kindheit reichlich altmodisch wirkte und auch bald für immer schloss. Seine Haare waren weißgrau, er trug eine dunkle Hornbrille und war immer gut aufgelegt. Wenn wir etwas bestimmtes suchten, ging er nach hinten, die drei Stufen hinauf in einen dunklen Gang hinein, kam dann oft erst nach einer halben Stunde zurück und manchmal hatte er das gewünschte gefunden, meistens bedauerte er umständlich, dies oder das gerade heute nicht vorrätig zu haben. Eilig durfte man es nicht haben, wenn wir es eilig hatten, gingen wir von vornherein nicht zu ihm. Denn selbst wenn wir uns etwa einen Gegenstand schon genau angeschaut, aber dann liegen gelassen hatten, und am nächsten Tag nur genau dieses Ding schnappten und zahlen wollten, konnte leicht eine Viertelstunde oder mehr vergehen, bis der Meister endlich zum Kassieren erschien, und der endgültige Preis ausverhandelt war. Denn die handgeschriebenen Preisschildchen waren nur eine Verhandlungsgrundlage, wie wir alten Stammkunden wussten.

Eincs Tages gingen wir mal wieder in den kleinen Laden, bummelten zwischen den hohen Regalen herum, durch die man nicht hindurchsehen konnte, und die beidseitig von unten bis oben mit den merkwürdigsten elektrischen und elektronischen Bauteilen, Geräten, Geräteteilen etc. vollgestopft waren. Eine Logik in der Anordnung der Waren konnten wir nie herausfinden, so konnte ein Flachbandkabel am einen Ende des Ladens liegen und der zugehörige vielpolige Stecker am anderen Ende, aber dafür blieb die Lage der wichtigsten Kategorien über die Jahre immer gleich, obwohl doch ständig neue Lieferungen ganz neue Produkte hereinbrachten, und auch immer was verkauft wurde. Manchmal waren wir ganz allein im Geschäft, oft aber war es auch richtig voll. Die Kunden waren immer männlich, aber aus allen Altersklassen. Heute waren wir fast allein, der einzige andere Kunde zahlte gerade und verließ bald den Laden. Mein Freund entdeckte ein merkwürdiges Teil, rief mich flüsternd – außer wenn es voll war, unterhielt sich jeder hier ganz leise oder flüsternd – und fragte lauernd, ob ich wisse, was das sei. Ich hatte keine Ahnung. Er erklärte mir, das sei das Innere eines Leistungsmessgerätes. Die Details habe ich längst vergessen, ich erinnere mich nur an den Kontrast zwischen seinen leuchtenden Augen über diesen glücklichen Fund, und meiner Skepsis, was sollten wir denn damit anfangen, war das nicht ein Teil, was bei uns nur rumliegen würde?

Er war enttäuscht, weil ich seine Begeisterung nicht teilte. Wir schauten weiter, ich warf ihm einen Blick zu und sah zu meiner Erleichterung, er war schon wieder zufrieden. Doch dann riss es ihn, das bemerkte ich aus den Augenwinkeln, und ich sah ihn hingerissen in die hintere Ecke schauen. Ich konnte da nicht hinsehen, also ging ich schnell, aber leise, um das Regal herum. In der Tür zu dem langen Gang in die hinteren Gemächer stand ein Mädchen, mit langen roten Haaren und sehr heller Haut. Das war doch die... die Raucherin aus dem Fenster. Sie hatte grüne Augen und sah höchst seltsam in das Geschäft, wie entrückt, träumend, sehnsuchtsvoll, und voller Verlangen. Oder bildete ich mir letzteres nur ein? Sie trug ein seltsames Kleid, aus hellblauem, hauchdünnen Gewebe, vollkommen durchsichtig, aber viele Schichten übereinander, so dass ihr Körper nicht zu sehen war, höchstens zu ahnen. Sie drehte sich um, wobei sie die Hände elegant abgespreizt hielt wie eine Tänzerin, und schwebte in den dunklen Gang hinein. Schnell war die ganze Erscheinung vorbei. Als wir ein paar Kleinigkeiten ausgesucht hatten und zahlen wollten, kam uns der Hehler ungewöhnlich kurz angebunden vor, er schien es fast eilig zu haben, sein Ausdruck war leicht gehetzt. Als wir verwundert die Stufen zur Straße hinunterstiegen, knallte er schon die Tür hinter uns zu und ließ die Kette klirrend einrasten. Irritiert schaute ich mich um, da baumelte das alte, rostige Schild „Geschlossen" hinter der Scheibe in der Ladentür.

„Der macht schon zu", wunderte ich mich. Mein Freund zuckte die Schulter und meinte: „Meist hat er viel länger auf abends. Soll er halt mal mittags zu machen. Vielleicht hat er Stress mit seiner Tochter." – „Du meinst, das ist seine Tochter?" – „Natürlich, das sieht man doch." Eine rätselhafte Bemerkung. Wer könnte sich einen größeren Gegensatz zwischen dem alten Mann und dem jungen Mädchen ausdenken? Außerdem, konnte das denn altersmäßig hinkommen? War sie nicht viel eher die Enkelin? Wir gingen eine Zeit lang schweigend, jeder seinen Gedanken nachhängend. Einmal sagte er: „Ganz schön sexy, die Kleine." Und ich brauchte eine Weile, zu begreifen, er hatte die aus dem Hehlerladen gemeint. Und als wir fast zuhause angekommen waren, begann er nochmal: „Ich glaub, die hat was geraucht." – „Ja, ich hab sie mal mit einer Zigarette gesehen." – „Pfff. Nicht Zigaretten. Eingeraucht hat sie gewirkt. Gras. Die war doch wie weggetreten."

Von der Seite hatte ich das noch nicht betrachtet, aber es kam mir schlüssig vor. Nur fand ich meine Erklärung, sie wäre einfach geil gewesen, viel aufregender, aber das behielt ich für mich.

Ein paar Wochen später gab es wieder ein weibliches Wesen beim Hehler zu sehen. Wir hatten ein wenig mit dem wie immer gutgelaunten Mann gequatscht, er hatte von irgendwo genau so einen Leistungstransistor hervorgekramt, wie ich ihn gerade brauchte, noch dazu für einen Spottpreis. Alles war bestens, draußen schien die Sonne. Doch plötzlich schien es dunkler zu werden. Eine dickliche Frau mit grellbunten Lockenwicklern erschien auf dem Treppchen hinter der Kasse. Mit resigniert-gezogener Stimme fragte sie zum Rücken des Hehlers, ob er vielleicht nochmal hinter komme heute, das Essen wäre schon fast kalt und das Schnitzel sei zäh und überhaupt sei alles furchtbar und sie halte diese Welt nicht mehr aus... Man konnte zuschauen, wie der Hehler sich verkrampfte, verbissen blickte er auf den Kassenzettel, wo es eigentlich nichts mehr zu rechnen gab. Die Frau sah entsetzlich aus, nicht weil sie ein bisschen dick war, das störte mich nicht, ich habe nichts gegen Dicke, aber sie ließ sich offensichtlich hängen, machte nichts aus sich, und das nicht nur heute. Dazu trug sie eine Kittelschürze, manchmal auch Kleiderschürze genannt, für mich das unerotischste, nein anti-erotischste Kleidungsstück überhaupt. Ich glaube, wenn ich eine Stunde in einen Raum mit einer Frau in Kittelschürze gesperrt würde, trüge ich dauerhafte Erektionsstörungen davon, nach fünf Stunden wäre ich reif für die Anstalt, und nach zwei Tagen würde mein Penis verfaulen und abfallen.

Und das war nun die Frau des Hehlers? Der arme Mann. Schon wie er da vor uns stand, ganz verkrümmt, war er auf einmal ein Bild des Jammers, aber mit dieser Frau verheiratet sein, das musste ja die Hölle auf Erden sein. Wir murmelten irgendetwas, was ihn aufmuntern sollte, aber es funktionierte natürlich nicht, und wir verdrückten uns so schnell wie möglich. „Pah, was war denn das für ein Drachen?", fragte ich draußen. Mein Freund sagte lakonisch: „Was halt dreißig Jahre Ehe so aus einem Liebespaar machen." Ich sah ihn entsetzt an. „Das meinst du ja nicht im Ernst, oder? Schau doch meine Eltern an. Eine lange Ehe, das kann doch sehr schön sein. Sollte es immer sein." – „Ja ja. Sollte. Überleg mal, wieviele ältere Ehepaare du kennst, und dann zähl mal, wieviele davon glücklich sind." Er konnte immer so ernüchternd sein. Dieser übertriebene – wie ich fand – Realismus, das war nicht so meins. Wenn mir die Welt zu schlecht war, träumte ich mir eine bessere zusammen...

———

Wieder ein Zeitsprung, etwa ein Jahr später. Mein Freund war mit seinem Studium fertig und ich noch lange nicht, aber zum Hehler ging ich noch immer ab und zu.

Eben war ich mit meiner Auswahl zufrieden, im Plastikkörbchen hatte ich eine Handvoll Teile zusammengesucht und ging auf die Kasse zu. Ich hatte vorher Geräusche gehört wie von der Lade im Kassentisch, und Geldklimpern, und angenommen, der Hehler stünde dort. Aber er war gar nicht anwesend. Da sah ich einen Schimmer, eine Bewegung, ganz kurz nur, oben rötlich, unten grünlich. Etwas rötlich-grünes verschwand in dem langen Gang in den hinteren Teil des Erdgeschosses. Quälend langsam drückte die Schließfeder die Türe zu. Ich hörte ein helles, lustiges, langsam verebbendes Lachen. Ein eigenartiges Lachen. Unbeschwert, aber auch anders, lockend, sinnlich...

Das Mädchen!

Vom Hehler war nichts zu sehen. Das Mädchen kam nicht wieder. Ich wartete.

Ich konnte geduldig warten, und das war auch nötig. Nach einer halben Stunde war ich noch immer vollkommen allein im Laden, kein anderer Kunde, der Hehler selber blieb verschwunden, Erscheinung hatte ich auch keine mehr. Soviel Geduld hatte ich nun auch wieder nicht. Sollte ich einfach gehen? Ich könnte das Körbchen unter ein Regal schieben, das würde sicher niemand finden, und am nächsten Tag bezahlen. Ich könnte aber auch, warum auch nicht, ich könnte ja mal in den Gang reinschauen. Die Tür war nicht verschlossen, wie ich wusste. Vielleicht saß er da hinten irgendwo und hatte die Anwesenheit eines Kunden gar nicht bemerkt? Und vielleicht war ja noch ein Blick auf das Mädchen zu erhaschen, das wäre auch nicht schlecht. Einen Hund hatte ich hier noch nie gesehen, das war das einzige, wovor ich mich wirklich fürchtete. Also los. Ich ließ mein Körbchen neben der Kasse stehen, lief zur hinteren Ecke, die Stufen hinauf, zog die Tür auf und betrat mit einigem Herzklopfen den Gang. Er war weit länger, als erwartet. Und voller Türen, auf beiden Seiten. Weiter hinten links stand eine Tür offen, gelbes Lampenlicht quoll heraus, und Geräusche wie von einer Küche. Ob da drin der Kittelschürzendrache residierte? Dann sollte ich mich da nicht sehen lassen. Halt! Noch ein Stück weiter, aber rechts, erschien ein roter Lockenkopf. Kichernd verschwand er wieder, ein grüner Rocksaum zeigte sich fast gleichzeitig und verschwand ebenfalls. Mein Herzklopfen wurde zu Herzrasen.

So leise ich konnte schlich ich den dunklen Gang entlang, an der Küchentür sprang ich fast vorbei. Dabei hörte ich tatsächlich die unsäglich genervte Stimme der Hausfrau vor sich hin schimpfen. Ohne zu überlegen bog ich rechts ab, wo ich den Rocksaum und den Haarschopf hatte verschwinden sehen. Zu meiner Überraschung war auch das wieder ein Gang, wenn auch nicht so lang, mit vielleicht vier oder fünf Türen auf jeder Seite. Ich hörte noch den Nachhall einer zugeschlagenen Türe, und schnell leiser werdende, trippelnde Schrittchen, aber wo konnte das gewesen sein? Jetzt waren alle Türen zu. Sollte ich wahllos eine aufmachen? Das wäre dann aber schon mindestens Hausfriedensbruch, wenn nicht schlimmeres. Trotzdem überlegte ich nicht lang, und probierte die zweite Tür links. Abgeschlossen. Na, das vereinfachte die Sache, wenn die meisten verschlossen wären, bräuchte ich nicht lange zu suchen. Warum ich die ersten beiden Türen zu beiden Seiten ausließ, wusste ich selber nicht. Ich probierte die zweite Tür rechts. Auch verschlossen. Die dritte links. Die ließ sich öffnen. Ich spähte aufgeregt hinein. Wieder ein Gang! Ich war in ein Labyrinth geraten. Zwei Türen rechts, drei links, aber geradeaus führte eine steile Holztreppe hinauf. Ich machte drei große Schritte, um das obere Ende der Stiege sehen zu können.

Der Anblick traf mich heftig. Helles Sonnenlicht strömte durch die offene Tür, aufgehalten von dem rothaarigen Mädchen, das nichts trug als einen langen, aus einzelnen Stoffbahnen bestehenden Rock, die wohl nur mit einem Strick um den Bauch zusammengehalten wurden. Sie sah mich an. Dieser Blick brachte mein Blut zum kochen, ich wusste kaum was ich tat, als ich auf die Treppe lossprang um zu ihr zu gelangen. Sie ließ ein spöttisches Gelächter hören, drehte sich um, wobei ihre bloßen, schneeweißen Brüste im grellen Licht aufleuchteten, und zog mit derselben Bewegung die Holztür quietschend zu. Dabei verfing sich eine der fliegenden Stoffbahnen und blieb eingeklemmt hängen. Atemlos kam ich oben an, riss die Tür auf und packte den grünen Streifen. Wir waren auf einem sehr langen, niedrigen Balkon zum Innenhof, ein verwunschenes Stadtgärtchen, aber ich hatte keine Muße, diese Idylle zu genießen. Sie hatte schon wieder einen erheblichen Vorsprung, ich sah ihre fliegende Mähne und den wehenden Stoff, ihr rechtes Bein war allerdings jetzt genau so frei wie die Pobacke darüber, was für ein Anblick. Etwas gehetzt sah sie über die Schulter zurück, begann aber sofort wieder ihr spöttisches Lachen, als sie bemerkte, wie weit ich hinter ihr war. Sie verschwand nach rechts. Als ich nach Luft schnappend an der Stelle ankam, war ich verwundert, hier gab es mal keine Tür und keinen Gang. Das ganze war wohl ein Lagerraum, aber nicht für Elektronik. Es gab riesige, regelmäßig aufgestellte Regale, mit Hunderten oder Tausenden von gefüllten Säcken, Jutesäcke wie man sie für Kartoffeln verwendet, und Tausende von Stoffballen, in allen Farben und Qualitäten. Ich sah für einen kurzen Moment die Beine und den grünen Stoff hinter dem Regal direkt vor mir und rannte zu der Stelle, doch rechts sah ich nichts mehr. Wo war sie hin? Ich lauschte, und meinte, ihre Füße weiter rechts hinten trippeln zu hören. Schon spurtete ich los, abwechselnd vor mir und neben mir Ausschau haltend, kam bis zum Ende des Raumes, ohne eine Spur. Doch, da vorne, der grüne Fetzen, der gehört da nicht hin. Schon rannte ich wieder, schnappte mir das Stoffstück, und hinten um die Ecke, es ging nur nach rechts, da brauchte ich nicht zu überlegen. Und gleich weitergehetzt... Da! Nicht mal fünf Meter vor mir kam sie aus dem Gang zwischen zwei Regalen hervor, wäre mir fast in die Arme gelaufen, sah ständig hinter sich. Sie hatte mich wohl aus der falschen Richtung erwartet. Da entdeckte sie mich mit einem spitzen Aufschrei, rannte von mir weg auf das andere Ende der großen Halle zu. Ich versuchte ihr nachzukommen, aber der Abstand vergrößerte sich. Sie war jetzt auf der rechten Seite ganz nackt. Ganz hinten rannte sie rechts hinein, wobei sie einen Stoffballen herausriss, an dem sie sich festgehalten hatte. Ich bog zwei Gänge früher schon rechts ein, und dachte, na warte, gleich hab ich dich. Vom stupiden Hinterherlaufen hatte ich genug, und außerdem damit keine Chance, sie zu erreichen. Meine neue Taktik dagegen funktionierte. Je näher ich dem Ende des Regalganges kam, je deutlicher hörte ich ihre Tritte und ihr Kichern näher kommen. Genau an der Ecke wären wir fast zusammengeprallt.

Die ganze Zeit hatte ich nur dieses Ziel vor Augen gehabt, sie zu erwischen, und nun hatte ich mein Ziel erreicht, aber über diesen Punkt hinaus hatte ich keinerlei Plan oder Absicht, wie mir blitzschnell klar wurde. Mein zehntelsekundenlanges Zögern nutzte sie sofort aus, um mir zu entwischen, ich griff nach ihr, bekam aber nur ihre Haare zu fassen. Sie schrie auf, drehte sich flink um und schlug nach mir, traf mich am Arm. Drehte sich ohne innezuhalten weiter und spurtete erneut los. Ich warf mich nach vorn und hatte die vorletzte grüne Bahn in der Hand, sie aber gewann Abstand, jetzt ganz nackt. Ich sah ihr halb wütend, halb verlangend nach, stolperte und fiel der Länge nach hin. Alles mögliche tat mir weh, aber ich raffte mich zusammen, stand auf und rannte drei Schritte, nur um sofort wieder anzuhalten. Würde derselbe Trick noch einmal funktionieren? Aber ich hatte sowieso keine bessere Idee. Welchen Gang sollte ich probieren? Ich bog gleich in den erstbesten ein, hörte sie aber im nächsten Gang entgegenkommen. Ich drehte so leise wie möglich auf der Stelle um, schnellte ein paar Schritte vor, breitete die Arme aus und schnappte zu. Sie war, wie ich gehofft hatte, genau in mich hineingelaufen. Das kommt, wenn man dauernd nach hinten schaut, dachte ich. Ihre Haare kitzelten mich im Gesicht, und sie begann sich zu wehren. Ich war nicht gerade stark, aber es fiel mir leicht, sie festzuhalten. Sie war unglaublich schlank, und wirkte so zerbrechlich, ich bemühte mich sehr, ihr nicht wehzutun. Ich hielt ein zappelndes, nacktes Mädchen im Arm, und wusste nach wie vor nicht, was ich mit ihr anfangen wollte. Sie keuchte heftig, ich musste ihr wohl etwas mehr Luft lassen. „Lass mich. Lass mich los! Du darfst mir nichts tun. Lass mich!", zischte sie wild. Fast hätte ich sie losgelassen. Aber dann fiel mir ein, wie raffiniert sie mich hergelockt hatte, wie höhnisch sie mich ausgelacht hatte, und packte erst recht stärker zu. Dabei rutschte meine rechte Hand zu ihrem Po hinunter, was sich noch besser anfühlte. Plötzlich wurde sie ganz weich in meinen Armen, hörte auf sich zu wehren. Mit veränderter Stimme bat sie: „Bitte. Lass mich los. Ich verspreche, nicht mehr wegzulaufen. Aber gib mich frei. Bitte." Gegen diese Stimme, so zartschmelzend wie eine gute Schokolade, war ich machtlos. Langsam ließ ich meine rechte Hand über ihren kleinen Po zu mir wandern, mit der anderen fuhr ich ihren Rücken quer hinüber bis zu ihrem dünnen Arm, bevor ich sie ganz los ließ. Sie machte einen kleinen Schritt rückwärts und sah mich mit ihren grünen Augen unergründlich an. Mit jeder Sekunde wuchs die Spannung zwischen uns, zuerst war mir das unangenehm, aber diese Spannung wurde bald zu einer wunderschönen, tiefgehenden Erregung. Nach einigen Minuten oder wie lange, keine Ahnung, löste sie die eigentümliche Seelenverbindung zwischen uns, indem sie nach unten schaute und sagte: „Was bist du denn für ein komischer Kerl." Ich wusste nicht, was sie meinte, nicht mal, ob das jetzt anerkennend oder abfällig gemeint war.

Sie sah mir wieder ins Gesicht, begann zu lächeln, und drehte sich zur Eingangsseite, wo es auf den Balkon hinausging. „Hier darf man nicht rauchen, zu gefährlich. Gehen wir in mein Zimmer." Sie hielt mir ihre Hand hin. „Komm mit", rief sie leise, bückte sich nach den grünen Stoffbahnen, die ich da fallen gelassen hatte, und zog mich auf den Balkon. Mein Blut rauschte wie verrückt, wie ich da von der nackten Schönen durch die Sonne, nachher ins dunkle Haus hinunter gezerrt wurde. Ich wollte sagen, ich will aber gar nicht rauchen, aber ich konnte nichts sagen. An der Küche kamen wir nicht vorbei, aber in einem der Gänge hielt sie sich den grünen Stoff um den Leib. „Falls mein Daddy herausschaut", flüsterte sie und blinzelte mir zu. Sie öffnete eine Tür. „Hier rein." Es war stockfinster in dem Zimmer. Sie knipste ein schwaches Licht an. „Machst du bitte die Fensterläden auf?" Ich schaute mich schnell um. Ein Himmelbett aus reichverzierten Stoffen, ein kleiner Tisch mit einem Stuhl, zwei kleine Kleiderschränke, ein Schaukelstuhl, ein Waschbecken mit Spiegel an der Wand. Mehr war es im Wesentlichen nicht. Ach ja, und ein sehr dicker Teppich. Insgesamt wirkte es orientalisch. Ich öffnete das Fenster, um die außen angebrachten Läden aufklappen zu können.

„Danke. Gefällt es dir bei mir?" Gute Frage, dachte ich. Lieb eingerichtet, ein richtig süßes Mädchenzimmer, wie es zu dir passt, aber dieser Geruch, um nicht zu sagen Gestank, nach kaltem Rauch, den mochte ich überhaupt nicht. Dabei war gleichzeitig ein anderer Geruch, oder ein Duft, in der Luft, etwas süßlich und sehr aromatisch, wie nach Rosen, aber den konnte ich nicht genießen, wenn immer diese Zigaretten dabei waren. „Mir gefällt deine Einrichtung", sagte ich diplomatisch. „Und was ist das?" Dabei deutete ich auf ein reich verziertes buntes Glasgefäß, das in der Ecke auf dem Boden stand, aus dem oben ein ebenfalls verziertes Messingrohr steckte. Seitlich ging ein langer, golden geschmückter Schlauch weg, der in drei oder vier Windungen auf dem Boden aufgerollt lag. „Ach das, das ist meine Wasserpfeife, die habe ich mir damals mitgenommen, aber die geht nicht richtig. Oder ich mach das falsch. Mir hat mal jemand gesagt, die ist gar nicht für Hasch gedacht." Ah. Also doch. Dann hatte mein Freund sie gleich richtig eingeschätzt. Er kannte sich da auch besser aus. Mit Frauen und mit Hasch.

„Komm, setzt dich zu mir." Sie hatte sich eine gelbe Hose angezogen, ein breites Kissen auf das Fensterbrett gelegt, und sich auf die eine Seite gesetzt. Zögernd setzte ich mich neben sie. Sie hatte eine Art braune Zigarette in der Hand und zündete sie mit einem winzigen Gasfeuerzeug geschickt an. Dann zog sie, tief und lang, schloss die Augen, hielt vollkommen still, bis sie endlich den Rauch ausatmete. Ich hielt unwillkürlich die Luft an, aber ich bemerkte bald, dass dieser Rauch nicht unangenehm roch, im Gegenteil. Trotzdem schüttelte ich still den Kopf, als sie mir das Kraut hinhielt und fragte: „Magst du auch mal?"

„Glaubst du, dass das gut ist, wenn du sowas rauchst?", fragte ich sie. „Die Entscheidung kannst du mir überlassen, mein Lieber, mach dir um mich keine Sorgen. Ich bin alt genug." – „Wie alt bist du denn?" Zwischen 24 bis hinunter zu 14 schien mir alles möglich. „Achtzehn. Alt genug, genau wie du." – „Ich weiß nicht, ich komme mir schon um einiges älter vor." – „Und wie alt bist du wirklich?" – „Vierundzwanzig." – „Oh. Und doch hast du mich – oben – vorhin – laufen lassen." – „Laufen lassen? Wie meinst du das? Was hätte ich denn sonst tun sollen? Du hast doch gesagt, ich solle dich loslassen." Sie lachte verächtlich auf. „Und welcher Mann tut, was man ihn bittet? Welcher Mann fällt nicht über ein Mädchen wie mich her, wenn er so eine gute Gelegenheit hat? Ich hab da schon ganz anderes erlebt, glaub mir." – „Was meinst du damit? Bist du schon mal vergewaltigt worden?" Mir lief ein kalter Schauer über den Rücken. Hatte sie wirklich erwartet, ich würde sie vergewaltigen? Ich? Einen kurzen Moment wurde mir schlecht. Sie rauchte in tiefen Zügen, die Erinnerung hatte sie wohl gepackt. Sie begann zu zittern. „Ist dir kalt?", fragte ich, sie von der Seite ansehend. Sie antwortete: „Nein, aber du darfst trotzdem deinen Arm um mich legen. Wenn du willst." Das ließ ich mir nicht zweimal sagen. Langsam wurde mir ihre Nähe angenehmer und gleichzeitig fühlte ich mich entspannter. Wir saßen hier nebeneinander, warum auch nicht, in ihrem Zimmer. Fast eine normale Situation. Fast. Denn sie rauchte Hasch, und sie war obenrum nackt. Immer wieder sah ich sie von der Seite an, ihr fein geschnittenes Gesichtchen, ihre grünen Augen, ihre kleinen Brüste mit den hellrosa Spitzen, ihre dünnen Ärmchen. Mit meinem Arm drückte ich sie zart an mich. Dabei fing sie zu erzählen an. Langsam und mit großen Pausen zuerst, später immer flüssiger. Wie sie als kleines Mädchen mit ihrer Mutter im Ausland gelebt hatte. Wie sie mit zwölf an einen Harem verkauft worden war. Von der Zeit im Harem, weit weit weg von hier, wo die jüngsten der Mädchen oft zum Herrscher gerufen wurden, um ihm ihre Dienste zu leisten. Liebesdienste, wie es hieß, obwohl doch soviel Verachtung und Hass dabei war, nicht immer, aber allzu oft. Wie sie

mit vierzehn schon zu alt war. Wie ihr jetziger Vater sie freige-
kauft und adoptiert hatte. Dass sie die schrecklichen Erlebnis-
se noch immer verfolgen würden. Dass der Therapeut gemeint
hatte, das würde noch viele viele Jahre dauern, bis sie wieder
lieben könne ohne Furcht. Und über ihre Zukunft. Ihr Onkel in
Berlin. Der würde sie bald abholen. Dann könne sie studieren.
Irgendwas mit Kunst wolle sie machen. In Berlin. Da werde
dann alles besser. An Stoff käme sie da auch leichter. Stoff
zum vergessen.

Während sie erzählte, hielt ich sie umschlungen, sie zitterte
zeitweise am ganzen Körper. Mit dem Zeigefinger der anderen
Hand fuhr ich immer wieder ihre hellen, kaum zu erkennenden
Augenbrauen nach, von der Nase im Bogen nach links, von
der Nase im Bogen nach rechts. Ab und zu platzierte ich ein
Küsschen auf meinen Fingern und drückte es ihr auf die Stirn,
oder auf die Wange. Das entlockte ihr jedesmal ein Lächeln.

Ich wusste nicht, was ich von der ganzen Geschichte halten
sollte. Stimmte das wirklich? Oder bildete sie sich das alles
nur ein? Waren das die Trugbilder, die sie vom Rauchen bekam? Oder rauchte sie, wie sie ja gesagt hatte, eben um diese
Dinge vergessen zu können? Kam das Zittern von der erfahre-
nen Gewalt oder vom Rauschgift?

Und die wichtigste Frage, gab es die Aussicht auf ein Leben
und ein Studium in Berlin wirklich? War das nur eine Phantasie, dann konnte das böse enden, wenn die Seifenblase eines
Tages zerplatzte. Würde sie das aushalten? Sie wirkte so zerbrechlich, so filigran, so zart.

Andererseits, wild hatte sie mich durch das Gebäude gehetzt,
und am Arm hatte ich drei blutige Kratzer. Und wenn sie solche Angst vor Männern hatte, warum hatte sie mich dann so
dazu verleitet, ihr nachzurennen? An einen Zufall glaubte ich
keine Sekunde.

Sie nahm den letzten Zug, drückte den Stummel auf der Au-
ßenfensterbank aus und sprach in jetzt ganz entspanntem Ton,
schon wieder heiter: „Immerhin, ein Gutes hat diese Zeit im
Orient gehabt. Ich habe dort viel gelernt." Sie begann eigenartig lange, und ganz hoch und hell, zu kichern. Ist das das Can-

nabis, fragte ich mich.

Als sie sich ein wenig beruhigt hatte, setzte sie fort: „Ich hab zum Beispiel gelernt, wie man Männer verführt. Unwiderstehlich verführt. Ich könnte einen Geistlichen verführen. Oder den Bischof. Oder sogar, fast jedenfalls, dich!" Und sie brach in ein fast schon hysterisches Kichern aus. Ich drückte sie fest an mich, um sie zu beruhigen, dann fuhr ich ihr mit dem Zeigefinger langsam die Nase hinunter, über ihren Mund, ihr Kinn, den Hals hinunter, zwischen die Brüste, die ich dann in immer kleiner werdenden Achtern umrundete, bis ich auf den kleinen rosa Spitzen landete. Sie atmete schwer. Ich drückte sie mit der linken Hand rhythmisch in Hüfte und Schenkel, nahm mit der anderen abwechselnd ihre kleinen Brüste in die Hand, aber sanft. Dazwischen gab ich ihr ein Küsschen auf ihre zarte Schulter. Ab und zu strich ihr auch über ihren Bauch, oder den Schenkel hinunter und hinauf, der dünne gelbe Stoff störte dabei kaum. „Ahhhh", seufzte sie, mit geschlossenen Augen. Sie fasste sich selbst in den Schoß. „Oh-Fffffff." Sie atmete keuchend.

Ich legte die Hand fest auf ihr Bein und wartete. Bis sie ganz ruhig wurde. Dann flüsterte ich ihr ins Ohr: „Du kommst allein zurecht, ja? Ich gehe jetzt. Mach es gut, mach keinen Blödsinn. – Du Verführerin, du liebe. Du warst wirklich perfekt." – „Nicht perfekt genug, wenn du jetzt gehst." – „Nein, das hat andere Gründe. Lass mich. – Danke für alles. Es war schön so. Vielleicht sehen wir uns mal wieder." – „Nächsten Monat bin ich weg. Ich mag dich noch einmal sehen, hier bei mir. Schaust du nochmal vorbei?" – „Werd's versuchen. Tschüss!" – „Ciao."

——

Es dauerte ein paar Wochen, bis ich wieder in den Laden kam. Auf der Türe und auf der Kasse klebten mehrere Berlin-Aufkleber. Auf dem Tisch stand ein Teddybär mit umgehängtem „Berlin"-Schildchen. Daneben ein Stapel Prospekte über Städtereisen. Berlin.

Der Hehler sah müde, aber glücklich aus. Obwohl von hinten, wohl aus der Küche, eine keifende Stimme zu hören war. Der

Hehler kassierte mit einem Schmunzeln auf den Lippen. Gleichzeitig beruhigt und enttäuscht verließ ich das kleine Geschäft.

Dezember 2008

Zigeuner

Manchmal nahm ich eine Abkürzung. Mein normaler Weg durch den Wald zur Grube, dem Badesee der kleinen Studentenstadt, führte über die zahlreichen Forstschneisen, das sind meist schnurgerade, gut befestigte Wege, die hauptsächlich der Bewirtschaftung des Waldes dienen, aber natürlich auch von Spaziergängern und Radfahrern gerne genutzt werden. Aber es gab auch Trampelpfade, Wildwechsel, Geheimwege, reine Reitwege, und andere besondere Wege im Wald, wo man meist ganz allein war, und wenn ich gut drauf war, hatte ich manches Mal Lust, die breiten Wege zu verlassen und einen der schmalen, aber auch schwieriger zu fahrenden Pfade zu nehmen. Heute war so ein Tag.

Ich war schon am Morgen an die Grube geradelt, hatte einen ganzen Tag am Nacktbadestrand genossen, viel geschwommen in dem gar nicht so kleinen See, die Natur bewundert, vor allem den nahen Wald, und auch den Anblick der schönen Mädchen.

Jetzt war später Nachmittag. Die Sonne stand noch hoch, es war ja Juni. Aber ich hatte genug für heute, hoffentlich hatte ich mir keinen Sonnenbrand eingefangen. Eine unbestimmte Unruhe trieb mich weiter. Im Wald war es schattig und kühl. Eigentlich wusste ich genau, was mir fehlte, eine Freundin, eine Frau. Viel Lust hatte sich angestaut und musste raus. Am liebsten hätte ich hier und sofort mir einen runtergeholt. Aber das wollte ich dann doch nicht. Zuhause war es früh genug für die Entladung. Außerdem sollte ich jetzt lieber aufpassen. Ich musste konzentriert auf den Waldboden schauen, damit ich nicht in einer vorstehenden Wurzel hängenblieb oder über einen größeren Stein rumpelte. Ich kam an eine Stelle, wo die Bäume mit großem Abstand standen, zumeist Eichen, dafür gab es allerlei Unterholz und Gestrüpp, der Weg war also schmal. Meine Beine waren schon zerkratzt. Aber ich hätte nie freiwillig eine lange Hose angezogen, auf dem Rad waren mir Hosenbeine lästig.

Da kamen mir Leute entgegen. So eine Frechheit, in meinem Wald, was wollen die denn hier, dachte ich, mit mir selber scherzend. Besonders an der schmalen Stelle, wo keine zwei Räder aneinander vorbei passen. Ich hielt an und drückte mich mit meinem Rad in das piekende Gestrüpp. Der Mann auf dem ersten Rad nickte mir freundlich zu. Auf dem zweiten Rad saß eine Frau mit braunem Teint und langen, offenen, schwarzen Haaren. Sie trug ein buntes, knappes Bikini-Oberteil, das in der leicht vorgebeugten Radfahrhaltung keine Wünsche offen ließ, mir fiel die Kinnlade herunter vor Staunen. Ihre wogenden, üppigen Brüste hätten mich fast vergessen lassen, ihren Rock zu bewundern, der ziemlich dick aussah, aus roter und schwarzer Wolle, mit ein paar Elementen in grün und blau, vielleicht auch gelb, jedenfalls wirkte er ziemlich bunt und leuchtend, gleichzeitig aber auch dunkel. Das beste war aber der Schlitz vorne, oder war es ein Wickelrock, jedenfalls klaffte der Rock vorne komplett auf, so dass derjenige Schenkel der Frau, der beim Treten gerade oben war, komplett nackt blieb, rund, fast dick, braungebrannt und wohlgeformt. Mir schoss das Blut in den Kopf und noch woanders hin, wo es bald eng wurde, aber da war die Frau schon vorbei.

Wie das zuging, weiß ich nicht, aber was mir die nächsten Minuten vor Augen stand, waren weder ihre vollen Brüste, noch ihre verführerischen Schenkel, sondern ihr Blick, ihre Augen. Hatte ich ihr denn überhaupt ins Gesicht gesehen? Daran konnte ich mich nicht erinnern, aber ihre Augen waren es, die mich fertig machten. Ein so gieriger, geiler, saugender Blick hatte mich noch nie getroffen. Kein Wunder, dass mir das Blut in den Ohren sauste, kein Wunder, dass meine Mitte wie ein Ameisenhaufen kribbelte. Tatsächlich kletterte übrigens eine Kolonne Ameisen mein rechtes Bein herauf, was mir in dem Moment vollkommen gleichgültig blieb. Ganz automatisch begann ich, meinen Schwanz zu streicheln, was durch den glatten Polyesterstoff meines Höschens hindurch nur wenig Effekt brachte. Diese Augen. Die stachen mir direkt ins Hirn. Wie wenn sie mich angebohrt hätten. Ich wollte aufsteigen und weiterfahren, aber mein rechtes Bein verhing sich in den Brombeerranken. Au, das tat aber richtig weh, meine Erregung verflog weitgehend. Ich machte mich vorsichtig los, schwang mein Bein sorgfältiger über die Stange, und drehte mich noch einmal um, als ob ich fahrschulmäßig den von hinten kommenden Fließverkehr beachten hätte wollen, um endlich loszufahren, aber – ich erstarrte.

Keine zwanzig Meter hinter mir stand die Frau. Ich konnte kein Fahrrad sehen und keinen Mann. Die Frau stand da und sah zu mir her. In ihrem dunklen Gesicht blitzte das Weiße ihrer Augen deutlich auf. Ich fröstelte und schwitzte zugleich. Was wollte sie noch? Sie war ja nicht allein. Wo war ihr Mann? Wo war das Rad?

Ich spürte ihren Blick. Da war Magie im Spiel, ich konnte mich nicht dagegen wehren, ich musste erneut absteigen. Wie in Trance ließ ich mein Fahrrad gegen die Brombeeren sinken und stapfte los. Wie eine Seilwinde zog sie mich näher. Still stand sie da, rührte sich kein bisschen. Sah mich nur unverwandt an. Ich hatte das Gefühl, sehenden Auges in einen Abgrund zu laufen. Rundum dunkle, grüne Schatten, vor mir der gierige, fesselnde Blick der geilen Frau, sonst sah ich nichts mehr. Als uns nur noch drei Schritte trennten, hob sie abrupt die Hand. Ich blieb automatisch stehen. Sie begann zu sprechen, ich verstand kein Wort. Was war das für eine Sprache? Sie sprach lange dahin. Mal hörte es sich wie eine Beschwörung an, dann wieder wie murmelnde Gebete, oder wie herrische Befehle. Dann zuckte ich zusammen, ohne auch nur zu ahnen, worum es eigentlich ging. Oder es klang wie verführerisches Liebesgeflüster, und meine Erregung kehrte zurück, und so weiter, ich weiß nicht wie lange das dauerte, aber es muss ziemlich lang gewesen sein. Auf einmal schloss sie ihre Augen zu schmalen Schlitzen, und die merkwürdige Anspannung fiel von mir ab. Der Wald, eben noch nur eine dunkelgrüne Kulisse ohne Formen, wirkte wieder normal und vertraut, und ich sah ein Stück hinter ihr den Mann stehen, der etwas ungeduldig aussah. Sie machte eine Handbewegung, die man unmöglich anders deuten konnte als „verschwinde jetzt, die Audienz ist beendet". Erst jetzt, als mich ihre Augen losgelassen hatten, konnte ich noch einmal meinen Blick über ihren äußerst verlockenden Körper gleiten lassen, bevor ich mich umwandte und zu meinem Rad zurückging. Ich drehte mich noch mehrmals nach ihr um, aber sie und der Mann waren bald verschwunden, ich hörte noch ihre Räder klappern und ein paar Rufe von beiden, dann war ich wieder allein. Ich nahm mein Geschlecht in die Hand und legte es sorgfältig in der engen Hose zurecht, es war doch sehr eingezwickt worden in den letzten Minuten, oder Stunden, ich wusste es nicht. Ich fuhr langsam durch den Wald, alle paar Sekunden drängten sich die Bilder von der wilden Schönen vor alles andere. Ich schüttelte den Kopf, um klar sehen zu können, aber bald war sie wieder da. Sie. Doch später kamen andere Bilder dazu. Ein kleiner, runder, altmodischer Wohnanhänger. Warum sah ich immer wieder diesen Wohnwagen? Ich verstand nichts. Und der Mond. Warum sah ich den Mond? Ganz deutlich zu erkennen, sogar die typischen dunkleren Muster auf der hellen Scheibe, und ganz voll war er. Vollmond? Und der Wohnanhänger. Der stand ja nicht alleine da. Da waren doch eine ganze Menge andere drumherum. Ich versuchte, das Bild genauer zu erkennen. Rumms, stürzte ich mit dem Rad in ein Geäst. Mist, ich hätte auf den Weg achten sollen, statt Trugbilder lesen zu wollen. Mühsam befreite ich mich, wenigstens hatten meine Augen und meine Brille nichts abbekommen. An Armen und Beinen blutete ich teils heftig. Mir wurde schlecht, ich musste mich hinsetzen. Das half nicht, ich musste mich sogar hinlegen. Wie ich das hasste. Das passierte mir oft, wenn ich mein eigenes Blut sah. Nach einer Viertelstunde war es vorbei. Trotzdem tat mir alles weh, und die Lampe vorne war abgerissen, und es wurde langsam dunkel. Na super. Wie spät es wohl war? Ich liebte meine Armbanduhr, und nahm sie eben deshalb zum Badesee nicht mit, wenn es nicht sein musste. Heute musste es nicht sein. Ich seufzte. Was für ein Tag. Ja ja. Was für ein Tag. Moment mal. Eigentlich, ein super Tag. Einer der besten. Dieser alberne Sturz jetzt sollte ihn mir nicht vermiesen. Ein toller Tag! Wenn er nur noch gut zu Ende geht. Ich musste erst mal heimkommen.

Ich rappelte mich auf, klemmte das Handtuch wieder fest, das sich beim Sturz selbstständig gemacht hatte und fuhr weiter. Die Bilder ließen mich in Ruhe, bis ich spät am Abend im Bett lag. Über das Heimkommen, das Abendessen und die abendliche Lesestunde braucht hier nichts berichtet zu werden. Aber als ich im Bett lag, das Nachttischlicht brannte noch, sah ich wieder in die gierigen Augen, direkt vor mir, ich hätte sie anfassen können, deutlich und nah. Ich fühlte mich gleichzeitig unbehaglich, wie beobachtet, und auch erregt. Ich sah auch ihre Haare, ihr Gesicht, ihre Brüste, ihren Bauchnabel. Ihre kräftigen Arme schienen nach mir zu greifen. Meine Hände griffen wie ferngesteuert nach meinem Schwanz, den ich langsam zu massieren begann, und die Augen sagten mir, so sei es richtig. Ja so. Und jetzt ein bisschen intensiver, verlangte die Frau. Ich sah gleichzeitig den Wohnwagen. Zwischen den anderen Wohnwagen. Und den Mond. Den Vollmond. Und die Augen bedeuteten mir: Mach es jetzt schneller, Junge. Los, komm schon.

Mir schoss ein Gedanke durch den Kopf, ein richtiger Gedanke. Ein selbstgedachter Gedanke: Da gab es doch am Messegelände diese Aufregung. Eine Zigeunersippe hatte sich da breitgemacht. Viele Autos, viele Wohnanhänger. Ein Treffpunkt? Die Augen drängten sich vor meinen Gedanken. Die Augen der Frau forderten: Mach es jetzt, los, schneller, und spritz ab! Die prallen Brüste hoben sich, wogten heftig. Meine eine Hand flitzte auf und ab, die andere drückte weiter unten zu. Ich wand mich hin und her, mein ganzer Körper war zum Zerbersten aufgeladen. Zum Zerreißen gespannt. Vollmond. Noch ein Gedanke. Ich konnte zwei Gedanken denken. Vollmond, eine Art Termin. Ich sollte bei Vollmond zum Messeplatz kommen. Zu dem einen Wohnwagen. Die üppig runden Schenkel öffneten sich, dazwischen der schwarze Pelz, ganz in der Mitte rosa Lippen. Die Augen: Jetzt! Ja! Jetzt!

Ah ja. Ich schnaufte heftig. Die Bilder waren verschwunden. Die Gedanken waren auch verschwunden. Ich schlug die Decke zurück. Drei dicke Spermastränge auf meinem Bauch, ich musste schmunzeln. Keine schlechte Aktion. Dafür, dass ich derzeit keine Freundin habe und auf mich selbst gestellt bin, wirklich keine schlechte Aktion. Das war ein Orgasmus!

Ich knipste die Lampe aus.

Da kamen meine beiden Gedanken wieder. Bei Vollmond. Zu dem Wohnwagen.

Ich fragte mich noch kurz, ob ich mich das trauen würde, und schlief befriedigt ein. Herrlich befriedigt, fürs erste jedenfalls.

Dezember 2008

Der Engel und die Dicke

Sie sah aus wie ein Engelchen und wurde auch so genannt von ihren Freunden. Lange, hellblonde Haare, süßes Gesichtchen. Zierliche Gestalt, lange Beine. Meist trug sie Bluejeans oder eine schwarze, enge Hose, und taillierte Jäckchen, die ihre Figur noch betonten.

Petra, das Engelchen.

Und Berta, ihre Freundin. Die brachte wohl mehr als das Doppelte auf die Waage. Berta war ein Stück größer und sehr viel dicker. Ja, diese vornehmen Umschreibungen wie vollschlank, rundlich oder mollig waren bei ihr fehl am Platz. Berta war dick. Sehr dick.

Und die beiden so verschiedenen Mädchen steckten meistens zusammen. Na gut, ich sah sie ja nicht ständig. Am regelmäßigsten mittwochs mittags und donnerstags, bei den Datenbankvorlesungen und Übungen. In den früheren Semestern waren mir beide nie aufgefallen, aber in Datenbanken kamen außer uns wenigen Mathematikern zu den Informatikern auch einige Wirtschaftsstudenten dazu, und die hatten einen weit höheren Anteil an Mädchen als wir. Also nahm ich an, diese beiden Mädchen kämen von einer der Wi-Richtungen. Beide waren äußerst auffällig, die hätte ich auf keinen Fall übersehen können. Die eine so füllig und die andere so unwahrscheinlich schön. Wie von einem anderen Stern. Warum studierte die überhaupt, die könnte doch als Topmodel gehen? Wenn Petra kam, oder ging, war sie von einem Schwarm attraktiver Jungs umgeben, die sie anhimmelten. Typen, denen man ihre Sportlichkeit oder ihr Geld schon von weitem ansah. Die dicke Berta meistens mitten in der Meute. Während der Vorlesung saßen die beiden Mädchen nebeneinander, die Jungs drumherum.

Ich nahm mir vor, auch mal neben dem Engelchen zu sitzen. Das scheint vielleicht unwahrscheinlich, dass mir das gelingen könne. Denn ich war weder reich noch eine Sportskanone. Eher ruhig, unauffällig und schüchtern. Und doch. Ich hatte es bisher noch neben jedes Mädchen geschafft, nur in den Lehrveranstaltungen natürlich. Ein paar Mal neben ihr sitzen, ein wenig plaudern, sich ein bisschen bekannt machen. Darin war ich ganz gut. Mehr war daraus dann nie geworden, außer in einem Fall, und der gehört nicht hierher.

Mein Projekt war also, das Engelchen anzusprechen, wenigstens das.

Es war Anfang Dezember. Kein Schnee, aber feucht und kalt.

Ich hatte beobachtet, sie setzte sich in diesem Semester regelmäßig in die vierte Reihe, etwas links von der Mitte. Also saß ich am nächsten Mittwoch schon ein paar Minuten früher in der vierten Reihe, etwas links von der Mitte. Auf ihrem Platz. Sie würde gleich reinkommen, die ersten der nach ihr verrückten Studenten, die ich mittlerweile auch schon erkannte, quollen rückwärts schauend durch die Tür. Und da erschien sie selbst. Nach allen Seiten lächelnd und scherzend kam sie in meine Richtung geschwebt, ihren gewohnten Platz ansteuernd. Ich sah scheu zu ihr auf. Sie strahlte mich an. Mich. Setzte sich elegant neben mich. Direkt neben mich. Gab mir ihre Pelzjacke, ich solle sie auf die andere Seite legen. Aber gerne doch. Für dich tu ich doch alles. Dachte ich ein wenig ironisch. Ich überlegte, was ich wohl für sie täte und was nicht. Hmm. Ich befürchtete, bei ihrem Lächeln würde ich vermutlich wirklich fast alles tun. Gefährlich. Ich sah sie ein paarmal von der Seite an. So schön. Wieviel davon wohl echt war, wieviel nur gut zurecht gemacht? Makeup, Wimpern, Farbe, es gab so viele Möglichkeiten. Wie lange sie wohl morgens brauchte, um im Bad fertig zu werden?

Es gelang mir auch, ein wenig mit ihr zu plaudern, mich vorzustellen, nur von der Vorlesung bekam ich nichts mit. Nach der Doppelstunde lächelte sie mich noch einmal an. Ich schmolz weg. Ein anderer von der Jungensgruppe war schneller, ihr in ihre Jacke zu helfen. Aber mich hatte sie angelächelt. Verzaubert sah ich ihr nach. Die ist echt gefährlich, dachte ich beim Hinausgehen. Die kann mit mir machen, was sie will.

Am nächsten Tag konnte ich nicht früher im Hörsaal sein, kam gerade noch zurecht, mich unter die Meute zu mischen, was ein Fehler war. Die anderen drängten mich immer wieder nach hinten. Am Ende saß ich ein ganzes Stück weit weg von dem Mädchen.

Als die Vorlesung beendet war, drängten alle auf den Ausgang. Ich hatte es nicht eilig, denn ich wollte nicht in der Mensa essen gehen. Als ich meine Sachen eingepackt hatte und nach dem drängelnden Volk auch den Hörsaal verlassen wollte, bemerkte ich, die Schöne hatte sich aus dem Pulk nach hinten freigekämpft. Die grölende Masse spülte sich selber aus dem Saal, wie Abwaschwasser aus dem Spülbecken. Zurück blieben sie – und ich.

Mir ihrem süßesten Lächeln kam das Engelchen einen Schritt auf mich zu. Hypnotisiert blieb ich stehen. Was will die Überirdische von mir? Erinnert die sich an mich? Mich?

Mit Honigseim-Stimme fragte sie mich: „Hallo. Du, ich wollte dich was fragen. Ich hab da ein kleines elektrisches Problem. Du verstehst doch was davon?" – „Ehm. Ja. Wenn's nichts extra Kompliziertes ist, ja." Sicher war ich rot wie eine Tomate. Das Engelchen wollte was von mir! Hatte ich gestern was von Elektrik erzählt? Daran konnte ich mich nicht erinnern. Vielleicht von Elektronikbasteln. Aber das war für sie vielleicht dasselbe. Vom Himmel aus. Elektrik und Elektronik. Von ihrer Sicht war das sicher egal.

„Hättest du mal ein halbes Stündchen Zeit? Ich hab mir da eine Lampe gekauft, und ich kenn mich nicht aus. Wie man das anschließt. Ich hab auch keinen Schraubenzieher."

„Na ja, das ist ja das geringste Problem. Wann sollen wir das machen?" – „Jetzt gleich magst du wohl nicht?" – „Jetzt gleich? Nun, ich wollte eigentlich... aber... ach was. Ja. Jetzt gleich." – „Du bist ein Schatz!" Ich schmolz dahin unter ihrem betörenden Lächeln.

Wir gingen nebeneinander aus dem Gebäude. Ich fühlte den Boden kaum, ich schwebte dahin. Neben einem Engel schweben. Wunderbar.

Meine Phantasie begann, mir voraus zu eilen. Gab es dann für die Elektrikerarbeit eine Belohnung? Geld wollte ich keins. Obwohl sie davon wohl mehr als genug hatte. Das sah man schon an ihrer Kleidung. Nein, mir schwebte da was anderes vor. Ein Kuss, das wäre doch das mindeste, oder? Oder vielleicht mal zusammen ausgehen. Mit dem Engelchen zu zweit ins Kino. Das wäre doch was, oder Pizza essen, oder beides. Ich stolperte, sie kicherte, ich wurde wieder rot.

In den Gassen des Martinsviertels plauderte sie lustig dahin, und es fiel mir leicht, intelligente Antworten und Gegenfragen einzustreuen. Sie konnte nicht nur unterhalten, sondern auch gut zuhören, wie ich bald herausfand. Ich genoss den gemeinsamen Weg sehr.

In der Wohnung, wo ihre Bude war, im ersten Stock eines alten Gebäudes, war sonst keiner zuhause, die Heizung war wohl abgedreht. Ich fand den Sicherungskasten, und dank meines Schweizermessers war die Lampe bald angeschlossen und auf den Haken gehängt. Das war ja viel zu schnell gegangen, dachte ich, da wird sie gar nicht das Gefühl haben, mir überhaupt danken zu müssen. Schlecht gemacht.

Sie bewunderte das Licht, kam mit ausgebreiteten Armen auf mich zu, flötete „Danke, das ist ja wunderbar, du bist wirklich ein Schatz, lass dich umarmen!" und drückte mich herzlich an sich.

Na gut, nicht schlecht, aber wir waren winterlich angezogen, denn in der Wohnung war es sehr kalt. So viel brachte die Umarmung da auch wieder nicht. Wäre ja auch zu schön gewesen, ein wenig mehr kuscheln mit dem Engelchen. Zu allem Überfluss läutete die Glocke.

Petra eilte zur Tür und drückte. Nach ein paar Augenblicken kam mit heftigem Schnaufen die dicke Berta herein. Musste das jetzt sein? All die Sprüche, all die Verhandlungsstrategien, die ich mir ausgedacht hatte, waren hinfällig. Nix mit Kino, nix mit Pizza. Verflixt.

Da sah Petra auf ihre winzige, goldene Armbanduhr. Sie ließ einen spitzen Aufschrei ertönen, und meinte: „Ui, ganz vergessen. Ich muss sofort weg. Mein Judokurs fängt gleich an. Leider muss ich euch rausschmeißen, meine Lieben. Tut mir leid." Hektisch suchte sie ihre Sachen zusammen, und wir verließen alle drei die Wohnung. Sie schloss ab und stürmte davon, wobei sie uns „Macht's gut, bis morgen! Und, danke nochmal!" nachrief.

Unten in der Gasse sahen Berta und ich uns an. Sie zuckte mit den Schultern, wobei ihre Oberweite ins Schaukeln geriet, und keuchte kurzatmig: „Pech. Sie hat mich auf einen Tee eingeladen. Und was hat sie dir versprochen? Manchmal könnte ich sie würgen." – „Versprochen? Nichts. Noch nicht. Ich meine, ich war hier, um ihre Lampe anzuschließen. Aber versprochen hat sie mir nichts." – „Typisch, Männer einwickeln und für sich ausnutzen, das kann sie perfekt. – Aber sie kann auch sehr lieb sein. Ich mag sie trotz allem gerne. Ihre Schönheit steigt ihr manchmal zu Kopf. Ein andermal ist sie wieder ganz kumpelhaft, ganz die gute Freundin, der man alles anvertrauen kann. – Da vorne ist das Belvedere. Kennst du sicher?" Ich schüttelte den Kopf. Sie sagte mit ihrer erstaunlich piepsigen Stimme: „Ein nettes kleines Café. Ich geh gerne dahin. Magst du mitkommen?"

Mit dir? Bist du meschugge? War mein erster Gedanke. Und warum nicht, war der zweite. „Warum nicht? Dann lerne ich es kennen. Gut, gehen wir." Und ich ging neben der schnaufenden Dicken um zwei Ecken, weiter war es nicht.

Ich ließ mir von Berta aus der langen Karte einen Tee empfehlen, der dann wirklich gut war. Wir unterhielten uns ganz nett. Dazwischen längere Pausen, und mit ihr war das Schweigen nicht peinlich. Es hing einfach jeder seinen eigenen Gedanken nach, und genoss den Tee. In unseren Gesprächen ging es um Petras Art, mit anderen Leuten umzugehen, später um die Inhalte der Vorlesung, und ich erfuhr eine Anekdote über den Dozenten, der das Gebiet der relationalen Datenbanken entscheidend mitgeprägt hatte. Auch die richtige Teezubereitung war ein Thema, Berta kannte sich da aus, ich auch, und wir konnten uns noch gegenseitig ein paar Kleinigkeiten beibringen. Schließlich begann ich auf dem Stuhl hin- und herzurutschen. Mir ging die verrauchte Luft auf die Nerven. Sie bemerkte meine Unruhe wohl und fragte mich: „Magst du gehen? Dann zahlen wir. Du bist eingeladen." – „Das ist doch nicht nötig, danke, lass mal." – „Doch, wenn du schon so nett mit mir geplaudert hast, lass mich dir diese kleine Freude machen, bitte." Ich ließ sie zahlen. Meinem Portemonnaie war das sehr recht, denn es litt gerade an Unterernährung. „Ich muss noch schnell auf die Toilette. Du brauchst aber nicht warten." – „Warum nicht, ich habe es nicht eilig", antwortete ich.

Sie war schnell fertig und strahlte, als sie mich an der Tür stehen sah. „Hast du doch gewartet? Du wirst sicher noch was vor haben. Ich werde jetzt heim gehen. Vielleicht mach ich noch die Hausaufgaben, und dann wird es Zeit zum Abendessen. Ich muss immer richtig essen. Ja ich weiß, das sieht man." Während dieser Erklärung hatte sie ihre Jacke angezogen. Wir verließen das nette Café.

Draußen sah sie mich von der Seite an: „Also dann. Wo gehst du lang?" – „Ich, da drüben, oder, ich weiß nicht. Hab eigentlich noch nichts vor." In mir begann in dem Moment etwas, ich spürte es vage. Es war nicht unbedingt etwas Gutes, ich hatte aber gar keine Lust mich dagegen zu wehren. Eine unbestimmte Mischung aus Abenteuerlust und nicht-allein-sein-wollen. Sie stand unschlüssig da, wollte sich wohl von mir verabschieden. Und genau das wollte ich eben nicht. Ich ließ mich von einer Schicht meiner selbst treiben, die ich noch nicht richtig kannte. Ich begann: „Und, sag mal, was hältst du davon, wenn ich dich ein Stück begleite? Darf ich?" Lieber hätte ich gefragt, darf ich zu dir mitkommen? Aber so plump war mein wagemutiger Teil dann doch nicht. Ihre Reaktion war ein ungläubiger Blick. Ich wiederholte: „Darf ich?" – „Aber... ja." Sie muffelte das so leise, dass ich mir nicht sicher war, aber nachfragen wollte ich auch nicht. Sie machte ein paar Schritte, und sah fragend zurück. Ich aber war schon neben ihr.

Erst ganz langsam, bald schneller liefen wir durch die Gassen. Bald kamen wir über eine große Straße, die ich doch kennen musste, aber im Dunkeln und mit dem Weihnachtsschmuck kam sie mir gar nicht bekannt vor. Wir gingen sicher länger als eine Viertelstunde, ich lief einfach mit. Gefühlsmäßig meinte ich, gar nicht weit von meiner Bude weg zu sein, aber mir kam alles fremd vor. Mir war es ohnehin gleichgültig, wo wir hingingen. Nur allein sein wollte ich nicht.

Sie zeigte auf ein dunkles Schaufenster: „Mein Bäcker. Der hat ein geniales Zwiebelbrot. Wenn das noch ofenwarm ist, esse ich es manchmal auf einmal auf. Meine Fresssucht." Sie seufzte.

Vor einer Toreinfahrt hielt sie an. „Hier muss ich rein. – Also dann." Sie hielt mir ihre Hand hin zum Abschied. Ich packte die fleischige Pranke in beide Hände und hielt sie fest. Mit zitternder Stimme fragte ich: „Musst du jetzt noch arbeiten? Heute?" – „Müssen? Nein. Aber was soll ich denn sonst machen. Allein in meinem Zimmer." – „Versteh mich nicht falsch. Ich will mich nicht aufdrängen. Aber du könntest mich ja fragen, ob ich noch auf ein weiteres Plauderstündchen mitkommen will. Wenn du willst. Wenn du auf meine Gesellschaft Lust hast. Sonst geh ich jetzt halt. Auch recht." – „Mitkommen? Magst du denn mit raufkommen?" – „Das wollte ich damit andeuten, ja." Ich musste kichern, obwohl mir gar nicht zum Scherzen zumute war. „Na gut. Aber es ist nicht aufgeräumt. Ich sag dir, es sieht aus, wie bei Hempels unterm Sofa. Ich räum nie auf. Ich krieg nie Besuch."

Sie ging voraus.

Im Hof gab es rundum Haustüren. Hinter vielen Fenstern leuchtete bunte Weihnachtsbeleuchtung. Amerikanisches Zeug, dachte ich. Sie steuerte die Türe links hinten an.

Im ersten Stock an der rechten Wohnung standen drei Namen. Sie schloss auf und schon standen wir in einem großen Vorraum. Wir zogen die Schuhe aus und die Jacken. Die Garderobe war überfüllt. „Wir wohnen hier zu dritt." Das Licht hatte schon gebrannt, aus einem Zimmer kamen die typischen Geräusche eines laufenden Fernsehers. „Meine Bude ist hier rechts." Sie ließ mir den Vortritt.

Jetzt müsste ich das Zimmer beschreiben. Schwierig. Ganz kurz gesagt: Ein einziges Chaos.

Ich war nun nicht gerade der ordentliche Typ. Aber so ein Durcheinander machte ich dann doch nicht. Selbst der Boden war halbwegs voll, Rucksäcke, Taschen, Kartons, sogar Bücherstapel, und zwei Bierkisten, auf der einen ein Adventskranz. Das zerwühlte Bett gleich links, rechts ein großer

Schrank, der so vollgestopft war, dass die Türen sich nicht mehr schließen ließen. Weiter hinten eine kleine Sitzgruppe, zwischen Zweiersofa und Sessel ein überfülltes kleines Tischchen, obenauf ein voller Aschenbecher, was den leichten Geruch nach kalter Asche erklärte. Es war ziemlich kühl, das Fenster gekippt.

Die Unordnung war mir irgendwie sympathisch, der Geruch nicht.

„Setz dich. Magst du was trinken?" Ich zögerte kurz, ließ mich dann im Sessel nieder. Die Zeitschriften, die darauf gelegen hatten, nahm ich auf den Schoß. „Leg das Zeug auf den Boden. Es sieht furchtbar aus, ich hab dich ja gewarnt." Sie schob die Stapel auf dem Tischchen ein wenig zusammen, so dass auf jeder Seite eine Bierflasche hinpasste.

„Magst du eine?", fragte sie, während sie mir eine Packung Zigaretten hinhielt. „Nein danke, ich rauche nicht." – „Dann lass ich es auch sein."

Sie setzte sich mir gegenüber auf das Sofa. Viel Platz blieb nicht neben ihr, ganz wie mein neues Ich vermutet hatte. Genau so hatte ich es haben wollen...

Wir fingen an zu reden. Mir war kühl, ihr schien eher heiß zu sein. Sie machte keine Anstalten, das Fenster zu schließen, oder die Heizung wärmer zu stellen. Statt dessen zog sie ihren Pullover aus. Im prall gefüllten, ärmellosen Hemdchen saß sie da und redete und hörte zu. Ich hörte mir selber nicht zu, keine Ahnung was ich da so viel zu erzählen hatte. Wenn sie lachte, geriet der ganze Speck ins Wackeln. Ich hätte ihr noch lange zusehen können, wenn mir nur wärmer gewesen wäre. Besonders meine Füße wurden unangenehm kalt auf dem versiegelten Parkettboden. Genug. Genug gefroren. Auf geht's. Ich stand auf. Drehte eine Runde durch das Zimmer, am Fenster vorbei, ständig redend. Nur keine Pause machen. Das Fenster zu schließen traute ich mich nicht. Dafür quetschte ich mich neben sie auf den halben freien Platz des Sofas. Ich ließ sie mal wieder zu Wort kommen und legte gleichzeitig meinen linken Arm um ihre Schultern. Irritiert hielt sie inne. Ich erklärte: „Mir ist ein wenig kalt. So ist es besser." Das war die reine

Wahrheit, und sie nahm es hin. Wir diskutierten jetzt über das Mensaessen, daran kann ich mich erinnern, weil ich mit der linken Hand auf ihren dicken Oberarm griff. Sie zuckte leicht zusammen, was ich ignorierte. Sie sprach über das Fleisch in der Mensa, ich fühlte ihres in meiner Hand. Der Abend begann mir zu gefallen. Das lief ja perfekt.

Nach einiger Zeit hörte ich ihren Magen knurren. Ich flocht in unser Gespräch die Frage ein, ob sie nicht ihr Abendessen herrichten wolle. Dankbar lächelte sie mich an. „Ja, wenn es dich nicht stört? Du kannst natürlich mitessen. Oder willst du gehen?" – „Wenn du jetzt lieber allein bist, gehe ich selbstverständlich." – „Nein, so hab ich das nicht gemeint, ich dachte nur, du wolltest..." – „Ich will gar nix. Ich bin ganz zufrieden." Na ja, nur eins will ich nicht, nämlich jetzt gehen. Aber das behielt ich für mich.

Sie stand ächzend auf. „Ja, also, dann richte ich was her. Wir essen in der Küche. Hier ist ja kein Platz. Ich hole dich, wenn ich fertig bin. Okay?" – „Darf ich gleich mitgehen?" – „Wenn dir das lieber ist, bitte sehr."

In der Küche war es deutlich wärmer. Mir war das angenehm, ihr weniger. Das merkte ich bald daran, wie oft sie sich den Schweiß von der Stirn wischte. Ich sah ihr zu, wie sie Wasser aufstellte und eine Packung Nudeln öffnete. Ich fragte, ob ich ihr was helfen könne. „Nicht nötig, bin gleich soweit." Erstaunlich flink hatte sie Gläser, Teller und Besteck aufgedeckt, eine Kerze angezündet und eine Dose mit einer Fertigsauce heiß gemacht. Als die Nudeln dampfend auf dem Tisch standen, knipste sie die Leuchtstoffröhre aus und sofort sah es sehr gemütlich aus. Ohne zu fragen schenkte sie uns die Wassergläser mit Rotwein randvoll. „Guten Appetit!" Sie schlang zuerst sehr hektisch, doch dann begann sie zu genießen. Ich nahm mir nur wenig und aß langsam, dabei sah ich ihr zu. Eigentlich war ich nicht hungrig. Der Wein aber stieg mir bald zu Kopf. Wir saßen uns gegenüber. Vorsichtig, um sie nicht zu erschrecken, suchte ich mit den Füßen den Kontakt. Trotzdem zuckte sie leicht zusammen. Langsam bewegte ich mein Bein an ihrem entlang. Mit abwesendem Blick kratzte sie die letzten Nudeln zusammen. Meine kleine Zärtlichkeit unter dem Tisch war wohl angenehm und irriterend zugleich.

Ich trank mein Glas leer. „Magst du noch eine Nachspeise? Ich habe Fruchtjoghurts da, oder frisches Obst." – „Danke, nein, sehr lieb, aber ich bin ganz satt." Sie stand auf und holte sich ein Becherchen aus dem Kühlschrank. Ich stand auch auf und räumte das Geschirr in das Spülbecken. Wir setzten uns wieder. Als sie fertig war, sprang ich auf und nahm ihr den Löffel weg. Das Spülmittel stand neben der Abwasch parat, ich ließ heißes Wasser einlaufen. „Was machst du denn da? Du wirst aber nicht das Geschirr spülen!" – „Bleib du sitzen, ich mache das schon." – „Aber warum denn, das geht doch nicht." – „Du siehst ja, es geht wunderbar." Es ging mir auch wirklich schnell von der Hand, nur der Topf mit der Sauce wehrte sich, weil unten ein Rand angebrannt war, aber ich fand einen Metallschwamm und bekam den Topf auch sauber. Das abgetrocknete Geschirr stapelte ich ordentlich auf der Arbeitsplatte. „Wegräumen musst du es selber, oder du sagst mir an, wo was hinkommt." Sie stöhnte auf. „Träume ich jetzt? Bist du ein Heinzelmännchen oder so was?" – „Hihi, seh ich so aus wie ein Zwerg?" – „Es könnte ja auch größere geben. Heinzelmänner. Einen gibt es, den sehe ich ja!" Sie kicherte. Es machte ihr Spaß, mir auch, also war es gut.

Als alles verstaut war, pustete sie die Kerze aus.

In ihrem Zimmer war es kalt wie im Kühlschrank. Ich fragte jetzt doch: „Muss das Fenster offen sein? Mir wird es richtig kalt hier." – „Wenn du noch da bleibst, kann ich es schon wärmer machen. Ich wusste doch nicht, dass du so lange bleibst." – „Soll ich denn jetzt gehen?" Bitte sag nein, bitte sag nein! Sie sagte aber nichts. Sie schwieg, schloss das Fenster, bückte sich, drehte am Heizkörperventil. Mir kam es sofort wärmer vor, selige Einbildung. Wir standen einen Moment still herum. „Setz dich doch." Sie deutete auf den Sessel. Ich möchte aber neben dir sitzen. Ich sagte: „Ja. Ich setze mich. Gleich." Dabei bedeutete ich ihr, sich auf das Sofa zu setzen. Sie ließ sich hineinplumpsen, dass die Federn quietschten. Ich quetschte mich wieder direkt neben sie. „Ist dir das nicht zu eng so?", fragte sie piepsend. Bei einer so fülligen Person meine ich immer, sie müsse eine tiefe, volle Stimme haben. Bei ihr war das nicht der Fall. „So ist es gerade recht", antwortete ich leise, wobei ich sie wieder umarmte und an mich drückte. Diesmal zuckte sie nicht zusammen. Sie atmete tief durch. Ich atmete auch tief durch. Ihr eigener Duft, jetzt leicht verschwitzt, verdrängte den Aschengeruch auf höchst angenehme Weise. Ja, ich konnte sie gut riechen, wie man so sagt. Ich presste sie fester an mich, meine Sinne begannen verrückt zu spielen. Am liebsten hätte ich ihren fetten Oberarm angeknabbert, aber das traute ich mich noch nicht. Schade nur, dass sie die lange Hose nicht auszog, dann hätte ich mich noch an ihren riesigen Schenkeln berauschen können. Lange saßen wir so da, schweigend, aneinander gedrückt. Schließlich begann sie, ihren rechten Arm zu bewegen. Ganz langsam. Ganz vorsichtig schob sich ihre Hand auf mein Bein. Ich drückte ihre dicken Arme fester. Gab ihr ein Küsschen auf die Schulter. Sie presste ihre Hand nieder. Sie begann zu keuchen.

Dabei blieb es eine Weile. Plötzlich begann sie sich zu schütteln. Ich beobachtete sie irritiert. Hatte sie Krämpfe? Da verstand ich. Sie hatte zu weinen begonnen, zuerst lautlos. Mist, dachte ich, jetzt bin ich zu weit gegangen. Ich wollte ihr doch nicht weh tun. Schon passiert. Sie schluchzte lauter. Die Tränen kullerten herunter. Schnell ließ ich sie los, stand auf, kniete mich neben sie und nahm ihren Kopf in beide Hände. Drückte sie an mich. „Es tut mir so leid. Mein Fehler. Ich bin so blöd. Bitte, hör doch auf. Oder nein. Wein dich aus. Ich gehe dann weg. Ich lass dich in Ruhe. Ich hätte dich nicht... oh weh. Wie kann ich das wieder gut machen?" Ich stammelte noch eine Menge Blödsinn daher. Immerhin beruhigte sie sich langsam wieder. Ich schob ihren Kopf ein Stück zurück, sah sie direkt an. „Ich wollte dir nicht weh tun. Bitte, glaub mir das." – „Du, du wolltest mir nicht... aber das hätte ich doch nie angenommen. Ich – ich – du bist so lieb – du -" und sie begann erneut zu weinen.

Ich hielt sie noch lange fest. Endlich sagte sie mit ruhiger Stimme: „Es war so schön. Keine Ahnung warum ich jetzt geheult habe. Ich bin schon immer eine blöde Kuh gewesen. Du kannst nichts dafür." – „Ach ja. Ich habe ja auch nichts gemacht. Ich war ja so brav." – „Hör auf mit der Ironie. Hast du ja wirklich nicht. Doch hast du. Mir einen schönen Abend gemacht. Ich bin noch nie so verwöhnt worden. – Trotzdem wäre ich jetzt gerne allein." – „Okay, ich gehe gleich." Ich stand auf. Ein winziges bisschen enttäuscht und ein gewaltiges Stück erleichtert. Was hatte ich da angerichtet? Man spielt nicht mit den Gefühlen anderer Menschen. Das hätte ich wissen müssen. Eigentlich wollte ich ja nichts von ihr. Und trotzdem. Es war so schön gewesen. Wie sie eben gesagt hatte. Es hatte sich nun mal so ergeben. Eins war zum anderen gekommen. Dieser ganze Nachmittag und Abend. – Ich ging zur Türe. „Halt. Warte noch einen Moment." Sie kam mir nach. Nahm meine Hand und drückte sie. „Danke", piepste sie fast unhörbar leise. Und sie setzte hinzu: „Gibst du mir zum Abschied einen Kuss? Einen richtigen?" Wir umarmten uns.

Der Kuss dauerte ziemlich lange.

Von draußen hörte ich Türenschlagen. Berta erklärte: „Die Susi. Wenn die auf's Klo geht, hört man das durch die ganze Wohnung." Wir küssten uns noch einmal. Bis nichts mehr zu hören war. Und ein drittes Mal. Ihre Augen sahen schon wieder feucht aus.

Im Vorraum zog ich meine Schuhe an und musste meine Jacke suchen. Berta fand sie unter einem himmelblauen Steppmantel. „Zuviel Klamotten, aber hier wohnen ja drei Weiber...", schmunzelte sie. Fein, dass sie wieder scherzen konnte.

Draußen war es sehr still. Musste schon spät sein. Ich versuchte mich zu orientieren. Zuerst ging ich in die falsche Richtung, dann aber kannte ich mich plötzlich wieder aus.

Ein merkwürdiger Tag. Erst das überirdische Engelchen. Dann die dicke Berta. Ein seltsamer Abend.

Ich genoss die frische Luft auf dem Heimweg.

Dezember 2008

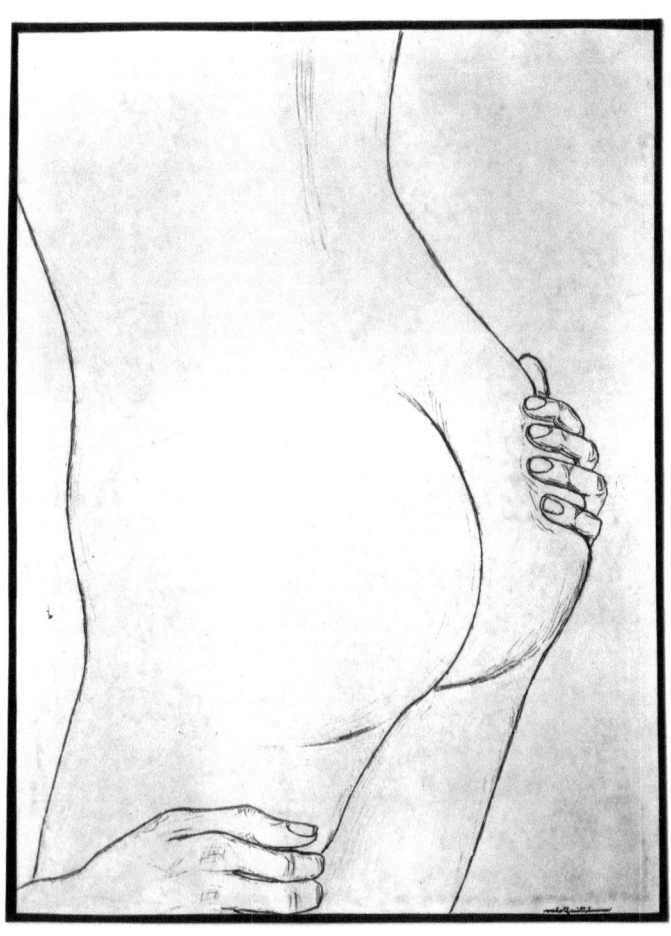

II. Andere erotische Erzählungen

Spill The Wine

Gehen konnte er noch. Bücken tat weh und stehen auch. Aber zu Fuß umherwandern tat seinen alten Gliedern gut. Sein treuer Begleiter Charlie war begeistert, endlich von der Leine gelassen zu werden, und rannte ein Stück voraus auf die große Wiese im Auwald. Der alte Mann hatte einen großen Müllsack in der einen Hand, mit der anderen stützte er sich auf seinen Stock. Hin und wieder hielt er kurz an, um einen Joghurtbecher oder eine Getränkepackung aufzupieken, und halbwegs geschickt in dem Sack verschwinden zu lassen. Was die Leute so alles in der Natur zurückließen. Es erfüllte ihn mit einer gewissen Befriedigung, sich ein wenig nützlich machen zu können.

Ein schöner Frühlingstag, aber noch ziemlich kühl, jedenfalls im Schatten. Hier auf der Wiese konnte er die Wärme der frühen Sonne genießen. Er hatte es nicht eilig. Warum auch. Niemand wartete auf ihn. Er wartete auch auf nichts. So ein Tag, das war gut genug.

Da schlug der Hund an. Der friedliche Charlie bellte fast nie. Auch er war nicht mehr jung und hatte die Kaninchenjagd längst aufgegeben. Was war da los? Der Alte sah nach vorne. Der ergraute Golden Retriever war fast nicht zu sehen in dem stellenweise hüfthoch stehenden Gras.

Charlie erwartete seinen Herrn mit merkwürdigem Blick. Hatte er ein schlechtes Gewissen?

Überrascht hielt der Mann inne. Was hatte der Hund da gefunden? Das waren ja Knochen. Und, deutlich genug zu sehen, Menschenknochen. Er sah sich um. Niemand sonst zu sehen. Er rollte den Schädel mit dem Stock zur Seite. „Alter Mann macht grausigen Fund", würde in der Zeitung stehen. Er blickte über die Wiese. Einer seiner Lieblingsplätze. Wie oft war er schon über diese Wiese gestapft. Erinnerungen kamen ihm hoch, an längst vergessene Zeiten. Die Wiese.

———

Der junge Mann hatte sich ins hohe Gras gelegt. Seine Kleidung hatte er sorgfältig auf einen Haufen gestapelt. Im Ohrhörer erklang zum x-ten Mal das uralte „Spill The Wine". Diese Frauenstimme. Diese Musik. Die unter die Haut gehende Balladenstimme Eric Burdons. So war die Hitze dieses Sommertages auszuhalten. Er atmete tief durch. Schaltete die Musik ab und legte den Player samt Stöpseln auf seine Jeans. Die Lerche sang noch viel schöner als der Sänger... Er dämmerte ein.

Aus dem Wald kam in langer Reihe eine Gruppe Mädchen gelaufen. Vielleicht eine Sportgruppe. Alle trugen weiße Shorts und weiße Tops und joggten aus dem Waldweg über den Trampelpfad auf die Wiese. Dabei schnatterten sie lustig durcheinander.

Der Mann wurde vom vielstimmigem Gekicher munter. Er hob den Kopf und erschrak über das abrupte Ende seiner Einsamkeit. Es war zu spät, sich anzuziehen. Er hoffte inständig, die Meute würde vorbeiziehen, ohne ihn zu bemerken. Doch die hübschen Köpfchen, braunen Arme und langen Beine kamen immer näher. Schon hatten die ersten ihn entdeckt. „Hey, seht mal, ein Mann!" – „Was macht der denn da?" – „Ob der kitzlig ist?"

Ehe er sich irgendeinen Plan hätte ausdenken können, war er schon umringt von dem ganzen Haufen. Kreischend und lachend, albernd und kichernd kamen sie immer näher. Er hatte kaum Zeit sich seiner Nacktheit zu schämen, da knieten die ersten schon neben ihm und fingen an, ihn anzufassen, zu zwicken, zu kitzeln. Er wollte sowas wie „Halt! Lasst das sein! Lasst mich in Ruhe!" rufen, aber seine Kehle war wie zugeschnürt. Dabei gingen ihm die Augen über vor soviel weiblicher Schönheit, all die nackte Haut und die sportlich wohlgeformten Körperteile um ihn herum, und er konnte sich nicht wehren. Jetzt nicht mehr. Runde Knie pressten seine Arme auf den Boden, nahmen ihm die Luft, eiserne Griffe hielten seine Beine fest. Er bekam lange Haare ins Gesicht, grobe Stöße in die Rippen. „Hört auf, das ist nicht mehr lustig!" wollte er sagen, konnte aber nicht mal schreien. Er spürte Zähne in seinem Fleisch, Fingernägel in seinem Geschlecht, er bekam keine Luft mehr...

Ein Spaziergänger am Waldrand hätte in der Mitte der Wiese einen wilden Tumult gesehen, einen Wirbel aus Haarmähnen, Armen und Beinen, Lachen und Schreien gehört, aber da war kein Wanderer an diesem Tag, in dieser Mittagshitze.

Hinter dem nächsten Waldstück wunderte sich ein Kräuterweib über den Geruch, den die vorbeirennenden Läuferinnen in ihren rotgefleckten Sportdressen hinterließen. Leicht süßlich, muffig, weder nach Parfüm noch nach Deo. Sie schüttelte den Kopf und bückte sich zu Wildem Thymian und Schafgarbe.

Auf der Wiese war es jetzt ganz still.

—————

Der alte Mann schmunzelte. „Grausiger Fund" würde in der Zeitung stehen? Was für ein Fund denn? Es würde keinen Fund geben. Er balancierte den Schädel mit seinem Stock in den Müllsack. Dann musste er sich doch bücken. Die anderen Knochenreste hob er kniend mit der Hand auf. Nur den letzten ließ er Charlie übrig.

Es würde keinen Zeitungsartikel geben. Die Wiese war wieder sauber. Zufrieden lächelnd ging der alte Mann weiter. Charlie rannte wieder ein Stück voraus, aber nicht mehr so weit, und sah fragend zurück. „Nur weiter, Charlie, die übliche Runde. Renn nur, nachher muss ich dich doch wieder anleinen. Nur weiter!"

Was für ein schöner Frühlingstag das heute war.

Dezember 2008

Fliegen

Eine kleine, wahre Geschichte

...

Wir waren in einem großen Hotel.

Die Räume und Gänge waren verwinkelt und meist dunkel gehalten. Es wimmelte von Leuten, Bekannte und Unbekannte. In dem Schmökerraum gab es Regale voll Bücher für die Leseratten und bequeme Sitzecken. Im Erdgeschoss waren mehrere Restaurants untergebracht. Es gab einen großen Wellness-Bereich mit Schwimmbecken, allerlei heißen und kalten Wasserbecken, Whirlpools, Saunen und vielem anderen. Alles voller Menschen. In einem Aufenthaltsraum stand ein Fernseher und daneben war eine Sprossenwand angebracht, wo ich ein paar Klimmzüge machte. Vorher war ich schwimmen gewesen mit meiner Frau, die aber jetzt irgendwo anders unterwegs war.

Ein mit uns gut bekanntes Ehepaar ging vorbei und sie sagten irgendwas Belangloses. Alle schienen glücklich zu sein. Ich spürte Kinderaugen auf meinem Rücken, denn eine ganze Schar saß hinter mir auf den Fauteuilles, um ein Video anzuschauen. Da bemerkte ich, dass ich diesmal nicht im Tanga, sondern ganz ohne Hose unterwegs war. Ich fragte mich, ob meine Nacktheit die Eltern der Kinder, die da in die Flimmerkiste schauten, wohl störe. Ich beschloss nicht darauf zu achten und so zu tun, als sei das ganz normal. Aber ich fühlte mich plötzlich nicht mehr so wohl.

Unruhig, wie ich jetzt war, hatte ich genug von den Klimmzügen, nahm mir ein Hotel-Handtuch, das da zufällig herumlag und hielt es mir vor, drehte mich dann um und fand es so, wie ich es erwartet hatte, die Kinder schauten auf den Bildschirm und die wenigen Eltern dazwischen auf ihre Kinder, keiner kümmerte sich um mich. Eine gerade vorbeikommende Bekannte wollte etwas von mir, winkte mir vom Gang aus zu, aber mich interessierte das jetzt nicht, ich wollte auf mein Zimmer gehen. Ich hatte aber Mühe, den richtigen Quergang zu finden, mal ging es einen Halbstock höher, man wieder hinab. Jeder Gang sah anders aus und doch irgendwie wieder gleich. Die wenigsten Türen hatten Nummern angeschrieben. Viele Türen waren offen, Gelächter und Gejohle schallte heraus. Ich hoffte, niemanden Bekannten zu treffen.

Da kam ich im ersten Stock auf den großen Vorraum im Stiegenhaus, hier war es hell, offen und großzügig. Die Stiege war wenigstens fünf Meter breit und aus hellem Stein, führte in das Erdgeschoss hinunter. Und keine Leute hier. Vor mir lagen nachlässig aufgerollte Schläuche auf dem Boden.

Da verspürte ich Lust zu fliegen. In meinen Träumen konnte ich manches mal fliegen, indem ich stehend die Beine und die Arme leicht anwinkelte und anspannte. Je stärker ich mich anspannte, je höher flog ich, aber nicht mehr als ein paar Meter hoch, und nur wenn ich mich voll konzentrierte. Wenn ich etwas nachließ, sank ich wieder niedriger, die Richtung wo ich hinfliegen wollte, bestimmte ich durch konzentriertes Hinschauen und eine leichte Seitenneigung. Diesen Traum hatte ich nicht oft, aber immer wieder mal seit meiner Kindheit gehabt. Und nun schlief ich nicht und träumte nicht, aber das Gefühl war das gleiche wie im Traum, ich spürte genau dass ich jetzt fliegen können würde.

Ich legte das Handtuch auf das Stiegengeländer vor mir, schaute mich um. Im Moment war ich fast allein, nur ein Putzfrau rumorte am anderen Ende des Vorraumes mit einen Reinigungswagen herum. Ich spannte mich an, die Beine im Kniegelenk und die Arme im Ellbogen etas angewinkelt. Ich spürte, wie ich leichter wurde.

Ich verstärkte die Anspannung. Da fing ich an zu schweben, zunächst sehr unsicher, das Gleichgewicht zu halten schien schwer. Doch als ich erst ein paar Zentimeter über dem Boden schwebte, erreichte ich eine stabile Lage. Aber ich fing an zur Seite zu driften. Das Geländer glitt nach rechts weg, vor mir nun lag die breite Stiege, die nach unten führte. Ich flog! Genau wie im Traum. Ein totales Glücksgefühl durchströmte mich. Ich hätte es gerne gleich meiner Frau und meinem Sohn erzählt, oder besser noch gezeigt. Aber ich war ja allein hier.

Ich ließ die Anspannung schwächer werden, schon berührten meine Zehen etwas, aber nicht den Boden. Ich zuckte zusammen, und stolperte in dem Schlauchgewirr, keine elegante Landung. Ach ja, in meinen Träumen hatte ich ja auch immer genau aufgepasst, dass mich nichts von meiner Konzentration ablenken sollte, denn ich hatte ja immer gewusst, dass ein plötzliches Loslassen der Anspannung zum jähen Absturz führen würde.

Kaum hatte ich mich aufgerappelt, juckte es mich in den Fingern und vor allem in den Beinen, es nochmal zu versuchen. Ich spannte mich auf die gleiche Art an, es ging nun auch schon leichter, schon schwebte ich einen Meter über dem Boden, gut dass die Decke in diesem Raum sehr hoch war. Vor mir die Stiege, wäre es nicht toll da hinunterzufliegen? Hoffentlich kam niemand vorbei und rief mich an, ich war mir nicht sicher ob ich die Konzentration dann hätte halten können. Schon schwebte ich weit über den ersten Stufen. Ich versuchte die Anspannung etwas zu lösen, um weiter nach unten zu kommen, dem Verlauf der Stiege folgen. Es gelang. Sanft schwebte ich nach unten, und nach vorne, bis ich endlich unten im Erdgeschoss in der großen Eingangshalle des Hotels sanft landete.

In meinen Träumen stand ich am Anfang immer auf einer großen grünen Wiese, die nach vorne sanft in ein flaches Tal abfiel. Es kam mir dann ziemlich ungefährlich vor, da hinunter zu schweben, denn ich flog ja nicht sehr hoch, höchstens ein paar Meter. Nur manchmal war da eine Linie von Telegraphenmasten mit den Leitungen dazwischen, dann war die Frage, drunter oder drüber. Und manchmal fiel die Wiese weiter unten plötzlich steiler ab, so dass ich auf einmal doch erheblich viel Luft unter mir hatte, und ich musste mich sehr anstrengen, die Anspannung zu halten, denn ein Absturz aus solcher Höhe wäre vielleicht nicht gut ausgegangen.

Nun war der Flug in der Wirklichkeit nicht so romantisch, weil mitten in einem großen Gebäude, aber trotz der nicht gerade weichen Steinstiege und dem harten Geländer war nichts passiert. Im Gegenteil, es war perfekt geglückt!

Ich war sehr glücklich, lief schnell wieder hinauf und suchte meine Leute, um ihnen von meinem Abenteuer zu berichten. Meine Frau hatte sich schon fürs Abendessen umgezogen, ich zog mir auch was an und wir gingen zusammen hinunter zum Essen. Kaum saßen wir, fing ich an, ihr von meinem Erlebnis zu erzählen. Da kamen mein Sohn und seine Freundin, setzten sich aber nicht zu uns, sondern blieben stehen. Statt mir zuzuhören redeten sie laut und hektisch davon, wo sie gerade gewesen waren, wen sie getroffen hätten, dass sie rennen müssten, um den Film soundso nicht zu verpassen, und dass wir nicht auf sie warten sollten. Ich war enttäuscht, dass ich meine Geschichte nicht anbringen konnte. Auch meine Frau hatte ihre eigenen Gedanken im Kopf und hörte mir kaum zu. Dann kamen zwei ihrer Bekannten vorbei und sie sprachen über etwas anderes.

Niemanden schien es zu interessieren, wie es ist, wenn ein alter Traum plötzlich wahr wird.

Trotzdem war ich sehr glücklich, das Fliegen hatte eine nachhaltige Wirkung. Ich war mir sicher, dass ich das nun öfter erleben würde.

——

Langsam wurde ich wach, noch immer in diesem Glücksgefühl schwelgend. Ganz langsam materialisierte die Matratze, die Decke, der Kopfpolster. Ich lag ja im Bett! Fast schwerelos zunächst. Erst allmählich kam das Gefühl für den eigenen Körper und die eigene Schwere zurück. Ein sanftes Kribbeln begann mich zu durchströmen. Dann erst bemerkte ich, dass ich die ganze Geschichte vom Fliegen nun doch wieder nur geträumt hatte. Eine kleine Enttäuschung. Aber es war trotzdem sehr schön. Ein guter Anfang für einen Montag, besonders nach einem langen Wochenende voller Liebe mit meiner Frau.

23. Juni 2003

Vorfrühling

Eine Besorgung in der Stadt... Er ging am Fluss entlang. Für Anfang Februar war es ziemlich warm. Um so stärker blies der Wind beim Überqueren der Brücke über den großen Strom. Er fühlte sich heute eigenartig leicht. Alles schien gut zu sein, besser als sonst. Leuchtende Farben, frische Stadtluft. Beschwingte Musik im Ohr kam er auf den Hauptplatz der kleinen Stadt. Hier war es noch wärmer, denn die Häuser hielten den käftigen Wind ab. Fast jede Frau, die ihm entgegenkam, schien ihm besonders attraktiv zu sein. Ein Tag der unbestimmten Verliebtheit, ein Tag allumfassenden Glücks, wie er es manchmal erlebte. Auch die anderen Leute, so kam ihm vor, gingen beschwingt und lächelnd durch die Stadt. Vor ihm ein großer, gutaussehender Mann im hellen Anzug, schwarze Locken, wirkte italienisch, er schien geradezu über das Pflaster zu schweben... In den Gesichtern der ihm begegnenden Passantinnen konnte er ein Abbild des italienischen Strahlens erkennen, wie in einem Spiegel, bildete er sich ein. Am Ende des Platzes drängten sich Fußgänger, Radfahrer und Staßenbahnen durch eine enge Gasse. Ihm fiel auf, dass nun alle Entgegenkommenden den „Italiener" anschauten, jetzt eher belustigt als bewundernd. Dieser gestikulierte ausladend, und als er ihm näher kam, hörte er ihn laut reden! Kein Wunder, dass die Leute sich amüsierten, wenn da jemand in der engen Gasse so laute Selbstgespräche führte. Schon wunderlich.
Schließlich erreichte und überholte er ihn, wobei er sich nicht verkneifen konnte, einen Blick auf sein Gesicht zu werfen. Da war er zweifach überrascht, einerseits sah der „Italiener" von vorne tatsächlich genauso aus, wie er es sich ausgemalt hatte. Andererseits trug er im rechten Ohr eine der modernen drahtlosen Designer-Freisprecheinrichtungen und war am telefonieren, so temperamentvoll, wie es seinem äußeren Eindruck entsprach. Eine profane, aber doch lustige Erklärung für die vermeintlichen Selbstgespräche...
In der Apotheke musste er lange warten. Eine elegante Dame

drängte sich vor, wobei sie ihm charmant zulächelte. Wie hätte er ihr da böse sein können? Und es war ihm auch einerlei, ob er nun dreißig oder dreiunddreißig Minuten hier stand. Da war ja diese Lady, die er nun erst recht in Ruhe betrachten konnte, und die Verkäuferin in ihrem weißen, oben nicht zugeknöpften Kittel, der einen tiefen Einblick in ihre üppige Oberweite erlaubte, war auch nicht schlecht. Leider bediente sie die Hälfte der Zeit an der anderen Theke, wo sie seinem lüsternen Blick entzogen war. Als er endlich sein Fläschchen zum Wiederbefüllen abgegeben hatte, waren nur noch ältere und alte Kunden im Raum. Dabei fiel ihm auf, wie verliebt sich ein sehr altes Pärchen ansah und umarmt hielt.

Beim Bezahlen musste er sich sehr zusammennehmen, die Münzen zusammenzusuchen, anstatt nur den Ausschnitt der Bedienung zu bewundern. Sie aber hielt einen kurzen Moment seine Finger fest, als sie das Geld nahm, und blitzte ihn mit ihren hellen Augen lustig an. Benommen torkelte er aus dem Laden, und ärgerte sich ein wenig, weil ihm spontan nichts eingefallen war, etwas aus der Situation zu machen. Aber nur kurz, kaum liefen ein paar Mädchen in langen Stiefeln und kurzen Winterjacken vorbei, war seine Stimmung wieder im grünen Bereich.

An der Bushaltestelle suchte eine hübsche Frau ihre Manteltaschen ab, mit leicht verzweifelten Gesten. Als er näher kam, hörte er sie fluchen. Sie konnte wohl ihr Geldtäschchen nicht finden.

„Aber wer wird denn an so einem herrlichen Tag so schrecklich schimpfen?" – „Was?" Sie drehte sich unwillig zu ihm um. „Was für ein Tag? So schön ist der auch wieder nicht!" Da hatte sie eigentlich recht, der Himmel war grau und trotzdem, alles schien so nach Frühling zu duften, fand der Mann. Muss denn immer die Sonne scheinen?

Sie zeterte weiter: „Und außerdem. Ich kann mein Geld nicht finden. Dabei habe ich es sicher eingesteckt. Ach. Ich habe ja den anderen Mantel..." Sie verdrehte die Augen. Meine Chance, dachte der Mann. Er zog seine Brieftasche heraus und drückte der verdutzten Frau zwei Münzen in die Hand, die für eine Tageskarte reichten. „Heute darf niemand unglücklich sein!", erklärte er ihr. „Nehmen Sie nur. Ist schon gut." Und wollte weitergehen. Aber die Frau hielt ihn an der Schulter zurück, nahm seine Hand und drückte sie. „Danke." Dabei sah sie ihm tief in die Augen. In diesen dunkelblauen Augen versinken, dachte er. Er wünschte sich, sie würde ihn küssen, aber das traute sie sich wohl nicht. Da kam der Bus und blieb quietschend direkt neben ihnen stehen. Sofort waren sie von lärmenden, herausquellenden und hereindrängelnden Leuten umgeben und verloren sich aus den Augen. Der Mann wartete einen Moment, bis sich die Leute verzogen hatten, der Bus war auch schon weitergefahren. Er grinste, runzelte die Stirn, schüttelte den Kopf und begann lächelnd den Heimweg.

Bei jeder Schönheit, die ihm noch begegnete an diesem Tag, und das waren nicht wenige, fühlte er innerlich wieder den tiefen Blick der Lady mit den Bergseeaugen von der Bushaltestelle.

Februar 2004

Spielchen spielen

Ich schwebe.

Eben noch habe ich nichts gespürt, gar nichts.

Langsam kehren einzelne Wahrnehmungen zurück.

Um mich ist grünes Licht und goldenes Licht, Vogelgezwitscher, angenehme Kühle. Es duftet nach Kräutern. Ich spüre meinen Körper so, als wäre er eine leichte Hülle, mit Gas gefüllt.

Doch, da ist etwas unter mir.

Kann das eine Matratze sein? Die drückt doch sonst immer.

Und über mir. Die Decke? So leicht war sie noch nie. Immerhin hält sie mich in meiner Lage fest. Wozu nicht viel gehört, schwerelos wie ich bin.

Jetzt.

Ein leichtes Kribbeln breitet sich aus. Angenehm wie Champagner auf der Zunge.

Das Licht wird rötlicher. Rot.

Soll ich es wagen, ein Auge zu öffnen? Lieber nicht.

Ich liege auf meinem Bett. Ach ja.

Die Realität kommt zurück. Freitag Nachmittag. Mittags bin ich gleich aus dem Büro. Wochenende. Mit dem Fahrrad in zwanzig Minuten zuhause. In meiner kleinen Wohnung. Kellerwohnung. In einem Einfamilienhaus mit blickdichter Thujenhecke.

Einen Tee habe ich mir gemacht. Pai Muh Tan. Der Weiße Tee. Der aussieht wie zusammengerechtes Herbstlaub. Ganz berauscht war ich plötzlich müde geworden, hatte mich ins Bett gelegt, wollüstig und allein und high, Pai Muh Tan. Muss auch was geträumt haben, was genau erinnere ich mich nicht. Etwas Wunderschönes.

Ich genieße das langsame Erwachen. Leider kehrt die Schwerkraft bald zurück, die hätte ruhig noch warten können.

Mit der Zeit fühle ich meinen Körper wie gewohnt, die Matratze beginnt zu drücken, die Decke hat ihr normales Gewicht.

Was bleibt ist das Kribbeln, es wird sogar stärker, und ein sehr angenehmes Gefühl, wie Befriedigung, eine physische Zufriedenheit. Ich bleibe reglos liegen, um so lange wie möglich in diesem Zustand zu bleiben.

Das Kribbeln wird mit der Zeit heftig. Alles andere Gute verfliegt. Ich drehe mich um, öffne die Augen. Die Sonne scheint in den Lichtschacht vor meinem Kellerfenster.

Ein hässliches Geräusch zerstört die Idylle. Der Rasenmäher. Ich verstehe nicht, warum die Hauseigentümer nicht elektrisch mähen. Der Benziner lärmt grausam vor sich hin. Schlimmer ist der Gestank. Frisch geschnittenes Gras duftet wunderbar, ähnlich wie Kerbel, eines meiner Lieblingskräuter, unverzichtbarer Bestandteil von Frankfurter Grüner Sauce. Wie ich später erfahren werde, ebenso unverzichtbar für Kärntner Nudeln. Wenn sich in diesen Duft der Gestank von Benzin mischt, wird mir schlecht. Diese gleichzeitige Lust, tief einzuatmen, um den Duft zu genießen, und die panische Angst vor dem Benzingeruch, die mich zum Luftanhalten zwingt. Das halte ich schlecht aus.

Ich raffe mich auf, um das Fenster zu schließen. Das Geräusch wird schnell immer lauter. Der Mäher kommt direkt auf meinen Schacht zu. Da, ein Schatten. Muss der Mann gerade jetzt hier vorbeiziehen? Ich bin nackt, aber das kann er von draußen sicher nicht sehen. Ich spähe hinauf, um ihm einen bösen Blick nachzuschicken.

Ach.

Das ist ja die Frau. Frau Brunner mäht persönlich. Im Bikini.

Ich habe nur einen kurzen Blick auf die immer streng aussehende Frau werfen können. Gute Figur. Ihre Fältchen habe ich jetzt nicht sehen können. Sie ist sicher fünfzig. Oder vierzig oder sechzig? Ist mir auch egal. Solange meine Miete pünktlich auf ihrem Bankkonto eintrifft, kann sie mir so egal sein wie ich ihr.

Ich gehe in mein Wohnzimmer hinüber. Jetzt noch so einen Tee, das wäre fein. Tatsächlich ist noch was drin in der Thermoskanne. Ein feines Getränk, von meinem Lieblingsteehändler selbst importiert aus Rotchina, wie er mir mal erklärt hat. Der Händler in der kleinen Stadt, wo ich studiert habe. Weit weg.

Nach einer halben Stunde ist der Rasenmäher verstummt und mein Tee ausgetrunken. Ich kippe die Fenster. Das Benzin hat sich verzogen, der Grasduft bleibt. Der Schlaf hat sich verzogen, die Wollust bleibt. Meine Hand streichelt über meinen Stengel. Lust. Ich überlege. Wie soll ich das machen, machen will ich es. Ich will.

Auf dem Rasen. Auf dem duftenden, frisch geschnittenen Gras. Ja. Das wird fein. Der andere Mieter kommt erst spät aus der Arbeit, am Abend. Die Vermieterin ist längst weg mit ihrer blöden Maschine. Ich habe den Garten für mich allein.

Ich ziehe eine Boxershort drüber. Nehme mein Liegetuch und gehe in den Garten hinauf. Nach vorne zur Straße ist die Hecke, das Haus hat hierher nur ein Fenster, und das ist eine Milchglasscheibe. Nach hinten schützen dichte Nadelbäume. Nur zum Nachbargrundstück, da ist freie Sicht, vom oberen Stock kann man hier gut gesehen werden. Dagegen gibt es nur eins: sich ganz dicht an die auch an dieser Grundgrenze wachsende Hecke legen. Dann können nur noch die Vögel zuschauen.

Also breite ich mein Tuch dort aus und lege mich bäuchlings drauf. Die Arme unter dem Kopf verschränkt liege ich und genieße die Ruhe in diesem Vorstädtchen der Großstadt, die auch den despektierlichen Beinamen „Millionendorf" trägt. Der Duft, die Wärme, das gelegentliche Krabbeln der Insekten. Ich fühle mich wunderbar.

Nur ein Teil von mir ist nicht zufrieden. Noch nicht. Aber das lässt sich jetzt ändern. Mir beginnt das Blut im Kopf zu rauschen. Langsam schiebe ich mein Becken vor und zurück, vor und zurück. Gut. Sehr gut.

Ich denke an die Erscheinung der besonderen Art, letzte Woche. Ich kam nachmittags von der Arbeit. Kaufte noch etwas ein, lief durch die kleine Straße zurück zum Haus. Da kam mir ein Mädchen auf Rollschuhen entgegen gebraust. Sie raste fast genau auf mich zu, drehte dann ein paar Kreise auf der Fahrbahn, und zischte die Straße zurück.

Ich war fasziniert. Weniger von ihren Künsten, als von ihrem

Aussehen. Die geballte Kraft. Sie hat nur ein winziges Sport-höschen getragen, so knapp, dass hinten ein Stück von ihrem knackigen Po frei blieb. Die Schenkel von Muskeln starrend. Auch die Arme und Schultern waren auffällig muskulös. Allzu-schnell ist die Schöne in einer der nächsten Toreinfahrten ver-schwunden gewesen. Wenn die jetzt hier wäre. Wenn sie mit mir hier auf dem Rasen liegen würde. Das stelle ich mir mit wachsender Erregung vor.

Plötzlich schrecke ich aus meinen Phantasien auf. Ein nahes Geräusch, Blech, auf Stein, was ist das?

Frau Brunner! Keine zehn Meter vor mir steht sie gebückt, breitbeinig, mir ihren Hintern zuwendend, in ihrem Bikini und hackt mit einem Werkzeug in dem Blumenbeet zwischen Haus-wand und Rasen herum. Hat sie mich gesehen? Sicher hat sie mich gesehen. Hat sie gesehen, was ich hier mache? Gesehen vielleicht, aber verstanden? Das wäre mir gar nicht recht. Ich bleibe reglos liegen.

Sie bearbeitet unbeirrt ihr Blumenbeet. Abwechselnd geht sie in die Hocke und wieder in die gebückte Stellung mit durchge-drückten Knien. Nach ein paar Minuten richtet sie sich ganz auf, streckt sich, und setzt ihr Werk einen großen Schritt wei-ter links fort. Sieht ja echt gut aus. Die Frau. Ewig lange Bei-ne. Groß und schlank. Das goldene Blond ihrer halblangen Haare ist sicher gefärbt, aber welches Blond ist schon echt. Und die wenigen echt Blonden färben sich schwarz...

Ich sehe ihr gebannt zu. Diese rhythmischen Bewegungen, wie sie mit dem ganzen Körper arbeitet. Das hat was. Meine Erregung, die von dem Schreck der möglichen Entdeckung fast verflogen war, kommt schnell zurück. Ich bohre meinen Blick von hinten auf die gebückte Gestalt und gleichzeitig ge-be ich meinem Schwanz die Reibung zwischen Boden und Bauch, die er jetzt haben will. Nur wenn sie sich aufrichtet, verharre ich mitten in meiner Bewegung.

Ein lustiges Spielchen, was ich da heute erfunden habe, denke ich. Ah.

Es endet aber nicht ganz so, wie ich mir das erhofft habe. Un-vermittelt dreht sie sich zu mir um, nickt mir zu und geht weg.

In der einen Hand die kleine Hacke, in der anderen ein Büschel Unkraut.

Meine Lust vergeht auch, leicht enttäuscht versuche ich an was anderes zu denken. Ich bekomme Lust auf gute Musik. Ich stehe auf, nehme meine Sachen und gehe in meine Wohnung zurück.

———

Am folgenden Montag komme ich um vier Uhr aus der Arbeit zurück. Ich schließe mein Fahrrad in der Toreinfahrt ab und hole die Post aus dem Kasten. Ich gehe über den Rasen durch den Vorgarten, dann die Treppe hinunter zu meiner Wohnung. Noch auf der obersten Stufe habe ich ein eigenartiges Gefühl. Werde ich beobachtet? Ich sehe mich um. Niemand zu sehen. Das oberste Fenster des Nachbarhauses ist offen. Das ist nicht ungewöhnlich. Vor langer Zeit habe ich dort mal eine Putzfrau gesehen.

Aber da. Das ist es. An meiner Tür hängt ein Umschlag, über der Klinke eingezwickt. Ich nehme den Brief und spüre mein Herz klopfen. Wer kann mir hier einen Brief hinstecken? Der Umschlag ist nicht beschriftet.

Ich gehe ins Haus, lege Schuhe und Aktentasche ab.

Am Fenster ist es heller. Ich öffne den nicht zugeklebten Umschlag.

„Ich habe dich beobachtet.

Ich weiß Bescheid.

Halte diese Anweisung exakt ein,

sonst wirst du es bereuen:

Du bist im blauen Bademantel bei mir.

Heute. Genau um acht.

Spielchen spielen. L.B."

Ist das für mich? Mein erster Gedanke. Aber außer mir wohnt hier unten niemand. Von wem kann das sein? Der zweite Gedanke. Frau Brunner. Die weiß, wer hier wohnt. B wie Brunner. Was heißt das L? Ihren Vornamen kenne ich nicht. Wenn ich mehr Zeit hätte, könnte ich mal ihre Post durchsehen. Auf irgendeiner Zusendung würde ich ihren Vornamen schon finden. Ich habe aber nicht viel Zeit. Mietvertrag? Den hat doch

105

ihr Mann unterschrieben. Glaube ich. Schnell gehe ich an die Dokumentenkiste. Hm. Nein. Ja. Da ist er ja. Unterschrift ist nicht sehr leserlich, heißt wohl H. Brunner. Ach, da oben im Kopf stehen die ausgeschriebenen Namen. Schade. Warum läuft der Vertrag auf ihn? Er kümmert sich doch um nichts, der alte Knacker. Kommt mir wie mindestens zwanzig Jahre älter vor als sie.

Und wenn das der Schlüssel ist? Er ist uralt, sie ist noch fit. Und lüstern. Dann sieht sie da einen onanierenden jungen Mann im Gras liegen. Zuerst fällt ihr nichts ein, sie lässt sich nichts anmerken. Dann heckt sie einen Plan aus, und zitiert den Kerl zu sich. Den Alten hat sie vielleicht in einen Club geschickt oder er liegt krank im Bett oder was immer. Eine gute Theorie.

Spielchen spielen. Den Ausdruck habe ich schon gehört. In eher unangenehmen Zusammenhängen.

Dann heißt sie L. Brunner. Lieselotte? Nee, das passt nicht. Oder Lena? Schon besser. Oder Lore? Nein.

Ach. Und wer weiß von meinem blauen Bademantel? Das kann doch auch nur die Brunner wissen. Die war am Anfang öfter mal in meiner Wohnung, wenn ich nicht da war. Hat mich einiges an Überwindung gekostet, aber ich habe mich aufgerafft, sie zur Rede zu stellen, und durchgesetzt, dass das nicht geht.

Als ich nach ein paar Wochen trotzdem wieder mal das Gefühl hatte, sie wäre drin gewesen, habe ich mir ein Einsteckschloss zugelegt. Den Zweitschlüssel habe ich ihrem Mann im verschlossenen Umschlag anvertraut, mit der Aufschrift „Nur für den Notfall!". Seither ist Ruhe.

Jetzt soll ich in dem blauen Bademantel erscheinen. Nun, das ist Pech. Nur ist mir noch nicht klar, Pech für sie oder Pech für mich. Den Bademantel gibt es nicht mehr. Nicht hier jedenfalls. Und Frankfurt ist weit. Wo soll ich jetzt einen blauen Bademantel hernehmen? Das wird nichts. Und warum überhaupt? Spielchen spielen.

Exakt einhalten. Im blauen Bademantel. Heißt das – soll das etwa heißen – nur im Bademantel? Darunter – nichts?

Und dann diese Drohung. Sonst wirst du es bereuen. Ist das im juristischen Sinne eine richtige Drohung? Da kenne ich mich nicht genug aus. Kann ich mit dem Zettel zur Polizei gehen? Nein, das kann ich mir schlecht vorstellen. Dafür ist das alles viel zu unklar ausgedrückt. Viel zu verklausuliert. Was da mitschwingt. Spielchen spielen. Sie mit mir wahrscheinlich, so denkt sie sich das, aber es steht ja nicht da. Es steht eigentlich nichts Konkretes da. Nichts Verbotenes.

Und wenn ich den Brief nun einfach ignoriere? Was kann sie mir tun? Nun, das ist leider einfach. Sie kann mich rausschmeißen. Mir kündigen. Dann sitze ich auf der Straße. Nicht sofort natürlich. Aber es gibt kaum Wohnungen, schon gar keine guten. Und die wenigen sind unbezahlbar teuer. Da hat sie leider ein verdammt gutes Druckmittel. Ich bin auf die Wohnung angewiesen. Und sie weiß das. Wir sprachen darüber. Mist.

Während dieser trüben Gedanken kommt von irgendwoher eine andere Stimmung in mir auf. Und wenn ich auf all die Bedenken pfeife? Spielchen spielen. Könnte ja auch ganz lustig werden. Wenn ich einfach auf ihre Anweisung eingehe? Um acht bei ihr. Warum eigentlich nicht? Ich spüre eine vage Erregung hochkochen. Ich gehe einfach um acht zu ihr und lasse mich überraschen.

Da bleibt nur das eine Problemchen, der Bademantel, der ist nicht hier. Aber. Ich habe einen blauen, alten Parka. Vielleicht ist sie mit dem auch zufrieden. Wenigstens blau, warum auch immer das wichtig sein soll.

Noch drei Stunden.

Langsam fängt die Sache an, mir Spaß zu machen. Neugier, Spannung, Erregung, dieses Trio macht sich in mir breit. Vorsicht, Bedenken, Angst dagegen verschwinden zwar nicht, können sich aber nicht durchsetzen.

Ich hole den Parka aus dem Schrank. Der hat ein Innenfutter, das knöpfe ich heraus. Jetzt ist der äußere Teil ganz leicht und dünn. So muss das gehen, denke ich. Damit muss sie zufrieden sein.

Die Stunden schleichen dahin.

Um kurz vor acht ziehe ich mich nackt aus. Heute ist es früh kühl geworden. Ich ziehe den Parka über, schließe ihn aber nicht, sondern halte ihn nur mit der linken Hand zusammen. In meinen Badeschlappen stapfe ich die Treppe hoch, durch den Vorgarten, die Einfahrt zurück zum Haus. Es ist noch lange hell. Von der Straße wäre ich jetzt gut zu sehen, aber da ist sicher niemand.

Mit erheblicher Aufregung drücke ich auf den Klingelknopf. Nach einiger Zeit höre ich Schritte. Die Tür geht langsam auf, zögernd.

Herr Brunner! Ich bin geschockt. Wo kommt der Alte jetzt her? Was soll das werden? Bin ich hereingelegt worden? Hat er den Zettel geschrieben? Ein Eifersuchtsdrama? Ich bin drauf und dran, umzudrehen und davonzustürzen.

Er blinzelt mich an und beginnt: „Guten Abend, Herr ..., äh, Herr ... wie war noch Ihr Name gleich, Sie wünschen?"

Was soll ich antworten? Ich habe von Ihrer Frau einen Zettel zu einem Stelldichein bekommen: Das jedenfalls sicher nicht. Was sonst?

Da sehe ich hinter dem Mann den blonden Schopf von Frau Brunner erscheinen.

Sie gestikuliert heftig und blickt mich dabei beschwörend an, fast flehend. Zwischendurch legt sie den Zeigefinger mehrmals auf ihre Lippen, hektisch. Ihre Gehabe kann ich nur so verstehen, ich soll die Klappe halten und sofort verschwinden. Ich aber sage mit für meine Verhältnisse ungewöhnlicher Geistesgegenwärtigkeit: „Ach, ich wollte nur mal fragen, ob der Postbote vielleicht irrtümlich meine dicke Computerzeitschrift bei Ihnen eingeworfen hat?" Herr Brunner sieht mich erst unverständig an, ich muss mein vorgeschobenes Anliegen wiederholen. Da leuchtet sein Gesicht auf und er dreht sich halb um. Er ruft: „Lydia, haben wir eine dicke Computerzeitschrift bekommen? Unser Mieter fragt danach." Aha, Lydia. Nicht schlecht. Warum ist mir der Name nicht eingefallen. Der passt genau. Lydia ist inzwischen ins dunkle Innere des Hauses entschwunden und antwortet laut rufend: „Nein, haben wir nicht. Nur unsere eigenen Sachen." Herr Brunner nickt bedächtig, breitet die Arme aus und meint lächelnd: „Sehen Sie, wir haben sie auch nicht. Wenn wir sie noch bekommen sollten, sage ich Ihnen natürlich sofort Bescheid." Wir verabschieden uns höflich.

In meiner Wohnung zurück, ziehe ich den albernen Bademantelersatz aus und stelle mir einen frischen Tee auf, einen Assam. Ich brauche jetzt was Deftigeres. Das ist ja wohl komplett schief gelaufen, aber es ist jetzt klar, der Brief ist von Lydia, und sie will etwas von mir, was auch immer.

Spielchen spielen.

Am nächsten Morgen, während ich den Schlüssel ins Schloss stecken will, sehe ich einen neuen Zettel, diesmal ohne Umschlag.

Ich stecke das zusammengefaltete Stück Papier ein, sperre ab und gehe zur Arbeit. Heute regnet es, ich fahre mit dem Bus. Im Bus falte ich das Papier in der hohlen Hand auseinander, damit niemand mitlesen kann.

„Aufgeschoben ist nicht aufgehoben.

Mittwoch Abend um acht. L.B."

Ich bin nicht überrascht. Die Nachricht zeigt mir die Richtigkeit meiner Theorie. Irgendwie hat der Termin nicht gehalten, und ihr Mann kam dazwischen. Also am Mittwoch.

⸻

Ich stehe im Parka vor der großen Haustüre und läute. Wenn wieder der Alte aufmacht, frage ich ihn eben nochmal nach der Zeitschrift. Ich lege mir die Worte zurecht –

Die Tür wird aufgerissen. Niemand zu sehen. Der Vorraum ist heute hell und leer.

Drei Schritte vorwärts. Ich sehe überall irgendwelche Antiquitäten, oder Mitbringsel aus fernen Ländern.

„Da bist du ja. Verbeuge dich vor deiner Herrin." Ich wusste gar nicht, dass sie so eine schneidende Stimme haben kann. Ich drehe mich um. Hinter der Tür. Da steht die Frau. Nicht gerade im Domina-Gewand, wie ich nach der Anrede erwartet habe. Sie trägt ein bodenlanges Abendkleid, schulterfrei und tief ausgeschnitten. Passt ihr gut. Hinter ihr schließt sich langsam die Türe und fällt mit sattem Geräusch ins Schloss.

„Du sollst dich verbeugen! Du wirst schweigen. Ich bestimme.

Du wirst meine Anweisungen exakt ausführen." Es klingt nicht böse, aber auch nicht so, als wäre es nur Spaß. Ich deute eine Verbeugung an.

„Mach dich nicht über mich lustig. Runter! Küss den Boden."

Also jetzt wird es aber doof, denke ich. Was soll das?

Mir fällt ein Film ein, den ich vor Jahren mal gesehen habe. Strenge Erziehung war das Stichwort. Darauf habe ich keine Lust.

Ich beschließe, zunächst mitzuspielen. Ich gehe auf die Knie, und beuge mich bis fast auf den Boden hinunter.

„Nicht sehr elegant, aber immerhin."

Ich höre ihre Schritte. Geht sie weg? Ich hebe den Kopf.

„Ich habe nicht gesagt, du darfst aufstehen." Gehorsam senke ich den Kopf.

Ich höre sie wieder vor mir. Und ein Geräusch von Holz.

„Du rutschst auf den Knien her zu mir." Ich hebe den Kopf und sehe sie vor mir auf einem Hocker sitzen, den sie wohl eben hergeholt hat.

Zwei Schritte bis zu ihr, auf den Knien werden es fünf.

„Halt."

Sie hebt ein Bein, hält mir ihren Schuh vor die Nase. Ballerinas. High Heels hat sie nicht nötig, bei ihren langen Beinen.

„Zeig mir was du kannst. Kose mich. Den Fuß. Den Schuh kannst du abstreifen."

Ich nehme ihr bedächtig den Schuh ab. Mit beiden Händen umfasse ich Fuß und Wade. Ich küsse ihre Zehen. Es beginnt mir ein kleines bisschen zu gefallen. Dann etwas mehr. Mir wird heiß.

Sie seufzt leise und hält mir ihren zweiten Fuß hin, den ich ebenso behandele. Sie hört sich zufrieden an.

Etwas mutiger lasse ich sie kurz los, lasse meinen Parka hinter mir zu Boden gleiten. Sofort beginnt sie streng:

„Ich habe nicht gesagt, du sollst deinen Mantel – oh – nicht schlecht – na gut. Mach weiter."

Ich schmuse ihre Waden, knabbere ihre Zehen an, massiere ihre Sohlen. Die Nägel sind dunkelrot lackiert. Sie duftet gut, ob sie extra gebadet hat?

„Gut. Genug. Mach's jetzt weiter oben." Ihre Stimme klingt gleichzeitig rauher und weicher. Weniger streng. Nicht mehr schneidend.

Ich schiebe mit einer Hand den Rocksaum über die Knie. Ich streichele ihre Beine hinauf, küsse ihre Knie. Ich höre sie schnaufen.

Ich schiele zu ihr hinauf, ohne die Arbeit zu unterbrechen. Sie hat den Kopf zurückgelegt, die Augen geschlossen, das Gesicht scheint trotzdem zu strahlen. Ihr hochgesteckter Busen wogt auf und ab. Ihre Arme hält sie hinter dem Rücken versteckt, als wäre sie gefesselt.

Ich schiebe den Saum weiter hinauf, küsse den unteren Teil ihrer Oberschenkel entlang. Behutsam drücke ich ihre Knie auseinander, damit ich weiter hinauf gelange. Bis zu ihrem silberblond gelockten Geschlecht komme ich trotzdem nicht. Ich küsse und steichele. Sie zuckt ein paarmal und stößt leise, spitze Schreie aus. Es gefällt mir, dass sie keinen Slip trägt. Ich mag es, mich nackt zwischen ihren nackten Schenkeln zu bewegen. Die Berührung ist angenehm.

Sie atmet heftig durch, öffnet die Augen.

Abrupt beendet sie das Spiel, indem sie die Hände vornimmt. Mit einer Hand schiebt sie meinen Kopf weg, mit der anderen zerrt sie den Saum herunter.

„Genug. Für heute. Genug. Verschwinde." Sie klingt plötzlich müde.

Ich bin verwirrt. Schon aus? Na gut. Ich greife hinter mich und nehme meinen Parka auf.

Ich stehe auf und gehe durch die große Eingangshalle auf die Tür zu.

„Zieh dich an!", ruft sie mir nach, jetzt wieder im Befehlston: „Du wirst Anweisungen bekommen, wenn die Zeit gekommen ist."

Ach ja, den Parka sollte ich überziehen, bevor ich das Haus verlasse, da hat sie sicher recht. Ich muss grinsen, drehe mich an der Tür um, um ihr zuzuwinken, aber sie ist weg.

Bei guter Musik und bestem Darjeeling lasse ich mir die Geschichte durch den Kopf gehen. Nach dem Anfang wie aus einem schlechten Film war es ja ganz nett, nur ein bisschen kurz für meinen Geschmack. Geschmäcker sind halt verschieden. Wann ich wohl den nächsten Zettel finden werde?

Ich nehme mir ein gutes Buch und verbringe den Abend auf meiner Couch. Es ist schon sehr spät, als ich ein Geräusch höre. War das an meiner Tür? Ich warte, aber es tut sich nichts mehr. Ich gehe hinaus. Da, ein Zettel. Ich reiße ihn von der Türschnalle und setze mich wieder hin. Da steht nur ein Wort: „Danke." Hm. Direkt höflich. Das passt ja nicht ganz ins Bild. Herrin will sie genannt werden. Und dann, danke. Ich verwende den Zettel als Buchzeichen und gehe schlafen.

——

Erst eine Woche später muss ich sie wieder besuchen. Es läuft ähnlich wie beim ersten Mal. Aber sie trägt ein anderes schwarzes Kleid. Es ist nicht ganz so lang, aus einem weich fließenden Material, hat lange, weite Ärmel, einen sehr tiefen V-Ausschnitt, einen Gürtel aus dem gleichen Stoff, vorne zusammengebunden. Um den Hals trägt sie eine lange schwarze Kette, oder eher ein Band, an der vorne eine kleine silberne Figur hängt. Zwischen ihren Brüsten, die heute ohne Stütze auskommen müssen. Der weiche Stoff umfließt ihre Formen so perfekt, dass die Abdrücke ihrer Nippel gerade mal einen Zentimeter außerhalb des V zu erkennen sind. Sie öffnet mir die Türe heute ganz normal, also ohne sich dahinter zu verbergen, tritt zurück, bittet mich mit einer schwungvollen Armbewegung herein. Dabei sieht sie lächelnd auf mich herunter, aristokratisch, eine richtige Herrin, obwohl sie nicht viel größer ist als ich. Gekonnt, wie ich innerlich anerkenne.

Hinter mir fällt die Tür ins Schloss. Sie reicht mir ihren Arm zum Handkuss, wobei der Ärmel bis zum Ellbogen zurückgleitet. Ich habe mal gehört, wie man das richtig macht, nämlich ohne die Haut zu berühren, nur angedeutet. Aber das finde ich jetzt gar nicht passend. Ich nehme ihre Hand zuerst ganz zart, hebe sie etwas an, beuge mich vor und hauche ein Küsschen darauf. Dann aber packe ich die Hand fest, so dass sie sie nicht wegziehen kann, und küsse sie richtig, nähe ihr ein Küsschen nach dem anderen von dem Handrücken den bis zum Ellenbogen. Sie räuspert sich:

„Na, na, was wird denn das...“

Ich denke, halt die Klappe, genieße lieber, wenn du kannst. Mit der freien Hand schiebe ich ihren Ärmel bis über die Schulter, wobei meine Finger sie unter der Achsel kraulen, meine Lippen küssen ihren etwas verwittert wirkenden Oberarm hinauf. Ich lasse sie langsam los und richte mich auf, mit untertänig aussehendem Gesichtsausdruck, wie ich hoffe.

Sie schluckt schwer.

„Du sollst nur tun, was ich anordne. Von einer Strafe sehe ich für diesmal ab. Weil es – ach nichts. Aber ab jetzt gehorchst du.“

„Ganz wie Sie wünschen. Das war ein Handkuss. Die Herrin wollte einen Handkuss.“

„Das war ein Handkuss? Du bist ja ... das war ja ... was bildest du dir ein, also wirklich, ich werde dir schon ...“, sie fängt an zu schreien. Ganz plötzlich kippt ihre Stimme, dann setzt sie leise und warm hinzu: „Das war gut.“ Sie dreht sich schnell um. Ich versuche, dabei in dem tiefen V-Ausschnitt einen Blick auf ihre Brüste zu erhaschen, aber vergeblich, zu perfekt schmiegt sich das Gewebe auf die Haut. Dafür kann ich ihren vom Stoff umschmeichelten Rücken bewundern. Sie wischt sich über das Gesicht. Ob sie sich umgedreht hat, um ihre Tränen zu verstecken? Gegen die Wand spricht sie:

„Lass deinen Bademantel hier. – Geh mir nach.“

Während wir die Marmortreppe hintereinander emporsteigen, sie in dem eleganten Gewand, ich nackt, habe ich ihren Po vor der Nase. So weich wie das aussieht, bin ich mir sicher, sie trägt gar nichts unter dem Kleid.

Am liebsten würde ich sie mit beiden Händen am Hintern packen. Aber das traue ich mich nicht. Gerade hat sie mich verwarnt. Andererseits. Wozu bin ich denn hier? Was Genaues sagt sie ja nicht, aber bisher ist mein Eindruck, ich bin nur hier, um sie zu verwöhnen. Sie hat halt teilweise andere Vorstellungen von verwöhnen als ich. Nur noch vier Stufen. Ich muss mich entscheiden. Ich lasse meine Hände vorschnellen und packe sie. Absichtlich grob. Sie soll das spüren. Bist du verrückt? höre ich sie schon schreien, lass los du Grobian, du sollst machen was ich dir sage, sonst nichts, kapierst du das nicht?

Sie schreit nicht. Statt dessen bleibt sie stehen, ich lasse sie los, sie dreht sich um. Zack! Schon hat sie mir die flache Hand auf meine Wange geschlagen, dass es schmerzt. Sie zischt mir zu: „Das ist für die Frechheit." Zack! Ich zucke zusammen. Der zweite Schlag brennt wirklich schlimm. „Damit du dir das endlich merkst!" Sie hebt die Hand erneut. Ich zucke zurück, wenig, hinter mir geht es steil hinunter. Sie aber streicht mir sanft über mein Haar. „Und das hier. Weil du gut bist. Gute Hände." Sie dreht mir ihren Hintern zu und steigt ganz hinauf, ich hinterher.

Sie tritt zum Fenster, öffnet es und beugt sich leicht hinaus. Meine Wange brennt wie Feuer. Ich warte ein paar Schritte hinter ihr.

Ohne sich umzudrehen, winkt sie mich beidhändig näher. Ich stelle mich dicht hinter sie. Ich atme ihren Duft, der mich betört. Lydia. Ich atme tief ein. Meine Eichel drückt sich gegen den weichen Stoff.

Sie greift mit beiden Händen nach hinten. Mit festem Griff zieht sie mich an meinen Hüften nach vorne. Mit kehliger Stimme gurrt sie: „Näher. Will dich spüren." Ich lasse mich von ihr an sich ziehen. Ich helfe ihr, indem ich mich aktiv gegen sie presse. „Ahh."

Sie schiebt mich weg, und sofort zieht sie mich wieder her. Weg und her. Ich verstehe. Vor und zurück. Mir gefällt das. Meinem Luststab auch. Er hat sich eine tiefe Stofffalte gegraben, zwischen Pobacken und Schenkelansatz. Ich mache selbstständig weiter. Sie nimmt ihre Hände vor, legt sie wohl in ihren eigenen Schoß. Ich möchte gerne... ihre Brüste, ob ich das darf? Ich werde es einfach ausprobieren, sie ist ja nicht auf den Mund gefallen. Sie wird schon protestieren, wenn ihr was nicht passt. Ich schiebe meine Hände unter ihren Armen durch, taste nach ihren Brüsten, die weit tiefer hängen, als der stolze Rücken vermuten lässt. Sie zuckt nicht zusammen. Sie wehrt sich nicht und schweigt. Ich drücke erst sanft, dann fest.

Ich massiere und knete, diese ehemaligen Halbkugeln, die einstmals fest und prall gewesen waren, wie ich mir vorstelle. Jetzt fühlen sie sich sehr weich an, fließend, warm und gut. Ich mag das sehr. Mein Schwanz mag das auch sehr. Sie mag das ebenfalls sehr, sie stöhnt jetzt vernehmlich. Sie kommt wohl, denke ich mir, jedenfalls erbebt sie leicht unter unregelmäßigen Zuckungen. Ich bin auch fast soweit. Ich freue mich schon auf den nassen Fleck, den ich ihr in ihr teures Kleid spritzen werden, jetzt gleich.

Aber nein. Sie befreit ihre Brüste aus meinem Griff, dreht sich fast gleichzeitig um und befiehlt: „Auf die Knie!"

Ich bin unangenehm überrascht. Ich hätte doch so gerne... Nichts. Und was soll das nun wieder? Ich gehe auf die Knie.

Sie legt mir ihre Hände auf, als wolle sie mich segnen. Dazu spricht sie leise:

„Du musst Gehorsam lernen." Ich denke, ich glaube nicht, dass ich das will. Sie setzt fort: „Im Gehorchen bist du ein Anfänger. Dafür bist du gut bei Zärtlichkeiten. Das kannst du. – Geh nun. Halte deinen Mantel vor dich. Es wird dich niemand sehen. Ich warte hier. Ich schaue dir nach."

Ach, schon werde ich wieder entlassen. Wie beim ersten Mal, viel zu schnell. Ich stehe auf, sie blickt aus dem Fenster. Ich gehe hinunter, nehme meinen Mantel auf, halte ihn vor mein Geschlecht und verlasse das Haus. Betont langsam lustwandele ich die Einfahrt vor. Lustwandeln im wahrsten Sinne des Wortes. Bis zum Vorgärtchen, ihren Blick im Rücken genießend.

Stunden später liege ich im Bett und lasse den Abend Revue passieren. Nicht schlecht, finde ich. Nur eine Minute zu früh abgebrochen. Den weißlichen Fleck hätte ich ihr schon gegönnt. Und mir die Befriedigung.

———

Freitag Mittag. Nackt Tee und Mittagsschlaf genießen, vielleicht mit Pai Muh Tan Rausch? Vorfreude und Lebensfreude, Wochenende, der Plan für einen Ausflug in den hier nicht so nahen Wald. Eine Dreiviertelstunde brauche ich mit dem Rad bis zum Waldrand, solange musse ich über dicke Landstraßen, wo sich die wenigsten Autofahrer an die Hunderterbeschränkung halten.

Von zaghaftem, aber deutlichem Klopfen an der Tür werde ich aus meinen Träumereien gerissen. Wer kann das sein? Lydia würde wohl kaum anklopfen, und wenn schon, dann nicht so zaghaft. Vielleicht ihr Mann? Dann könnte es Ärger geben. Ob er was mitbekommen hat? Eifersucht? Ich hasse Eifersucht.

Ich ziehe schnell eine weiße Shorts über, und öffne die Tür. Draußen steht, wie vermutet, Herr Brunner. Er sieht betreten drein, räuspert sich, sagt nichts. Ich will ihm helfen, wenn mir sein Besuch auch nicht gerade angenehm ist: „Guten Tag, Herr Brunner. Kann ich etwas für Sie tun?" Eine blöde Floskel, aber mir ist nichts besseres eingefallen. Natürlich habe ich keineswegs vor, etwas für ihn zu tun. Er räuspert sich nochmal. Dann beginnt er umständlich: „Ja, ehm, also, ja, Guten Tag. – Also, wissen Sie, kann ich Sie mal kurz sprechen?" Ach du liebe Güte, das machst du ja gerade, Alterchen. Schieß los. Ich nicke ihm aufmunternd zu, während ich gleichzeitig hoffe, er hat alles vergessen und geht gleich wieder. Aber nein. „Ja, es ist nämlich so. Verstehen Sie?" Ich verstehe noch gar nix, nicke aber. Er macht weiter: „Ja, eben, also wie ich schon sagte, es ist nicht so leicht. Nicht so leicht. Wissen Sie. Sie ist doch viel jünger." Diesmal nicke ich ehrlich. Mir kommt eine Ahnung. Es geht um Lydia.

„Meine Frau. Sie war mal ein Mannequin, ein Model, wie man heute sagt. Haben Sie sie noch gesehen – ach nein. Da waren Sie ja noch lange nicht auf der Welt. Lydia Lagrange. Alle kannten sie. Damals. Ach. Ach ja." Er verstummt, von den alten Zeiten träumend. Ich habe es jetzt nicht mehr so eilig. Da kann ich was erfahren über diese Frau, die mich seit zwei Wochen zu ihrem Liebhaber gemacht hat. „Es ist nicht einfach für mich", setzt er schleppend fort, „sie hat ihre Vorstellungen, ihre Ansprüche, und ich bin alt. Sie sehen ja, wie ich aussehe. Ja ja. Ich weiß, ich bin alt, zu alt für sie. Ich kann ihr manches bieten, Reisen und Ausgehen, Haus und Garten, sicheres Einkommen. Ach. Aber ich kann ihr nicht das geben. Was sie am meisten begehrt. Ihr nicht, komisch, gerade ihr kann ich nicht... Ach was rede ich da für einen Unsinn zusammen. Verstehen Sie? Verstehen Sie mich bitte. Ich... meine Frau... Lydia! Ich bete sie an. Ich will sie glücklich machen. Ich will sie glücklich – sehen. Verstehen Sie?" Ach du liebe Güte. Was da für Gefühle ausbrechen. Und doch. Was eigentlich will er wirklich von mir? Das weiß ich noch immer nicht. Ich wage es, langsam den Kopf zu schütteln. Hoffentlich nimmt er mir das nicht übel. Aber ich habe es noch nicht kapiert. Die Enttäuschung steht ihm deutlich ins Gesicht geschrieben.

„Ach nein. Nein. Sie verstehen mich nicht. Nein, das können Sie auch gar nicht. Ich rede soviel dummes Zeug. Das Wichtige habe ich wohl gar nicht erwähnt. Ach ja. Ich bin alt." Er verstummt resigniert. Und beginnt dann wieder: „Ja ja, so ist das. Ich liebe sie. Und sie. Ich glaube nicht, dass sie... Aber das gehört nicht hierher. Sie braucht... etwas, manchmal braucht sie etwas. Sie wissen doch, was ich meine. Sie verstehen?" Ich nicke. Was Lydia braucht, weiß ich bereits ein wenig, und was ich noch nicht weiß, das wird sie mir schon zeigen.

„Gut. Gut, ich sehe, wir verstehen uns. Ja, und das wollte ich Ihnen sagen: Machen Sie, was nötig ist, machen Sie. Nur das eine bitte ich Sie, nein das verlange ich: Tun Sie ihr nie weh. Tun Sie ihr nicht weh. Bitte."

Jetzt bin ich doch überrascht. Was meint er damit? Ich habe nicht vor, ihr weh zu tun, aber sie bestimmt doch selber, was wir machen... Ich kann mir darauf keinen rechten Reim machen. Ich beruhige ihn noch ein wenig, dann geht er. Macht er sich wirklich Sorgen, ich könnte seiner Lydia etwas zu Leide tun? Der Frau, die er nach den langen Jahrzehnten noch immer vergöttert? Der Mann beginnt mir sympathisch zu werden.

Ich stelle mir einen Darjeeling auf. Der weiße Tee ist mir jetzt zu schade. Ich muss über das alte Paar nachdenken. Er liebt sie, aber was ist mit ihr? Wenn sie ihn mag, lässt sie es ihn wohl nicht wissen. Schade. Ob sie ihm böse ist? Aber kann man jemand böse sein, nur weil der alt geworden ist? Da kann er doch nichts dafür. Die beiden gehen mir nicht aus dem Kopf. Später ziehe ich ein T-Shirt an, packe meine kleine Kamera in ein dickes Handtuch und gehe hinaus, zu meinem Fahrrad. Ich freue mich auf den Wald.

——

Selbst im Wald ist es schwül und heiß. Mein Shirt habe ich längst zur eingewickelten Kamera auf den Gepäckträger geschnallt. Da öffnet sich die Säulenhalle der riesigen Buchen, ich gelange auf ein weites Feld. Eine summende Hochspannungsleitung zerteilt den blassblauen Himmel über mir. In der Ferne kommen mir zwei Radler entgegen. Ich wünsche mir, es wären zwei schöne Frauen.

Ein paar Minuten später sehe ich: es sind zwei schöne Frauen. Genauer gesagt, die eine sieht zwar vielversprechend aus, ist aber noch zu jung. Die andere sieht ebenso gut aus, oder noch besser, und ist fast schon zu alt. Nicht zu alt aber viel älter als ich. Sie unterhalten sich rufend. Offensichtlich handelt es sich um Mutter und Tochter. Neben mir bremst die Ältere scharf ab. Ich muss die Augen von ihr losreißen, um nicht zu stürzen. „Moment!" Sie schreit mich an, weil ich erst ein paar Meter weiter zum stehen komme. „Wissen Sie, ob wir da nach Hohenbrunn kommen?" – „Keine Ahnung. Oder warten Sie. Doch ja. Ja stimmt, das geht in die Richtung. Müsste richtig

sein." – „Danke. Danke vielmals." Und sie schlägt die Augen auf, dass mir ganz anders wird. Werden würde. Wenn es nicht ohnehin schon wäre. Ganz anders. Mir. So wie sie aussieht. Sportlich, braungebrannt, die Hälfte des Busens frei im Dekolleté des roten Tops zu bewundern, süßer Bauchnabel, lange starke Beine, rotes, winziges Sporthöschen mit weißen Streifen. Ihre Tochter ist gleich gekleidet, nur rosa statt rot.
Ich schaue den beiden nach, wie sie weiterfahren. Dann setze ich meinen Weg fort. Aber es macht mir keinen Spaß mehr. Das Feld sieht endlos aus. Die Sonne brennt heiß vom Himmel. Die Luft fühlt sich staubig an. Ich möchte im Wald fahren. Nicht in der Wüste. Vor mir sieht es nicht nach Wald aus. Ich drehe um. Nur zurück will ich jetzt. Zurück in den Wald.
Im Wald suche ich mir ein stilles Plätzchen. Da breite ich mein Handtuch aus und lege mich drauf. Wunderbar ist es hier, warm aber nicht zu heiß. Ich schaue in die Bäume hinauf. Ich höre Stimmen.
Die beiden Frauen kommen zurück. Sie springen durch das Gewirr aus Farn und abgebrochenen Ästen, lachend und scherzend. Ich sehe ihnen gespannt zu. Denn ich hoffe, sie entdecken mich nicht. Aber sie kommen immer näher. Jetzt sind sie schon sehr nahe, und ich bemerke, sie sind eigentlich schon sehr alt, und was schlimmer ist, extrem hässlich. Wie konnte mir das zuerst entgehen? Die tragen ja braune Stumpfhosen, um ihre warzige Haut zu verstecken, ihre Gesichter sind verunstaltet wie in einem Horrorfilm. Dazu trägt die Ältere einen knorrigen Stab, aus dem oben Blitze hervorzucken. Da hat sie mich entdeckt! Mit einem triumphierenden Aufschrei schleudert sie drei blaue Blitze auf mich zu, die in einem ohrenbetäubenden Knall explodieren. „Lydia!", höre ich mich kreischen. Ich schrecke zusammen.
Während ich den grollenden Donner ausklingen höre, wache ich auf und bin erleichtert. Die hässlichen Frauen waren nur ein Traum. Blitz und Donner aber habe ich mir nicht eingebildet. Ein Gewitter tobt um mich herum, während ich auf dem Waldboden liege. Ich stehe auf und sehe nach meinem Fahrrad. Soweit alles in Ordnung, aber die Kamera wird nass wer-

den. Ich zerre eine kleine Plastiktüte aus der Werkzeugtasche unter dem Sattel hervor, stecke die Kamera da hinein, wickle das ganze dann in das Handtuch und klemme es wieder auf dem Gepäckträger fest. So müsste es gehen.

Keine Sekunde zu früh, schon platschen die ersten dicken Tropfen durch das hier dünne Blätterdach. Sehr schnell wird der Regen zum Sturzregen. Bis ich das Fahrrad auf den Weg geschoben habe, bin ich rundum nass. Das stört mich nicht, es ist nicht kalt und nässer als nass geht nicht, also kann es nicht mehr schlimmer werden. Nur meine Sporthose, die sieht jetzt witzig aus, gut dass die Frauen weg sind. Sie ist im nassen Zustand nämlich vollständig durchsichtig. Oder, ist es nicht doch schade, dass sie weg sind?

Durch das heftige Gewitter radele ich heim. Ich trete kräftig in die Pedale, so wird mir nicht zu kalt und ich bin bald zuhause, wo die warme Dusche auf mich wartet.

———

Lydia öffnet mir die Tür, in einen dunkelroten Bademantel gehüllt. Sie nimmt meine tiefe Verbeugung mit einem knappen Nicken gnädig zur Kenntnis und ordnet an: „Folge mir." Sie geht voran, durch die große Halle, ganz nach hinten. Mit einer Glastür beginnt ein kurzer Gang, durch die großen Fenster linker Hand sehe ich in den Garten hinaus. Es regnet, alles sieht frisch und sauber aus. Wir gehen durch die letzte Tür rechts. In dem geräumigen Badezimmer soll ich meinen Bademantel – sie nennt meinen Parka nach wie vor Bademantel – auf den weißen Haken hängen. Das Licht ist gedämpft, die bereits gefüllte Wanne duftet nach irgendwelchen Essenzen, die ich nicht genau identifizieren kann, aber Rose ist sicher dabei. Von der Garderobe in der Ecke überblicke ich den ganzen Raum. Die sehr große Wanne ist in eine verfliste Kachellandschaft integriert, vorne rechts und hinten links sorgen große, palmenartige Grünpflanzen für Lebendigkeit. Die kleinen Oberlichte wirken in der beginnenden Abenddämmerung bläulich. Ein großer Teil des Bodens ist mit rutschfesten Teppichen belegt. Ein Raum zum Wohlfühlen. Mitten drin steht die Frau. Sie streckt die Arme aus, der Mantel öffnet sich. Es gefällt mir, sie endlich ohne Kleid sehen zu können.

„Nimm meinen Mantel." Mit einer eleganten Bewegung reicht sie mir den von ihren Schultern gleitenden Bademantel. Gleich bin ich bei ihr, nehme den sich teuer anfühlenden Stoff und hänge ihn über meinen, denn es gibt nur einen Haken. „Gib mir die Hand." Ich bin hingerissen von ihrem Anblick. Endlich kann ich meine Augen von ihr lösen und führe sie an der Hand die zwei Stufen zur Wanne hinauf, beuge mich vor und helfe ihr ins Wasser hinunter. Sie lässt sich ohne zu zögern hineingleiten, also stimmt die Temperatur. „Nimm den Schwamm." Ich knie auf dem breiten Rand und beginne, ihr den Rücken zu schrubben. „Nicht nur den Rücken." Ich befasse mich ausführlich mit ihren Armen. Es wäre nicht nötig, aber ich fassen ihren Oberarm fest mit der einen Hand, was mich heftig erregt, zu meiner eigenen Überraschung. Mit der anderen Hand wische ich auf und ab. Ich genieße die Berührung, aber auch ihren Blick, den sie jetzt unverwandt auf mein Geschlecht hält. Ich stehe auf, gehe um die Wanne herum und wiederhole die Prozedur mit ihrem anderen Arm. Sie seufzt, es klingt zufrieden.

Jetzt legt sie sich ganz zurück. Ich beuge mich über sie, muss mich mit einer Hand am gegenüberliegenden Wannenrand abstützen. Das passt mir gar nicht. Ich wasche ihr vom Hals abwärts zwischen ihren lustig aus dem Wasser ragenden Brüsten durch. Wie kann ich meine linke Hand frei bekommen? Ich brauche unbedingt beide Hände. Ich wische ihr über den Bauch, bis mir klar wird: So richtig gut ginge das nur, wenn ich zu ihr in die Wanne dürfte. Ob ich sie fragen soll? Aber ich muss schweigen. Ich möchte die gute Stimmung nicht verderben. Ich denke, wer wagt kann gewinnen, wer nichts wagt gewinnt sicher nichts. Ich halte mich beiderseits fest und steige schnell zwischen ihre ausgestreckten Beine in die Wanne. Sie schaut entgeistert. Endlich stößt sie hervor: „Was tust du da? Was fällt dir ein? Untersteh dich..."

Wenn ich schon gegen die eine Regel verstoßen habe, dann auch gleich gegen die nächste. Ich sage leise, aber bestimmt: „Warte. Gleich." Sie hebt fragend die Augenbrauen. Ich schweige.

Ich knie zwischen ihren Schenkeln. Mit einer Hand nehme ich zärtlich ihre eine Brust, mit der anderen wische ich sie mit dem Schwamm rundum ab. Sie bewegt ihre Hände in ihrem Schoß, schließt die Augen und ist offensichtlich wieder am Genießen. Es funktioniert! Ich kümmere mich um ihre zweite Brust. Dann wieder vom Hals zum Bauch hinunter. Und noch einmal ihre beiden Brüste, die vorher so lustig im Wasser geschaukelt haben. Sie stöhnt wollüstig und stammelt mehrmals irgendetwas unverständliches, ah! oder ja! oder was immer.

Wenn ich so weitermache, wird es ihr bald kommen. Will ich das? Ich würde auch gerne, aber ich darf wohl nicht. Scheint zu den Spielregeln zu gehören. Ihre Finger zucken, sie windet sich. Ihre linke Brust, die ich gerade drücke, fühlt sich straffer an.

Unvermittelt öffnet sie die Augen, und stößt ein schroffes „Genug!" hervor, schwer atmend richtet sie sich auf. Schnell verlasse ich die Wanne, reiche ihr die Hand. Sie lässt sich helfen, bald stehen wir auf einem der Teppiche. Ich nehme ein Handtuch von der seitlichen Stange und beginne sie abzutrocknen, behutsam und ohne Eile. „Meinen Mantel", flüstert sie. Ich bringe ihr den roten Bademantel, lasse sie hineinschlüpfen und binde ihn ihr vorne zu. „Halt!", zischt sie da. Mit starrem Blick und vorgestrecktem Arm drückt sie mich mehrere Schritte zurück gegen die Wand. Immer noch schwer keuchend drückt sie sich an mich, greift mit einer Hand nach meinem Glied, das gleich wieder fest wird. Eine ganze Zeit hält sie mich so gepackt, rhythmisch drückend, fast unmerklich vor- und zurückschiebend. Ich fühle schon die nahende Entladung, doch sie bricht ein weiteres Mal ab, bevor ich zum Höhepunkt kommen kann.

„Zieh dich an und komm mit."

Sie schreitet erhobenen Hauptes voran bis zur Haustür. Als ich schon draußen auf dem Kiesweg bin, schaue ich zurück, um ihr zum Abschied zuzunicken. Aber da schließt sich bereits die Tür und fällt leise, aber satt ins Schloss.

Es ist schon richtig dunkel geworden, und kühl. Außer den Regentropfen ist nichts zu hören, keine Autos und keine Schritte. Ich ziehe den Parka aus und lasse mir den kalten Regen über den erhitzten Körper rinnen. Langsam schlendere ich durch die Einfahrt und den Vorgarten zu meiner Kellertreppe. Mein schwerer Schwanz klatscht abwechselnd bei jeder Stufe links und rechts gegen die Schenkel. Das Wasser kribbelt angenehm über meine Haut.

———

Freitag nachmittags klopft es laut und bestimmt an der Tür. Schon wieder der alte Brunner? Was will er diesmal? Ich öffne im Slip, nicht begeistert von der Störung dieser ersten Stunden des Wochenendes, die mir so wichtig sind.

„Lydia!", entfährt es mir. Ich hätte wohl Frau Brunner sagen sollen, das sehe ich an ihrem missbilligenden Gesichtsausdruck. Oder bezieht der sich auf meine dürftige Bekleidung? Sie ist vollständig und reichlich konventionell angezogen heute, mit halblangem Kleid und hochgeschlossener Jacke.

„Kann ich Sie kurz sprechen?", fragt sie nach einer Pause.

Ich wundere mich, wenn sie schon so altmodisch gekleidet kommt, muss sie doch nicht gleich Sie zu mir sagen.

„Aber ja. Ich bin nicht angezogen. Wenn Sie das nicht stört?"

Mich jetzt richtig anzuziehen fällt mir im Traum nicht ein.

„Gut, ach so, das ist nicht wichtig. Kann ich reinkommen?"

„Natürlich, kommen Sie. Möchten Sie einen Tee?"

„Nein, danke, nicht nötig."

„Bitte sehr, wenn Sie hier Platz nehmen wollen." Ich zeige auf den Sessel.

Sie setzt sich, räuspert sich und beginnt: „Wissen Sie, ich möchte Ihnen etwas sagen. Wir, also Sie und ich, wir haben diese Abmachung. Sie tun was ich befehle. Und Sie wissen ja, warum. Das alles ist eine Sache. Mir gefällt das, und ich denke, Ihnen gefällt es auch, bis zu einem gewissen Grad jedenfalls. Außerdem sind Sie gut. Darin. Ziemlich gut. – Aber das ist nicht alles. Mein Mann. Da ist noch mein Mann. Hat er mit Ihnen gesprochen?"

Oh. Jetzt kommt der alte Brunner doch ins Spiel. Ob das mal gut geht.

„Ehem. Ja. Er hat mir mir geredet."

„Und was? Was hat er gesagt? Nun, Sie können das natürlich für sich behalten. Ich möchte nur, dass Sie keinen falschen Eindruck bekommen. Von uns. Von uns Alten. Mein Mann ist alt. Viel älter als ich. Aber. Wissen Sie, ich mag ihn. Er ist ein guter Mensch. Er tut was er kann für mich. Die letzten Jahre ist das nicht mehr viel. Aber eben, was er kann. Wenn er mit Ihnen redet, ich weiß ja nicht, was er genau sagt, aber... Lassen Sie ihn reden. Er wird Ihnen doch nicht gedroht haben? Nein, sicher nicht." Ich denke, gedroht hast du mir, liebe Lydia, schon vergessen? Sie redet weiter: „Eher hat er Sie gebeten, mich in Ruhe zu lassen oder so was... Na egal. Wichtig ist mir nur, Sie wissen, ich mag ihn. Ich liebe ihn. Ob Sie das verstehen können, weiß ich nicht." Sie seufzt.

Ich sage: „Ja, ist gut. Ist in Ordnung. Er hat mir im Wesentlichen nur gesagt, dass er Sie liebt. So ist das. – Eigentlich lustig, er erklärt mir, dass er Sie liebt, und Sie erklären mir, dass Sie ihn lieben. Sagen Sie mal..." – „Ja? Was?" – „Haben Sie ihm in den letzten zehn Jahren mal selber gesagt, dass Sie ihn lieben?"

Sie errötet doch glatt! Die überlegene Frau Brunner errötet.

„Äh. Ehm. Also. Ich glaube..." Sie verstummt.

„Also nicht. Wär vielleicht gut, es mal wieder zu probieren." Bin ich jetzt die Lebensberatung oder was? Meine neue Rolle steht mir nicht, habe ich das Gefühl. Zumindest gefällt sie mir nicht. Als Liebhaber bin ich sicher besser...

„Ich werde es ihm sagen. Heute noch. – Gut. Ich werde jetzt gehen." Sie erhebt sich. Frau Brunner sieht erleichtert aus, und dankbar. Ein seltsamer Tag ist das.

Während der paar Schritte zur Tür will ich auch noch was von ihr wissen. „Frau Brunner, ich möchte Sie noch was fragen." – „Ja?" – „Unsere Spielchen. Geht das weiter?"

Sie bleibt stehen und sieht mich streng an. Ich komme mir gleich ein Stück kleiner vor.

„Du wirst Anweisungen bekommen." Jetzt wieder per du. Stolz schreitet sie hinaus. Es wird weitere Spielchen geben. Ich wundere mich über mich selbst, denn ich spüre eine deutliche Vorfreude. Lydias Spielchen machen mir Spaß.

———

Längst ist es kalt geworden. Winter. Ich betrete die kleine Bäckerei. Sofort beschlägt meine Brille. Ich bleibe an der Tür stehen und wische die Gläser ab. Vor mir eine kleine Schlange
von Kunden. Die langbeinige Frau vor mir in der hautengen
Jeans dreht sich halb um, betrachtet die Regale. Kenne ich die
nicht? Ich kann mir Gesichter nicht gut merken. Trotzdem, ich
bin mir sicher, diese Frau schon mal gesehen zu haben.
Jetzt ist sie dran. Ihre Stimme... hab ich die schon mal gehört?
An Stimmen erinnere ich mich noch schlechter als an Gesichter. Vielleicht in der Firma? Die Hälfte der Bevölkerung hier
arbeitet doch in dem großen Konzern.
Endlich bin ich an der Reihe. Ich kaufe mir das kleine Zwiebelbrot, das sie hier machen, nicht so gut wie in Darmstadt,
aber immerhin auch nicht schlecht. Besonders der Duft ist
okay.
Am nächsten Tag im Büro knabbere ich an einem besonders
schwierigen technischen Problem. Eine bestimmte Stelle im
Kommunikationsprotokoll wird so wie geplant nicht funktionieren. Ich grübele schon eine Stunde und komme nicht weiter. Irgendwann beginnen meine Gedanken, sich in bunten Wir-
beln aufzulösen. Ich schüttele den Kopf, aber es hilft nicht
viel. Draußen vor dem Fenster, hinter den S-Bahn-Gleisen,
grast eine Schafherde. Geschneit hat es noch nicht. Ein richtiger Schäfer mit Hund ist auch dabei. Was für ein Anblick mitten im Arbeitstag. Ich beginne mich nach Urlaub zu sehnen.
Vor meinem inneren Auge sehe ich Landschaft, Weite, Wälder.
Wald. Ich bin im Wald. Ich liege klitschnass auf dem Waldboden. Es donnert. Aber das Gewitter ist fast vorbei. Da kommen
zwei unglaublich hässliche Frauen, eine hat einen Zauberstab
und verschleudert Blitze. Ich nähere mich ihr und sehe, sie ist
eigentlich ziemlich schön. Auch die andere, die Junge, ist ganz
hübsch. Warum habe ich gemeint, sie seien hässlich? Bald fahren sie mit ihren Fahrrädern davon. Ich radle hinterher. Wir
kommen auf ein sonniges Feld. Die ältere Frau wartet auf
mich. Sie sieht mich an, fragt irgendetwas. Da wird mir plötz-

lich klar: das ist sie. Die Frau aus der Bäckerei. Und die Schöne im Wald. Das ist dieselbe Frau. Mit dieser Erkenntnis wache ich aus meiner Tagträumerei auf. Und da weiß ich, wie ich die Signalfolge ändern muss. Der eine Lock war zuviel. Ich muss denselben nehmen wie an der anderen Stelle. Denselben Lock. Dieselbe Frau. Jetzt wird mein Protokoll funktionieren. Schnell gehe ich zum Rechner hinüber und beginne, das Programm zu ändern, um den korrekten Ablauf zu verifizieren.

Dezember 2008

Whirlpool

Über mir eiskalter Sternenhimmel. Unter mir heftig blubbernde Luftdüsen. Um mich heißes Wasser.

Es ist später Herbst, im Garten liegt Schnee. Eine Woche im Wellness-Hotel neben der großen Therme. Eine Woche plantschen, schmusen, schwimmen, genießen, schlemmen, schlafen, spazierengehen mit der schönsten Frau der Welt, die zufällig meine Geliebte ist. Praktisch.

Jetzt sitze ich alleine hier draußen. Sie liest ihr Buch weiter, das wohl sehr spannend ist, in dem Liegebereich um den großen, geschwungenen Pool in der großzügigen Halle. Stundenlang haben wir gemeinsam das Wasser mit all den eingebauten „Attraktionen" genossen. Jetzt macht sie Pause und liest, ich lasse mir nochmal mein Fleisch von den kräftigen Luftsprudeln im Außen-Whirlpool durchschschütteln. Bei leichtem Frost draußen im Wasser sitzen, was für ein Genuss. Ab und zu muss ich meinen Kopf eintauchen, damit mir die Stirn nicht zu kalt wird. Das Wasser ist sehr warm, gerade recht.

Nach ein paar Minuten schaltet sich die Luftsprudelfunktion ab, dann muss ich wieder entscheiden: genug und hinausgehen, oder nochmal Luftsprudel, oder die Massagestrahldüsen mit dem anderen Knopf einschalten. Die bearbeiten nur gezielt die Stelle vom Kreuz, die man genau davorhält. Ab und zu ganz nett, aber die überall wirkenden Luftblasen machen mehr her.

Noch läuft die Zeit. Ich öffne die Augen und sehe zu meiner Überraschung, ich bin nicht mehr alleine hier. Bei dem Geblubber ist es allerdings leicht zu übersehen, wenn jemand kommt oder geht. Die Frau ist schon etwas älter, schlank, und trägt eine altmodische Badehaube. Mehr kann ich nicht erkennen, außer dem Unterwasserscheinwerfer gibt es nur den schwachen Lichtschimmer von der Schwimmhalle, und den hat sie im Rücken, während sie hereinkommt. Sie setzt sich mir gegenüber.

Interessant, wie sich die Leute in Whirlpools so verteilen,

ganz automatisch immer auf maximalen Abstand gehend. Wie sich abstoßende Elementarteilchen gleicher Ladung. Aber das ist kein Naturgesetz, meine Geliebte zum Beispiel und ich, wir sitzen lieber so dicht wie möglich. Aber die ist ja jetzt nicht da. Kein Naturgesetz, aber eine ungeschriebene Regel, wie man sich anderen gegenüber verhält, besonders Fremden.

Die Frau mir gegenüber hat ihren Fuß auf meinen gestellt, ich habe meinen reflexartig zurückgezogen. Auch so eine ungeschriebene gesellschaftliche Umgangsform, tief eingegraben in unsere Hirne. Überflüssige Berührungen vermeiden.

Während ich noch so drüber nachdenke, spüre ich schon wieder ihren Fuß über meinem. Na na. Kann die nicht besser aufpassen? Das erste Mal stand mein Fuß in der Mitte, aber dann habe ich ihn doch auf meine Seite zurückgezogen, was ein wenig unbequem ist. Da muss sie sich ja lang ausgestreckt haben. Na gut, sie ist wohl ziemlich groß. Ich zwinge mich, meinen Fuß stehen zu lassen. Muss doch mein Revier verteidigen. Ich muss grinsen.

Da hört die Sprudelei auf. Was jetzt? Nach wie vor spüre ich ihre Fußsohle auf meiner Haut. Ich ziehe meine Beine zurück, stehe auf, beuge mich vor, strecke mich zur Eingangsseite, drücke den Sprudelknopf. Während ich mich auf meinen Platz zurückgleiten lasse, sehe ich ihr ins Gesicht. Sie lächelt. Sie lächelt auf eigenartige Weise. Mir läuft ein Schauder über den Rücken, von der eiskalten Luft oder wegen ihres Lächelns? Das Wasser fühlt sich um so heißer an. Wunderbar.

Vorsichtig stelle, besser gesagt, schiebe ich meine Füße auf ihre Plätze zurück. Ich habe erwartet, dabei vielleicht auf ihre Füße zu stoßen, aber nein. Noch ein Stück. So sitze ich gut. Ich schließe die Augen und beginne wieder zu genießen.

Da! Ihr einer Fuß steht fest auf meinem. Ihr zweiter stößt seitlich an meinen anderen, dann stellt sie auch diesen auf meinen. Dazu beginnt sie mit den Zehen zu spielen. Ich öffne die Augen und versuche, ihr Gesicht zu sehen. Aber dafür ist es viel zu neblig über dem Wasserspiegel, und zu dunkel. Was soll das werden?

Eine Unruhe beginnt sich in mir breit zu machen. Ich will

doch das Durchschütteln meiner Muskeln genießen. Statt dessen spüre ich Druck in der Hose. Ich bewege jetzt auch meine Zehen. Selbst wenn sie mich bisher für Unterwasserdekoration gehalten hat, muss sie jetzt spüren, ich bin lebendig. Und herumfummeln unter Wasser an fremden Männern gehört sich nicht. Davon hat sie wohl noch nichts gehört. Sie setzt ihr Fußeln unbeirrt fort. Obwohl ich sie kaum sehen kann, bilde ich mir ein, sie anzüglich grinsen zu spüren.

Da nimmt sie ihre Beine weg und steht auf. Fast finde ich es ein bisschen schade, dass sie schon geht. Aber vor allem bin ich erleichtert. Jetzt habe ich den Whirlpool wieder für mich allein. Noch schöner wäre es, wenn meine Geliebte ihr Buch ausgelesen hätte und sich zu mir setzte.

Sich zu mir setzen. Ob die fremde Frau diesen Gedanken aufgeschnappt hat? Oder es ohnehin vorgehabt hat? Unter Missachtung der vorher überlegten Regeln über das Benehmen in solchen beengten Situationen setzt sie sich neben mich. Von wegen sie geht. Sie setzt sich. Direkt neben mich. Ich sehe sie an. Sie grinst. Frech.

Andererseits. Irgendwie gefällt mir ihre Dreistigkeit auch. Ein bisschen.

Sie sitzt also neben mir. Die Zeit ist mal wieder abgelaufen. Sie erhebt sich, drückt den Knopf, der ihr jetzt näher ist als mir. Ich habe Gelegenheit, ihren schwarzen Badeanzug zu betrachten. Na ja. Nichts besonderes. Immerhin hoher Beinausschnitt. Was darunter ist, bleibt ein Geheimnis des von unten beleuchteten Wassers. Sie lässt sich zurück, wird von dem erneuten Blubbern geschüttelt. Jetzt sitzt sie noch dichter. Ihr rechter Schenkel drückt sich an meinen linken. Hm. Soll ich zur Seite rücken? Wieder unterdrücke ich diesen Reflex zum Abstand halten. Meine Arme liegen auf dem Beckenrand. Alle Minute tauche ich sie ein, zum Aufwärmen, dann lege ich sie wieder raus, weil ich dann bequemer sitze. Wenn ich meinen linken Arm jetzt eintauchen will, müsste ich ihn über sie drüberheben. Ob das geht, ohne bei ihr anzustoßen? Noch bevor mir der Arm zu kalt wird, legt sie eine Hand auf mein Bein. Zuerst ganz leicht, so dass ich es bei dem Geblubber und Gewackel gar nicht merke, aber dann spüre ich den Druck deutlich. Was hat die Frau vor? Ich fühle mich unsicher. Wie soll ich reagieren? Ich starre stur geradeaus. Obwohl ich ihren Blick von der Seite spüre.

Sie greift jetzt ziemlich fest zu, krallt sich in meinem Schenkel fest. Soll ich ihre Hand wegschieben? Soll ich ein Stück nach rechts rücken, von ihr weg? Soll ich überhaupt die Flucht ergreifen und hineingehen in die Halle, mich zu meiner Geliebten setzen? Ich denke ja, das sollte ich. Aber ich kann nicht. Sie wickelt mich ein und ich komme da nicht gegen an.

Ich atme tief durch. Das ändert nichts. Mir werden die Arme kalt. Ich tauche nur den rechten ein. Was mache ich mit dem linken?

Als ob sie mein Anliegen gespürt hätte, rutscht sie ein Stück weg von mir. Ohne mein Bein loszulassen. Im Gegenteil, das benutzt sie als Griff, um sich abzustoßen. Jetzt kann ich meinen linken Arm zwischen ihrer Schulter und dem Beckenrand durchfädeln. Ich lege meine Hand auf ihre Hand. Und jetzt ihre Hand sanft, aber bestimmt zur Seite schieben. Ihre Hand, die sich groß und knochig anfühlt. Statt dessen drücke ich sie, streichele sie sanft auf und ab. Hey du, was machst du da, frage ich mich selber. Ich bekomme keine Antwort.

Jetzt wäre Stirn eintauchen dran. Dann muss sie aber mein Bein loslassen. Ich hebe meinen Hintern an, rutsche nach vorne. Sie lässt mich los. Ich tauche ganz ein. Bekomme Wasser in die Nase, aber das stört mich nicht. So lange es geht bleibe ich unter Wasser. Ich tauche auf und setze mich auf die Sitzfläche.

Zu der Frau habe ich ein wenig Abstand. Meine Hände umfassen die Kante der Bank neben den Beinen. Der Himmel ist voller Sterne, der wabernde, schwach leuchtende Nebel löst sich direkt über meinem Kopf auf. Das sieht herrlich aus. Es könnte so schön sein hier, wenn diese lüsterne Frau nicht da wäre. Andererseits, so ein Flirt im Dunkeln, im Wasser, im Freien, bei Frost, ist auch nicht schlecht. Eigentlich sogar ziemlich gut. Habe gar nicht gewusst, wie egal mir das sein kann, wie ein weibliches Wesen aussieht. Sie ist nahe und begehrt mich, oder sie begehrt irgendetwas von mir, und das reicht mir schon. Erstaunlich.

Das Blubbern hört wieder auf. Das Wasser wird ziemlich ruhig, ein paar Bläschen steigen aber immer noch auf. Diejenigen, die direkt unter mir aus den Düsen quillen, spüre ich wie ein ganz leichtes Krabbeln, manchmal kitzelt es auch. Das mag ich.

Allzulange dauert der Frieden nicht an, da kommt die Hand der Frau und greift nach meiner Linken. Sie nimmt meine Hand energisch hoch und biegt sie zu sich, drückt sie an sich. Meinen Handrücken drückt sie auf ihren Bauch oder Busen, für mich unbequem. Mit der Rechten wäre es viel besser. Soll ich ihr helfen? Warum nicht. Ich drehe mich ein wenig zu ihr und gebe ihr meine rechte Hand, während ich die linke langsam wegziehe. Ja, so ist es besser. Ich spüre ihre Brust, die sich sehr weich anfühlt. Ich knete sie sanft durch, das wird ihr wohl gefallen. Jedenfalls lässt sie mich gewähren.

Da kommen zwei Leute aus dem Durchgang von der Halle und setzen sich uns gegenüber. Die Frau rutscht sofort ein Stück von mir weg, als hätte sie ein schlechtes Gewissen. Das wundert mich. Jetzt komme ich nicht mehr an sie dran. Das junge Pärchen gegenüber interessiert sich wohl kaum für uns, denke ich mir, die haben nur Augen für sich. Genau erkennen kann ich freilich nicht, wo die hinsehen. Oder was die treiben. Der Mann schaltet jetzt die Massagedüsen ein.

Mir reicht es, ich erhebe mich und stapfe durch das Wasser auf den Ausgang zu, wo es sieben oder acht Stufen hinaufgeht, ins Trockene und in die Halle. Ich lasse meinen Blick kurz über das große, nierenförmige Schwimmbecken schweifen, jetzt am späten Abend sind nur noch wenige Gäste hier. Langsam gehe ich nach hinten, wo meine Geliebte auf einer Liege ihr Buch liest. Ich schleiche mich langsam von der Kopfseite näher, beuge mich über sie, um ihr einen wassertriefenden Überraschungskuss auf die Stirn zu geben. Aber sie kennt mich viel zu gut, ahnt es voraus, legt ihr Buch auf dem Bauch ab und streckt mir die Arme entgegen, bevor ich sie noch berührt habe.

„Ih, du bist ja ganz nass!" Ich küsse sie trotzdem. Sie schnurrt zufrieden.

Eine gute Stunde später liegen wir im Bett. Ich rutsche auf ihre Seite und drücke mich eng an ihren Rücken. Ich streichele sie über Schenkel und Po. Sie reagiert auf ihre Weise, und bald bin ich in ihr und wir feiern unsere Liebe auf diese einfache Art. Tief befriedigt schlafe ich bald ein.

———

Frühstücksbuffet. Als erstes suche ich alles ab, ob ich eine Speise mit Fisch finde. Aber das gibt es hier nicht. Meine Geliebte bestellt bei der etwas verdutzten Bedienung zwei Cappuccinos. Während ich mir Rührei, Marmelade und Käse zusammensuche, und dazu eine Scheibe Vollkornbrot, scanne ich die anderen Leute, genauer gesagt die weiblichen Gäste über vierzig. Welche könnte die vom Whirlpool sein? Bei jeder denke ich erst nein, die nicht. Wenn ich sie mir dann genauer ansehe, und versuche, ihre Frisur unter einer Badehaube verschwinden zu lassen, und sie mir ohne Brille und ohne Makeup vorzustellen, dafür im Badeanzug statt in Bluse oder Jacke, dann kommt es mir gleich ganz gut möglich vor, es wäre ebendiese gewesen. Keine oder jede. Es war fast dunkel, grünliches Licht von unten, da sieht ein Gesicht schon ziemlich anders aus.

Heute gehen wir in die große Therme. Da sind Hunderte von Frauen unterwegs, die in Dutzenden von Hotels und zig Pensionen wohnen, oder überhaupt nur diesen einen Tag hier plantschen. Da brauche ich nicht nach der einen Frau zu suchen. Trotzdem läuft mein Scanner-Blick unentwegt weiter, ich kann ihn nicht abstellen.

Zum Abendessen sind wir wieder im Hotel. Ein viergängiges Festessen erwartet uns. Mir fällt ein älteres Paar auf. Diese Frau, war es nicht diese Frau? Je länger ich sie betrachte, je sicherer bin ich mir.

Ich versuche, meine Geliebte zu einem kleinen Nachplantschen im Thermalbereich des Hotels zu überreden. Warum ich das nach dem langen Tag im Wasser unbedingt will, verrate ich ihr nicht. Sie hat keine Lust, genug Wasser für heute. Soll ich den Plan aufgeben, die Frau von gestern nochmal zu treffen? Oder soll ich einfach alleine gehen? Ich beschließe, die Frau zu vergessen, so toll war sie doch gar nicht. Statt dessen werde ich meine Geliebte verwöhnen, ihr einen Whisky servieren und ihr Rücken und Kreuz massieren. Da bietet sie mir plötzlich an, doch noch mitzugehen. Na super. Wo ich die andere Frau gerade vergessen wollte, wegschieben, verdrängen zumindest. Also gut. Dann mal los.

Meine Geliebte nimmt ihr Buch nicht mit und geht dann auch gleich mit mir hinaus in den Außen-Whirlpool. Wir genießen das Sprudeln, heute aber ohne Sterne. Der Himmel ist bedeckt. Und ohne die fremde Frau. Die ist nicht da. Ob sie schon abgereist ist?

Nachher spielen wir fangen und anderes im Innenbecken, duschen ausführlich und gehen auf unser Zimmer. Im Bett kommt dann das Nachspiel. Lust und Freude pur.

——

Zwei Tage später, der letzte Abend hier. Schon geht die Herbsturlaubswoche wieder auf ihr Ende zu. Noch ein letztes Mal nach dem Abendessen in den Wellness-Bereich. Noch ein letztes Mal unter freiem Himmel bei frostiger Luft im heißen Wasser sitzen. Meine Geliebte hat ihre schönen Beine über meinen Schoß gelegt. So wird sie außer von den Luftblasen noch von meinen Fingern geknetet und liebkost. Nachdem ein älterer Herr uns allein gelassen hat, rutschen wir näher zusammen und küssen uns ausführlich. Während einer Kusspause kommt jemand heraus. Ich traue meinen Augen kaum. Es ist die Frau. Eindeutig ist es diese Frau. Ihre Badekappe ist unverkennbar. Ich versuche ihr Gesicht zu erkennen. Ich versuche auch, sie mir in Freizeitlook oder Abendgarderobe vorzustellen. Gar nicht einfach. Aber ich bin mir sicher, es ist nicht die Dame, die ich vor ein paar Tagen beim Abendessen in Verdacht hatte. Inzwischen sitzt sie uns gegenüber. Ich setze mein Schmusen unter Wasser fort. Ein gelegentliches Küsschen darf die andere aber nicht stören.

Auf einmal steht meine Geliebte auf, dreht sich zu mir, beugt sich herunter und sagt mir gerade so laut wie nötig bei dem lauten Blubbern, ins Ohr: „So, ich gehe jetzt hinein. Euch zwei lasse ich allein. Das wird euch ja wohl recht sein. Bis später, mein Schatz."

Werde ich jetzt rot? Vielleicht ja, vielleicht nein. Ich bin das doch gewohnt. Meine Geliebte durchschaut mich regelmäßig. Aber woher kann sie diesmal wissen? Was weiß sie überhaupt? Dass ich an der anderen da drüben interessiert bin? Das weiß ich ja selber nicht. Ob ich was will. Die da. Die hatte ich doch schon abgeschrieben. Meine Schöne weiß wohl mehr von mir als ich. Sie schreitet elegant zum Ausgang und steigt die Treppe hinauf. Ich brauche keine andere Frau. Aber sie, sie denkt ich will was von der. Hm.

Jetzt sitzen wir uns gegenüber. Morgen bin ich weg. Heute bin ich noch da.

Es blubbert und nebelt. Die kalte Luft beißt, das Wasser ist heiß.

Ich bekomme Lust. Lust, mich neben die andere zu setzen.

Meine Geliebte kennt mich tatsächlich besser als ich mich selber kenne. Es ist in der Tat schwierig bis unmöglich, sie zu überraschen. Wir kennen uns einfach zu gut. Zu gut? Vielleicht sollten wir uns mal trennen. Ein Jahr jeder für sich. Und dann von vorne anfangen. Das wäre spannend.

Ein Jahr? Ja, bin ich denn verrückt geworden? Einen Monat. Nicht mal einen Monat würde ich das aushalten ohne sie. Nein, sicher keinen Monat. Eine Woche. Sagen wir, ein Wochenende. Ja, das würde gehen. Drei, vier Tage. Soviel müssen wir auch bei Dienstreisen aushalten. Aber das ändert nichts am Sich-zu-gut-kennen. Zu erzählen gibt es dann schon viel. Mehr bringt es nicht.

Ich lasse die Gedanken und Bedenken mit dem Nebel verwehen und sich auflösen. Und setze mich frech neben die Frau. Ziemlich dicht. Ich sehe mir ihr Gesicht an, mit dem grünlichen Schimmer von schräg unten sieht es nach einem zufriedenen Grinsen aus. Aber ob das stimmt? Ich greife ihr auf ihr Bein. Sie lässt es geschehen. Ich greife fester zu. Was für ein Unterschied zu den muskulösen Schenkeln meiner Geliebten. Hier ist alles weich. Oder schlaff. Meine Finger krabbeln über ihren Bauch zu ihrem Busen hinauf. Der fühlt sich auch sehr weich an, aber das stört mich nicht. Lieber weich als Silikon. Wenn sie irgendwelche Laute des Wohlbehagens äußern sollte, gehen sie im lauten Blubbern unter. Schade, ich wüsste gerne, ob sie meine Fingerspiele gerne mag oder nur erduldet.

Nach den üblichen paar Minuten geht die Maschine aus. Es wird ruhiger. Ich warte ungeduldig auf irgendeine Reaktion auf meine Zärtlichkeiten. Sie aber sitzt still und schweigend da. Ich lasse sie los, will über sie drüber oder um sie herum zum Einschaltknopf greifen. Da endlich tut sie mal was. Sie hält meinen Unterarm gepackt, erstaunlich kräfig. Ich soll wohl nicht einschalten? Das einfachste wäre, sie zu fragen. Aber irgendwie scheint es zu den Spielregeln unseres merkwürdigen Wasserspiels zu gehören, streng zu schweigen. Ich versuche meinen Arm freizubekommen, sie hält aber gut fest, ihre Nägel in meine aufgeweichte Haut krallend. Sie zerrt meinen Arm herum, bis meine Hand wieder auf ihrer Brust landet. Das gefällt ihr wohl. Trotzdem fehlt mir die sprudelnde Luft. Ohne die wilden Blasen ist das Wasser so durchsichtig, da komme ich mir wie nackt vor. Aber wenn sie darauf besteht. Ich setze meine Befingerung ihrer Vorderseite fort.

Langsam wird mir das langweilig. Muss ich heute ständig die Initiative ergreifen? Das letzte Mal hat alles sie bestimmt. Ob sie meine Gedanken lesen kann oder nur einfach eine gewisse Unruhe bei mir gespürt hat, weiß ich nicht. Jedenfalls streicht sie jetzt mein Bein herauf, bis zu meinem knappen Badehöschen. Ich halte die Luft an vor Aufregung. Jetzt geht es los, das spüre ich. Ihre Fingernägel fahren langsam über den dünnen Stoff. Mein Geschlecht möchte sich ausdehnen, aber die Hose sitzt stramm. Ich lasse meine Hand in ihren Schoß gleiten und greife zwischen ihren schlaffen Schenkeln durch. Ich beginne sie nun meinerseits, sie durch den Stoff hindurch zu streicheln, genau in der Mitte.

Sie gibt sich damit nicht zufrieden. Schnell und geschickt schlüpfen ihre Finger von oben unter dem Bund durch. Sie lässt mein Tierchen frei. Mit ein paar Bewegungen ihrer kundigen Finger ist es zum Tier ausgewachsen. Können wir das

Blubbern endlich einschalten, denke ich, wenn da jetzt jemand herauskommt, sieht er als erstes meine Erektion, das muss ja nicht sein. Die Frau aber wichst ungerührt an meinem Stil herum, oder drückt oder streichelt, sie ist da sehr einfallsreich. Bald höre ich nur noch mein eigenes Blut rauschen, ich lehne mich zurück, meine Beine gegen die Mitteldüse stemmend, mein ganzer Körper verkrampft sich. Bis es mir kommt. Ich stöhne auf, schaue ins Wasser. Im Gegenlicht des Unterwasserscheinwerfers sehe ich zwei leuchtende Wölkchen nach oben aufsteigen. Die Frau scheint sie auch zu sehen, sie greift danach und hat mindestens eines gefangen. Da höre ich sie laut lachen. „Ha ha ha! – Ha ha ha! – Ho ha ha hihihi!" Was findet sie denn so komisch? Noch immer lacht sie in größer werdenden Abständen auf. Ich habe mein Ding längst eingepackt und behalte meine Finger jetzt bei mir. Dieses Lachen wird mir unheimlich. Gerne hätte ich mich revanchiert, aber bei dem irren Gelächter kommen mir keine erotischen Gedanken in den Sinn. So geht das nicht.

Auf einmal steht sie auf, hockt sich vor mich, und während sie mich ansieht, streicht sie ihre rechte Hand in ihrem Haar aus. Die Hand mit meinem Liebessaft. „Ha ha ha, hi hi hi..." Sie steht auf, deutet eine Verbeugung an und dreht sich zum Durchgang. Ohne sich noch einmal umzusehen verschwindet sie in der Halle. Minutenlang höre ich noch ihr verrücktes Gelächter, wirklich oder nur in meinem Kopf?

Ich schalte endlich das Blubbern ein und bemerke, wie irritiert ich bin. Aber warum? Das ist es nicht wert. Sie hat mir einen heruntergeholt, und das sehr gekonnt. Dafür bin ich ihr dankbar. Was sie sonst macht, geht mich nichts an. Endlich kann ich die kribbelnde Befriedigung genießen, die sich wunderschön mit dem Whirlpool-Blubbern mischt. Als die Zeit um ist, gehe ich mit weichen Knien in die Halle und lege mich neben meine Geliebte. Ich habe mir nichts ausgedacht, was ich ihr sagen will, wenn sie mich fragt, wie es eben gewesen ist. Aber das macht nichts. Sie fragt nicht. Sie sieht nicht mal von ihrem Buch auf.

Später sind wir uns einig, es ist Zeit zum Bett gehen. Hand in

Hand streifen wir durch die langen Gänge und das Treppenhaus hinauf. Im Zimmer wünscht sie sich einen Gute-Nacht-
Whisky, den ich ihr aus dem original schottischen Reisebecher
serviere. Über die Viertelstunde im Außen-Whirlpool fragt sie
nichts. Höchstwahrscheinlich weiß sie ohnehin alles, wie immer. Was für eine Frau.
Ich fühle mich befriedigt, matt und müde. Doch kaum im Bett,
wird meine Geliebte wieder munter. Mit ihrer besonderen Art
bringt sie mich soweit, sie auf ihre Lieblingsweise befriedigen
zu können. Höchstens zwei Minuten nach unseren fast gleich-
zeitigen Orgasmen bin ich schon tief und fest eingeschlafen.

Januar 2009

Barmaid

Jedesmal, wenn der Mann in die kleine Stadt an der Donau kam, besuchte er die kleine Bar abseits von der stark frequentierten Fußgängerzone. Hier gab es einen guten Café und es war meist ruhig, nur ein paar Männer tranken ihr Morgenbier, die Zeitung lesend oder sich leise unterhaltend.

Der Mann sah gleich, die nette Barfrau vom letzten Mal war noch da. Nicht selbstverständlich in dieser Branche mit ihrer hohen Fluktuation. Heute trug sie eine enge Jeans und ein knappes T-Shirt. Die langen Haare hatte sie blond gefärbt, das letzte Mal waren sie noch dunkel gewesen. Blond passt fast besser, befand er.

Er wollte eigentlich schreiben, an seinem neuen Roman, hatte seinen Computer in der Tasche. Da brauchte er einen Tisch. Aber heute waren fast keine Gäste da, nur zwei Männer in der hinteren Ecke des halbdunklen Raumes. Da setzte er sich lieber an den Tresen. Die schöne Aussicht genießen. Schreiben konnte er auch auf später verschieben. Er nickte der Barmaid zu, in der Hoffnung, sie erkenne ihn wieder. Natürlich umsonst, er war zwei Monate nicht hier gewesen und wahrlich keine auffällige Erscheinung. Er bestellte sich einen Cappuccino. Sie lächelte unverbindlich, und machte sich an die Maschine. Eine herrlich große, altmodische Siebträgermaschine. Die Art, wie sie die Milchkanne rhythmisch auf und ab bewegte, um die Aufschäumdüse abwechselnd tiefer und weniger tief eintauchen zu lassen, hatte etwas höchst phantasieanregendes. Wie sie dann sorgfältig beim Milch eingießen den Schaum erst zurückhielt mit einem Barlöffel, und dann die richtige Menge Milchschaum auf den Café schob, war einfach perfekt. Am Ende gab sie noch eine braune Mütze aus dem Kakaostreuer obenauf. Als sie ihm diesen edlen Cappuccino überreichte, lächelte er ihr zu: „Schön haben Sie das gemacht. Liebevoll." Und sie strahlte ihn an, offensichtlich stolz auf ihr Kunstwerk.

Während sie nun allerlei aufzuräumen begann, mit dem Geschirr und dem Besteck klapperte, den Siebträger ausleerte, die Chromteile der Maschine putzte und jede Menge Gläser abwusch, gab der Mann sich einerseits dem Genuss des feinen Cafés hin, der genau so gut schmeckte, wie er gehofft hatte, und andererseits dem Anblick dieser jungen Frau, die mehr als eine Handbreit Haut von Bauch und Hüfte herzeigte zwischen Hose und Hemd, deren Nippel sich deutlich unter dem dünnen Stoff des T-Shirts abdrückten, und deren Muskeln auf den Armen ein spannendes Spiel boten. Kurzum, dem Mann war alles andere als langweilig.

Trotzdem fiel sein Blick irgendwann auf die Flaschen im Regal hinter der Kaffeemaschine, und da entdeckte er ein merkwürdiges Schild. Eigentlich wohl mehr ein Aufkleber, in Gelb, mit roter Schrift, der da auf einem senkrechten Metallrohr unbekannter Bestimmung pickte. Das Schild war sicher neu, sonst wäre es ihm schon das letzte Mal aufgefallen. Die Aufschrift in fetten Buchstaben irritierte ihn sehr:
„Wer ficken will, muss freundlich sein!"
Sein erster Gedanke war, das Barmädchen hätte diesen Ausspruch als Schutz vor zudringlichen Gästen angebracht. Aber wenn er genauer darüber nachdachte... war das nicht eher das Gegenteil, eine Aufforderung zum Anbaggern? Und tatsäch-

lich, er bemerkte, ein Teil von ihm war schon dabei, sich zu überlegen, wie man hier wohl besonders freundlich sein könne. Schmeicheleien? Großes Trinkgeld?

Ein anderer Teil von ihm, der rationaler eingestellt war, meinte, das Mädchen sei hier angestellt, für einen schlechten Lohn, und hätte hier ganz sicher weder ein Interesse noch ein Recht, etwas an der Gestaltung der Bar zu verändern, und schon gar nicht solche losen Sprüche zu äußern.

Und doch. Wer ficken will – und wer will das nicht? Dieses Mädchen ist schon verdammt süß. Wie sie da herumtut. Warum putzt sie jetzt zum dritten Mal über die Vorderfront der Maschine? Zieht die nicht extra eine Show für mich ab? Vielleicht wartet sie ja nur darauf, dass ich sie frage, ob ich freundlich genug sei? Und wenn nicht, was würde ich verlieren, wenn ich tatsächlich so fragte? Der Mann grübelte vor und zurück und auf einmal war seine Tasse leer. Er ärgerte sich, jetzt hatte er die zweite Hälfte des Cappuccino ausgesoffen, ohne es überhaupt zu merken, geschweige denn zu genießen. Alles wegen diesem Spruch. Und wegen dieser Frau. Na gut, die war es wohl wert. Die war so einiges wert.

Alter Trottel, schimpfte er sich. Verschau dich nicht in kleine Mädchen, das steht dir nicht. Steht dir nicht zu. – Ja, ja, gab er sich selber recht, aber so klein ist das Mädchen gar nicht, sicher fünfundzwanzig, und so wie sie aussieht, ich meine, so wie ihre Blicke wirken, kennt sie sich schon aus, die ist keine Jungfrau mehr. – Trotzdem wäre es weise, sich die aus dem Kopf zu schlagen. Der braver Teil des Mannes wollte nicht aufgeben. Die hat sicher einen festen Freund und gar kein Interesse an einem alten Knacker. – Wie nett ich doch zu mir bin, alter Knacker, tztztz, und überhaupt, vielleicht mag sie ältere Männer? Und wozu das Schild da, wenn man nicht mal fragen soll? Und einen Ring trägt sie jedenfalls nicht. – Boah, wie gescheit, weil ja die jungen Leute heute immer gleich einen Ring tragen, was? Schon klar wo dein ganzes Blut hin ist, ins Hirn jedenfalls nicht. – Das war aber tief, Mann. Denk was du willst, dafür mach ich was ich will. Wenn ich nur wüsste, wie ich es angehen soll. Aber hier kann man ja keinen klaren Gedanken fassen, ohne von solchen Moralisten unterbrochen zu werden.

Jetzt wischte das Mädchen schwungvoll ein Stück von der Theke ab, räumte dann die Zuckerdose, den Aschenbecher und einen Bierdeckelhalter auf die eben abgewischte Fläche und setzte die Reinigung auf dem gerade freigewordenen Bereich der Theke fort. Sie kam bis zu seiner Tasse, die er anhob. Höflich sein. Sie schenkte ihm ein bezauberndes Lächeln und wischte weiter.

... der muss höflich sein. Mist, das wäre die Gelegenheit gewesen, motzte er sich selbst an. Na, ist das freundlich genug?, hätte er fragen sollen. Entweder sie hätte die Anspielung verstanden, oder eben nicht. Genial einfach. Aber, verpasst. – Ja, du warst schon immer ein Großmaul, aber noch nie schlagfertig. Darum brauche ich mir um dich und mich auch keine Sorgen zu machen. Große Klappe, nix dahinter. – Still, sie kommt zurück!

Tatsächlich war das Mädchen fertig und wendete sich, mit dem Lappen in der Hand, ihm zu. Mit ihrer etwas harten, rauchigen Stimme begann sie: „Komm schon, spuck's aus. Brich dir nix ab." Sie drehte das Wasser auf und wusch den Lappen im Becken aus. „Ich seh' dir doch an, wie es in dir arbeitet. Du hast das gelbe Schild gelesen, und jetzt fragst du dich, wie du freundlich genug sein kannst."

Der Mann war baff und antwortete nichts.

„Hat's dir die Sprache verschlagen? Auch recht. Aber es lässt dir ja doch keine Ruhe."

Sie zerrte die große Satzschublade unter der Kaffeemaschine heraus und leerte sie geräuschvoll in einen am Boden stehenden Edelstahleimer. Als die Lade wieder an ihrem Platz eingerastet war, setzte das Barmädchen hinzu:

„Und übrigens, es ist ganz anders, als du denkst. Es geht nicht um das ... bei dem Spruch auf dem Schild. Das ist komplizierter. Vermutlich nichts für dich."

Der Mann schwieg noch eine Minute, und fragte dann unvermittelt: „Kann ich einen Pastis haben?" – „Pastis? Wir haben hier nur einen ...", sie suchte das Regal ab, „ach ja, hier, einen

Pernod. Ist das recht?" – „Ja, genau richtig." – „Mit Eiswasser?" – „Mit Eiswasser." – „Bitte sehr."

Sie stellte ihm ein Pernod-Glas und eine Karaffe mit Eiswasser hin, nahm die Tasse weg.

Danach eilte sie um die Theke herum nach hinten, wo die anderen Gäste zahlen wollten.

Der Mann schwenkte das Glas mit dem Pastis und dem Eiswasser hin und her, bis es gleichmäßig gelb aussah, und nahm einen kleinen Schluck. Hmm, wunderbar, dachte er. Ob er sich jetzt an einen Tisch setzen sollte um an seinem Buch weiterzuschreiben? Es würde noch eine Weile dauern, bis die anregende Wirkung des französischen Getränkes einzusetzen begänne. Er fühlte sich derweil träge und faul. Lieber hockenbleiben, dachte er.

Da wurde es deutlich lauter, etliche hohe und schrille Stimmen und Stühlerücken und was noch alles.

Die Bardame kam zurück und machte sich an der Maschine zu schaffen. Der Mann drehte sich um, und sah ein Grüppchen Frauen, die sich um eine Tischchen gesetzt hatten. Rundherum war alles mit Einkaufstüten belegt. Shopping-Pause. Während aus zwei Siebträgern gleichzeitig Espresso in vier Tassen floß, fragte er etwas lauter:

„Und worum geht es dann?" Sie reagierte nicht, vielleicht hatte sie ihn nicht gehört bei dem Rauschen, Zischen und Pfeifen während des Milchaufschäumens.

Sie verteilte die Tassen auf ein Tablett, ergänzte Zucker und Löffelchen und verteilte Milch und Schaum. Nicht ganz so liebevoll wie bei meinem Cappuccino, stellte er befriedigt fest. – Du schon wieder. Das ist doch nur Einbildung, antwortete sein rationaler Teil.

Sie nahm das Tablett auf, verharrte einen Moment, sah ihn an und zischte ihm zu: „Gleich!" Damit startete sie, das Tablett über der Schulter balancierend, in Richtung der Shopping-Frauen. Wie die geht, dachte er, wie die ihren Po wackeln lässt. Nur für mich, die Frauen interessiert das nicht. Sein rationaler Teil schwieg.

Als sie zurückkam, bückte sie sich tief und holte zwei Teller

143

aus dem Unterschrank, was ihm einen kurzen Einblick in ihren nicht sehr tiefen Ausschnitt bescherte. Aus der Tiefkühltruhe holte sie zwei Päckchen, zerrte die Folie herunter und legte sie auf die Teller, die sie dann in die Mikrowelle schob. Toasts oder so was, dachte er. Kuchen gibt es hier wahrscheinlich keinen, da müssen sie Toast essen. Er wunderte sich über diesen Anflug von Schadenfreude.

Erst als der Toast serviert war, kam die Bedienung zu ihm zurück und begann: „Willst du das wirklich wissen? Ich glaube nicht, dass du der Richtige dafür bist..." – „Wie soll ich das wissen, wenn ich nicht weiß, worum es geht? Erklären Sie es mir doch." – „Hartnäckig, was? Du kannst du zu mir sagen. Ich bin die Ellen." Sie beugte sich über den Arbeitstisch, stützte sich mit ihren Ellbogen auf der Theke auf, direkt vor ihm. Diese Nähe irritierte ihn, so dicht sah ihr Gesicht wieder anders aus. Er fragte sich, ob er sie wohl gerne küssen würde. Eher nicht, oder doch? Aber das kam sowieso nicht in Frage. Nicht jetzt. Er sagte leise: „Hi. Ich bin der Ru." – „Ru?" – „Ja, Ru. Wie Rune." Sie zwinkerte ihm zu und strahlte. Eine Welle von Hitze und Kälte schwappte seinen Rücken hinunter.

Mit noch rauerer, leiser Stimme erklärte sie: „Das ist ein Quest. Eine Art – Spiel. Aber – für Erwachsene. Verstehst du?"

„Ja. Das heißt. Nein. Ehrlich gesagt, gar nicht."

„Hab ich mir gedacht, Ru. Es ist für, für, na, für Leute, die ein Abenteuer suchen. Eigentlich, für Männer. Soviel ich weiß."

„Du weißt auch nicht alles darüber?"

„Nein, natürlich nicht. Das ist alles ein Geheimnis. Das macht ja gerade den Reiz der Sache aus, sagen die Leute. Man weiß fast nichts."

„Ach. Na dann. Aber der Spruch. Das muss doch einen Sinn haben."

„Den Sinn hat es schon erfüllt. Leute neugierig machen. Du bist ja schon neugierig."

„Ja, da hast du recht. Aber du. Hast du gar nichts damit zu tun? Ich habe gehofft, ..."

„Hahaha. Ja. Das denken alle. Aber das kannst du dir hinter die Haare schmieren. Mich nicht. Hahaha." Sie lachte noch eine Zeit lang in sich hinein, nicht böse, nur amüsiert. Der Mann fühlte sich ein wenig beschämt.

„Du brauchst nicht rot werden, Ru. Wie gesagt, du bist nicht der Einzige, dem das so ergangen ist. – Und ja. Etwas habe ich doch damit zu tun. Mit dem Quest."

Sofort war der Mann wieder aufmerksam. „Ja? Weiter. Rede doch."

„Nun, eine kleine Rolle habe ich dabei. Ich verkaufe den Schlüssel. Wenn du mitmachen willst, brauchst du den Schlüssel. Damit fängt es an. Ohne den Schlüssel geht nichts."

„Und was mache ich mit dem Schlüssel?"

„Den kannst du in der Kirchgasse verwenden. Irgendwas kannst du damit aufsperren. Keine Ahnung. Das musst du selber herausfinden."

„Das klingt ja wirklich interessant. Kann ich den Schlüssel jetzt gleich haben?"

„Sicher. Für einhundert Euro ist es deiner." Sie hatte in die Kasse gegriffen, und noch hinter dem Kleingeld einen unscheinbaren, kleinen, etwas rostigen Schlüssel herausgezogen, den hielt sie ihm vor die Nase.

„Was? Einhundert? Soll das ein Witz sein?"

Ihre Augen wurden schmal, ihr Lächeln verschwand. „Das ist kein Witz. Einhundert, oder vergiss es. Ich habe dich gewarnt, ich dachte mir gleich, du bist nicht der Typ." Sie schloss die Hand um den Schlüssel und steckte ihn zurück in die Kasse.

„Halt! Warte doch, Ellen." Der Mann war fieberhaft am Überlegen, am Rechnen, am Grübeln. „Kann ich mir die Sache noch überlegen? Kann ich später nochmal kommen und den Schlüssel holen?"

„Nun, wahrscheinlich schon. Wenn sich niemand sonst inzwischen dafür entscheidet. Es gibt nur einen Schlüssel. Den hier nämlich." Dabei hatte sie ihn wieder herausgenommen, und gekonnt hoch in die Luft geworfen. „Jetzt", rief sie, und schnappte das alte Metallstück mit der anderen Hand, „ist er frei. – Aber es kommt nicht oft vor, dass danach verlangt wird. Die meisten trauen sich nicht."

Der Mann sah sehnsüchtig auf die beiden Wölbungen unter ihrem T-Shirt und seufzte tief. Ellen wurde an den Tisch gerufen, um eine Bestellung aufzunehmen und den Frauen irgendetwas zu bringen. Der Mann dachte, wenn ich doch gar nicht weiß, worum es überhaupt geht bei dem Spiel, sollte ich die Finger davon lassen. Hundert sind einfach zu viel, für die Katze im Sack. Aber er wusste schon, sein rationaler Teil hatte mal wieder verloren.

Dreimal musste Ellen hin und herlaufen, bis sie wieder frei war. Sie stellte sich vor den Mann, sah ihn kokett an, räkelte sich und fragte dann gedehnt: „Na, Ru? Wie hast du dich entschieden?"

„Ich – nehme den Schlüssel." – „Echt? Das hätte ich dir nicht zugetraut. Aber bitte. Hier!" Hunderter und Schlüssel tauschten die Besitzer. Dem Mann sank das Herz in die Hose. Was hatte er da jetzt gemacht? Einen gewaltigen Blödsinn, vermutlich.

Alle möglichen Bilder tanzten durch seinen Kopf, er sah nicht mal mehr das schöne Barmädchen, so sehr beschäftigte ihn seine idiotische Entscheidung. Wie konnte ich nur? Das war nur, weil sie so sexy ist, dagegen komme ich nicht an. Er merkte selber, wie schwach diese Entschuldigung war.

Er blieb noch eine Weile hocken. Aber der Raum, die Bar, die Kaffeemaschine und sogar die hübsche Ellen hatten allesamt ihren Glanz verloren, fühlte er. Endlich zahlte er seine Getränke, brachte nur einen schrägen Grinser zum Abschied zustande, nahm seine Tasche und stapfte schwerfällig ins Freie.

Ein Quest. So ein Quatsch.

Andererseits, nun war es passiert. Kirchgasse. Das war doch da oben. Sollte er seine Tasche mitnehmen? Oder sie erst ins Auto legen? Ach was, er nahm sie mit.

Ohne jeden klaren Gedanken schien er durch die Fußgängerzone zu irren, aber in Wirklichkeit steuerte sein Unterbewusstsein zielstrebig auf die genannte Gasse zu. Die war so eng, hier würde kein Auto durchkommen. Aber wenn man nach einem kleinen Schlüsselloch zu suchen hatte, war das Sträßchen reichlich lang. Da gab es Hauseingänge auf beiden Seiten, einen nach dem anderen, ab und zu auch Toreinfahrten, und in die alten Mauern eingelassene Türchen aller Art. Er hatte den Schlüssel in der Jackentasche fest umschlungen gehalten, jetzt zog er ihn heraus und besah sich den Bart genau. Der Schaft hatte ein Loch, der Bart war sehr altmodisch geformt. Der untere Teil des Schlüsselloches musste ähnlich der Ziffer Fünf aussehen. Soweit war das einfach, aber es half ihm nicht weiter. Es gab so unendlich viele Stellen! Und er musste das doch halbwegs unauffällig machen. Im Geiste sah er eine alte Frau, die nichts zu tun hatte und deshalb am Fenster saß, plötzlich loskeifen: „Da ist schon wieder so ein Verrückter, ein Einbrecher, mit einem Dietrich, los, fasst ihn! Polizei!" Und von allen Seiten kämen Pensionisten mit Stöcken und prügelten auf ihn ein...

So weit war es noch nicht, aber es sollte auch nicht dahin kommen, also musste er vorsichtig sein. Unauffällig. Das lag ihm eigentlich. Meist war sein Problem das umgekehrte, dass er zu unauffällig war. Besonders, wenn es um Frauen ging. Er grinste.

Also los.

Er lief die Gasse zum zweiten Mal ab, um sich gezielt einen Überblick zu verschaffen, wo die vielversprechendsten Ecken waren. Diese wollte er zuerst untersuchen, und nur wenn das ergebnislos bleiben sollte, würde er wohl oder übel den ganzen Rest durchkämmen müssen.

Er war überrascht, letztlich nur drei interessant wirkende Stellen gefunden zu haben. Er fing gleich bei der letzten an, um nicht umsonst durch die Gasse zu rennen. Auf der linken Straßenseite. Es wäre gut, sich jetzt eine anzünden zu können, ein Vorgang, den man leicht in die Länge ziehen konnte, ohne irgendwie aufzufallen. Leider war er strenger Zigarettenverweigerer. Er fummelte statt dessen mit einem Papiertaschentuch herum, ließ es fallen, bückte sich und geriet wie zufällig mit der linken Hand an ein Blechtürchen unbestimmter Funktion. Umsonst, der Schlüssel war zu dick. Langsam richtete er sich auf. Er war noch keineswegs fertig. Die uralte Mauer zu seiner Linken hatte noch etliche solcher Klappen bereit, manche nur vergittert, manche aus Blech. Und jede hatte ein Schlüsselloch. Verdächtig genug. Er besah sich in Abständen die genaue Form dieser Schlüssellöcher. Keines kam der Vorstellung nahe, die er sich von dem richtigen Loch gemacht hatte. Er wechselte auf die andere Seite der Gasse, hantierte noch einmal mit dem Taschentuch, dann mit seinem Mobiltelefon. Während er eine sinnlose SMS schrieb, und sich allerlei Leute an ihm vorbeidrängten, schob er sich zentimeterweise zurück zu der interessanten Wand. Dort probierte er noch drei Stellen aus, alle vergeblich.

So viele Schlüssellöcher an einer Stelle, und nicht mal eins dabei, wo der Schlüssel sich wenigstens hineinstecken ließ. Geschweige denn umdrehen.

Ganz langsam bummelte er ein paar Meter die Gasse hinunter, immer noch sein Telefon in der Hand. Zwanzig Schritt weiter die zweite Stelle. Hier gab es rechts eine seltsame Haustüre, wie für Zwerge gemacht. Von der Schwelle bis zum oberen Ende der Tür waren es höchstens ein Meter zwanzig. Und er sah auf den ersten Blick: Sein Schlüssel konnte nicht passen. Das Loch war groß und rund, und es stand ein dicker Stift in der Mitte hervor. Unmöglich.

Weit über der Zwergentür und ein Stück weiter links war eine Art Briefkasten, ganz aus Blech. Aber wie sollte er den ausprobieren, ohne aufzufallen? Das Kästchen war ja höher montiert als er selbst groß war. Er blieb darunter stehen, und wartete. Da läutete sein Handy. Er erschrak ein wenig. Wer würde ihn jetzt anrufen? Seine Freunde wussten doch von seiner Reise. Und seine Ehefrau würde ihn sicher nicht anrufen. Sie lebten jetzt schon über zehn Jahre getrennt. Und wer wusste sonst seine Nummer? Anonymer Anruf, meldete das Display. Er nahm das Gespräch an, aber es war nur falsch verbunden. Ach so. Aufatmend sah er sich um. Oh! Die Leute links von ihm eilten nach links, diejenigen rechts von ihm nach rechts. Niemand konnte hersehen. Außer wenn drüben jemand durch die Gardine spähen sollte. Das war die Gelegenheit. Er steckte den Schlüssel ins Schloss. Der passte. Der Mann drehte um und öffnete das Fach. Zu seinem Entsetzen war es leer.

So weit er sehen konnte. Schnell tastete er mit den Fingern

den Boden des Kästchens ab. Nichts.

Jetzt kam ein Ehepaar von unten. Er drückte das Türchen zu, nahm die Hand herunter und spielte ein weiteres Mal mit seinem Telefon. Kaum waren die beiden vorbei, kam ein Grüppchen älterer Schülerinnen von oben. Bei dem Anblick der sexy gekleideten Girlies war das Warten leichter auszuhalten. Als sie seine Stelle passiert hatten, wollte er den Schlüssel abziehen. Aber das gelang ihm nicht. Er schloss ab, der Schlüssel ließ sich nicht abziehen, er schloss wieder auf, der Schlüssel blieb eisern stecken. Wie angeschweißt. Was soll das nun wieder? Ihm wurde heiß. Ich habe einhundert Euro hingegeben für dich, du dummes Ding, schimpfte er. Komm raus da. Verdammt. Jetzt hatte er sich den Fingernagel ruiniert und geschnitten auch noch. Er lutschte das Blut ab und steckte das Handy weg. Dafür bekam das Papiertaschentuch etwas Sinnvolles zu tun.

Langsam bummelte er die Gasse hinunter und wieder hinauf. Er versuchte es noch einmal, die Gelegenheit war günstig. Aber der Schlüssel ließ sich einfach nicht abziehen. Er hörte schon die Scharniere quietschen, am Ende würde er noch das ganze Kästchen herunterreißen. Nein, mit Gewalt ließ sich das nicht lösen. Er gab fürs erste auf.

Drei Uhr nachmittags, und er bekam Hunger. Eigentlich wollte er erst am Abend essen gehen. Das war jetzt der Frust, das spürte er genau. Frustessen, warum nicht. Unten in der Zone hatte er eine Pizzeria gesehen. Als er dort ankam, las er am Eingang, sie würde erst um siebzehn Uhr öffnen. Er betrat das kleine Café daneben. Die Auswahl war klein, er entschied sich für eine Gulaschsuppe. Für den schnellen Hunger zwischendurch vielleicht ganz passend. Die Bedienung, eine nicht mehr ganz junge, elegante Erscheinung in angenehm kurzem, schwarzem Kellnerinnenkleid und weißem Schürzchen, redete ihm noch ein Bier dazu ein. Gute Idee, dachte er sich, und betrachtete genüsslich ihre langen Beine, die von den hauchdünnen schwarzen Stümpfen eher hervorgehoben als verborgen wurden. Er ließ seine Tasche unter dem Tisch stehen und ging erst mal austreten. Als er zurückkam, war nicht nur seine Tasche noch da. Da war auch noch etwas, was er nicht erwartet hatte. Eine längliche, geschenkartig verpackte Schachtel. Pralinen?

Als die nette Kellnerin das Bier brachte, fragte er sie, wer ihm die Schachtel hingelegt hätte. Sie behauptete, nichts gesehen zu haben. Er musste ihr das wohl glauben.

Nach einem großen Schluck Bier zog er die Schleife auf und versuchte das Band ganz aufzuknoten, was ihm nicht gelang. Da nahm er sein Schweizermesser vom Gürtel und schnitt es auf. Das Geschenkpapier war auch sorgfältig zugeklebt, so dass er sein Messer nochmal bemühen musste. Eine Pralinenschachtel. Er runzelte die Stirn. Die sah aber nicht originalverpackt aus. Langsam hob er den Deckel ab. Zum Vorschein kamen keine Pralinen, sondern ein auf rotem Samtkarton liegender Schlüssel, und eine Rolle Papier. Sehr witzig, wieder ein Schlüssel. Offensichtlich ein anderes, wesentlich größeres Exemplar. Gehörte der zum Quest?

Er rollte das Papier auseinander und fand eine verschnörkelte Handschrift:

„Danke für das Zurückbringen des ersten Schlüssels. Der zweite passt zur Kammer der Gräfin. Ihr Schloss ist jetzt ein Hotel. Wenn Sie diese Kammer um Mitternacht betreten, sind Sie selber schuld. Dann kann Ihnen keiner mehr helfen. Viel Glück. Q"

Ein Rätsel. Die Drohung ignorierte er.

Das war ein Rätsel. Früher wäre die Lösung sicher sehr schwer zu finden gewesen, dachte er. Er holte sein Notebook aus der Tasche und startete es. Er öffnete die drahtlose Internetverbindung und tippte in das Eingabefeld der größten Suchmaschine den Namen der kleinen Stadt ein, gefolgt von Kammer, Gräfin und Schloss. Die Liste der Ergebnisse war erfreulich kurz. Schon das vierzehnte Dokument war ein Treffer. Da wurde von einer Gräfin von Zeller berichtet, die in einem Schloss ihr Unwesen getrieben haben soll. Jede Menge Verbrechen wurden ihr angelastet. Nach ihrem Tod vor mehr als dreihundert Jahren sollte sie, laut dem Artikel, als Geist in dem Schloss gespukt und unschuldige Gäste in den Wahnsinn getrieben haben. Ihre Folterkammer hatte man zuerst aus Angst oder Respekt versiegelt und unberührt gelassen. Im vorigen Jahrhundert wurde sie geöffnet und als Touristenattraktion verwendet, bis wegen zweier merkwürdiger Morde von der Behörde die Schließung angeordnet worden war. Interessant, dachte der Mann. Und da soll ich hin?

Auf dem Zettel hieß es, das Schloss werde jetzt als Hotel geführt. Dann musste es das Gebäude noch geben. Aber wo? In dem Internetartikel war von einem Hotelumbau keine Rede. Auch keine genaue Lage des ehemaligen Schlosses war dort zu finden. Er probierte es erneut, diesmal setzte er hinter den Namen der Stadt die Wörter Schloss, Hotel, Adresse. Die Liste war zwar lang, aber voller Wiederholungen. Nur zwei Hotels schienen ihm in Frage zu kommen. Als er sich deren Seiten genauer ansah, fiel das eine gleich aus, es war viel zu modern. Das andere dagegen, das war genau richtig. Am Rande des Altstadtkerns gelegen, damals sicher ein Stück außerhalb, innen schön hergerichtet, außen alte Pracht. Er notierte sich im Geiste die Adresse, was eher überflüssig war, der Lageplan sagte alles. An der Ecke vom Stadtpark. Er meinte, das Haus schon öfter gesehen zu haben.

Eigentlich hätte er längst auf dem Heimweg sein wollen, und nun saß er hier fest mit seinem Quest. Er würde ein Quartier für die Nacht brauchen. Ob er sich einfach in dem Hotel einmieten sollte? Für die unauffällige Verfolgung seines Falles konnte es kaum einen besseren Platz geben. Nur befürchtete er, das Haus wäre ihm viel zu teuer. Er beschloss, es sich mal aus der Nähe anzusehen.

Zeller Parkhotel. Die Buchstaben oben an der Giebelwand waren nicht mehr vorhanden, aber ihre Abdrücke auf dem uralten Verputz waren noch gut zu erkennen. Das Hotel hatte also irgendwann direkt nach der Gräfin geheißen. Interessant. Jetzt hieß es Parkhotel Wachau, wie es auf der straßenseitigen Front groß angeschrieben war. Mit gemischten Gefühlen betrat er den Eingangsraum mit der Rezeption. Ein geschniegelter junger Mann war nicht bereit, seine Frage nach dem Preis für eine Übernachtung zu beantworten. Hochnäsig bedeutete er dem

Ankömmling zu warten. Erst nach einer Kunstpause geruhte er dann immerhin, eine Kollegin aus dem dahinter gelegenen Büro herbeizuwinken. Dem Mann war das sehr recht, denn die junge Dame war sowohl nett als auch sehr attraktiv, trotz ihres streng wirkenden Kostüms. Sie bemerkte sofort, dass es hier um eine möglichst ökonomische Möglichkeit ging, eine Nacht zu verbringen, und bot ihm dann mir verschwörerischem Blick leise, fast flüsternd, ein altes Dienstbotenzimmer im Dachgeschoss an, für nur fünfundzwanzig Euro die Nacht. Natürlich ohne Frühstück, das müsse er verstehen. Er verstand. Und bedankte sich. Die Zimmernummer? Oh, dieses Zimmer habe keine Nummer. Aber hier, das sei der Schlüssel. Er könne das Zimmer nicht verfehlen, es sei das Einzige im vierten Stock. Der Mann zuckte ein wenig zusammen. Dieser Schlüssel. Der sah ja genau so aus wie der in der Pralinenschachtel. Hier war er richtig. Die freundliche Dame machte ihn noch darauf aufmerksam, er müsse leider die Treppe nehmen, der Lift fahre nur bis in den zweiten Stock. Er bedankte sich noch einmal und suchte das Treppenhaus.

Der Quest.

Sein Herz begann zu rasen, halb von den hohen Stockwerken, die er nun erstieg, halb von der Aufregung, nun so nah an dem Ziel der Sache angekommen zu sein. Der dritte Stock war schon im steilen Dach gelegen, und die große Treppe hörte hier auf. Er suchte ein wenig, bis er in einem kleinen Nebengang die Fortsetzung der Treppe in den vierten Stock fand. Das war nur eine bessere Leiter, dazu ohne Geländer. Oben angekommen, gab es nur eine einzige Tür. Der Schlüssel passte. Das Zimmer war gar nicht so klein, zwar schmal aber sehr lang, und es gab sogar eine Waschecke, und zwei große Schränke, aber keine Toilette. Dafür musste er wohl einen Stock tiefer gehen. Zu den beiden winzigen Dachfenstern fiel sonniges Nachmittagslicht herein. Das Bett aus rötlichem Holz war in jeder Richtung groß und sah gemütlich aus. Er war ganz zufrieden.

Und jetzt? Es war noch nicht mal Abend, und erst um Mitternacht sollte er in die Folterkammer gehen. Wo die wohl war?

Das galt es jetzt herauszufinden. Obwohl es in dem Artikel nicht explizit erwähnt worden war, hatte er das Gefühl, diese Kammer müsse im Keller gelegen sein. Er nahm den zweiten Schlüssel aus der Tasche und verglich ihn mit seinem Zimmerschlüssel. Eindeutig vom selben Schlosser, aber doch verschiedene Bärte. Er steckte den Quest-Schlüssel in die linke Hosentasche, verließ das Zimmer, sperrte ab und steckte den Zimmerschlüssel in die rechte Tasche. Und nun, sagte er sich, abwärts, immer abwärts.

Es gab aber keinen Abgang in einen Keller. Im Erdgeschoss war links neben der Eingangshalle die nicht sehr verlockend aussehende Bar zu finden, weiter hinten ein Restaurant, und rechts hinter diversen mit Privat-Tafeln versehenen Türen die Küche, wie er an den Geräuschen unschwer feststellen konnte. Er irrte ein paarmal alle Gänge entlang, bis er intuitiv einen kompletten Plan des Stockwerks im Kopf hatte. Einmal riskierte er auch einen Blick hinter die große Schwingtüre, um sich zu überzeugen, hinter der riesigen Küche war nichts mehr. Willig ließ er sich von einem Küchenmädchen gleich wieder aus dem Heiligtum verscheuchen: er hatte gesehen, was er wissen wollte.

Er betrachtete im Geiste den Grundriss des Erdgeschosses. Ah. Dann war da drüben, bei den Toiletten, noch Platz für ein oder zwei Räume, die er noch nicht gesehen hatte. Er machte sich auf den Weg. Richtig, zweimal Privat. Der Keller ist wohl nur für das Personal vorgesehen, meinte er, aber das soll mich nicht stören. Er probierte die erste der beiden Türen. Sie war nicht verschlossen. Dahinter war es dunkel. Er trat einen Schritt vor und ins Leere. Volltreffer, hier ging es unmittelbar hinunter. Er schloss die Tür hinter sich und knipste seine Taschenlampe an. An der Wand gab es einen Lichtschalter, aber den wollte er nicht unbedingt verwenden. Mehr als zwanzig Stufen war die Treppe lang. Es folgte ein Absatz, und noch einmal eine lange Treppe. Puh, das geht tief runter, dachte der Mann. Der Gewölbegang unten war wenigstens drei Meter hoch, keine Gefahr mit dem Kopf anzustoßen. Nach rechts und links gab es engere Durchgänge in allerlei Lagerräume für

Gemüse, Bier und Wein, die offensichtlich benutzt wurden. Ob es da noch einen Transportlift gab? Er konnte sich schlecht vorstellen, das Personal würde das ganz Zeug über die unbequeme Treppe hinunter und hinauf schleppen. Aber keiner dieser Vorratskeller schien jemals etwas anderes gewesen zu sein als eben das, schon gar nicht eine Folterkammer. Er kam an das Ende des Ganges. Da entdeckte er im spärlichen Lichtschein seiner winzigen Lampe, das war keine Mauer sondern eine eiserne Tür, freilich dick verrostet und genau so dreckig wie die Wände, daher nicht leicht zu erkennen.

Er tastete schon nach seinem Schlüssel in der linken Tasche, aber es gab gar kein Schlüsselloch. Die Klinke war feucht und rostig, ließ sich aber leicht niederdrücken und die Tür öffnete sich fast geräuschlos. Er gelangte in einen zweiten Gang. Auch hier wieder mehrere seitlich liegende Kammern, die aber alle leer waren. Nur eine war mit einer Tür versperrt. Die Tür passte nicht zu dem vergammelten Gemäuer, sie war offensichtlich nicht so alt. Ob der alte Schlüssel da passen würde? Er passte. Mit erheblichem Herzklopfen schloss er auf und zerrte die schwergängige Tür auf. Er leuchtete den Raum ab und wusste, hier war er richtig. Allerlei eisernes und hölzernes Gerät stand da herum oder hing an den Wänden. Fackelhalterungen, anderer Halterungen, vielleicht für Fesseln, diverse Arten von Werkbänken und Stühlen, ganze Sammlungen von Peitschen und Spießen und Schwertern. Ihn schauderte, er hatte genug gesehen. Kaum ließ er die Tür los, schloss sie sich kraftvoll, aber leise. Er hatte eine Gänsehaut. Natürlich war es kühl hier unten, aber das war nicht der Grund. Während sich allerlei schreckliche Bilder in seinem Kopf tummelten, arbeitete er sich den ganzen Weg zurück bis vor die Privat-Tür neben den Toiletten. Dann erst blieb er stehen, holte tief Luft und versuchte, sich zu beruhigen.

... nicht der Typ dafür, hatte die Barmaid gemeint. Vielleicht hatte sie doch recht gehabt? Hätte er auf sie hören sollen? Und doch, irgendwie hatte er das Gefühl, sie wollte ihn mit dieser Bemerkung nur erst recht aufstacheln. Und das war ihr gelungen. Jetzt stand er hier. Mitten in diesem Quest, was immer das war. Er hätte längst zuhause sein können. Ach.

Es war noch ein wenig zu früh für ein Abendessen, und er hatte auch keine Lust auf ein steifes Hotelrestaurant. Daher holte er sich seine Jacke aus dem Zimmer und lief in die Stadt zurück. Als erstes holte er sein Auto, um es auf dem Hotelparkplatz abzustellen. Zum zweiten Mal ging er in die Stadt, diesmal schon viel ruhiger, aber auch in deutlich besserer Laune. Die Stadt gefiel ihm sehr, die liebevoll dekorierten Schaufenster, die alten Häuserfronten, die kleinen Gärten und größeren Parks. Überall dazwischen reizvoll anzusehende Frauen und Mädchen, da rückte der bedrohliche Keller mit der mittelalterlichen Kammer in weite Ferne. Er schlenderte durch die alten Gassen und genoss alles, was es zu sehen gab. Hier war es gut, hier war es schön. Er fühlte sich wohl und beschloss, das Abendessen in der Sushi-Bar im Stadttor einzunehmen.

Nach dem großen gemischten Sushi-Sashimi-Teller und zwei Kännchen grünem Tee ging es ihm wunderbar. Beschwingt und bester Laune bummelte er durch die Fußgängerzone, die langsam ruhiger wurde. Nach Ladenschluss gingen viele Leute noch etwas essen, aber dann bald heim. Um neun war die Stadt schon gähnend leer. Jetzt noch ein Glas Wein, dachte er sich. Die Lokale rundum sahen jetzt nicht mehr sehr verlockend aus, die Kellner waren schon am Aufräumen, Stühle standen schon auf Tischen, hier und da wurde der Boden aufgewischt. Aber er wusste oberhalb der Kirche eine feine kleine Weinstube, die steuerte er an. Ob zufällig oder vom Unterbewusstsein gesteuert, jedenfalls geriet er in die Kirchgasse. Unwillkürlich suchte er die Schlüssellochstellen ab. Das einzig interessante, was es zu entdecken gab, war der Schlüssel, oder vielmehr das Fehlen des verklemmt gewesenen Schlüssels in dem hoch angebrachten Blechkasten. Der Kasten war zu, alles sah so unberührt aus wie vor seinen Aktionen.

Der Wein schmeckte ihm dann doch nicht so gut, vielleicht weil er noch den scharf-süßen Nachgeschmack des Wasabis auf der Zunge hatte? Nach einer halben Stunde zahlte er und machte sich auf in Richtung Hotel.

Ohne viel nachzudenken war er bis in sein Zimmer hinaufgekeucht, setzte sich auf das Bett und zog die Schuhe aus.

Und jetzt? Um Mitternacht sollte er hinunter gehen, in die Kammer. Der Gedanke behagte ihm gar nicht. Aber dafür war er doch hier. Nie wäre es ihm in den Sinn gekommen, in dieser Stadt zu übernachten, wenn es nicht sein musste, und schon gar nicht in diesem Hotel. Aber er hatte eine Aufgabe. Eine sich selbst eingebrockte Aufgabe. Da musste er doch jetzt durch. Oder? Konnte er einfach darauf pfeifen?

Ihm kam ein noch unbehaglicherer Gedanke. Was würden die – wer immer das eigentlich war – mit ihm machen, wenn er jetzt kniff? Sie schienen ja einiges über ihn zu wissen. Er wurde wohl überwacht. Dass ihm das nicht schon früher aufgefallen war. Zum Beispiel die Schlüsselrückgabe, die anscheinend ganz nach Plan verlaufen war, während er selber gemeint hatte, sie gründlich verpatzt zu haben. Und die Geschenkschachtel. Irgendwer beobachtete ihn genau. Auch heute Abend? Er war sich nicht überwacht vorgekommen, aber das hieß gar nichts. Wussten sie auch, was er heute Nachmittag im Keller gesehen hatte? Ihm wurde mulmig im Magen, und gleichzeitig konnte er nicht länger still sitzen. Ich muss hier raus, dachte er. Sofort. Schnell zog er die Schuhe wieder an und stürzte aus dem Zimmer. Die enge Stiege hinunter, dann das große Stiegenhaus. Auf dem Vorplatz des Hotels atmete er tief durch. Ich halte das nicht aus, sagte er sich. Er begann, stadtauswärts zu wandern. Bald war ihm kalt, denn er hatte seine Jacke vergessen, aber das war ihm gleich. Die Bewegung tat gut. Er begann zu joggen, bis er nicht mehr fror. Der Abstand der Straßenlaternen wurde größer. Bei der letzten Laterne drehe ich um, beschloss er.

Als er erschöpft, aber auch erleichtert in sein Zimmer zurückkam, fand er ein Paket auf seinem Kopfkissen. Zu seiner Verwunderung erschrak er nicht, fürchtete sich nicht, fühlte sich nicht schlecht, sondern nahm die neue Überraschung mit erheblicher Belustigung hin. Immerhin war jemand in seiner Abwesenheit in sein Zimmer eingedrungen. Er aber grinste amüsiert vor sich hin. Ein Liedchen pfeifend, öffnete er die Geschenkverpackung, im gleichen Stil wie die Pralinenschachtel heute Nachmittag. Die Schachtel, die etwas größer war als ein Schuhkarton, enthielt viel Stoff und einen Brief. Zuerst las er den Brief.

„An Herrn Ru Wolf!

Seien Sie exakt um Mitternacht in der Ihnen bekannten Kammer. Sie werden nichts tragen als nur das Gewand hier. Die Verantwortung für die Folgen jedweder Abweichung von den Anweisungen tragen Sie selbst. Viel Spaß, falls Sie welchen haben werden. Q"

Woher wissen die meinen Namen?, fragte er sich.

Unter dem Brief fand der Mann zwei Kleidungsstücke aus einem dünnen, satinartigen Material, nämlich eine dunkelrote Hose und eine lange, schwarze Jacke ohne Ärmel. Darunter lag noch ein Paar eleganter, flacher Halbschuhe. Größe 44.

Die wissen sogar meine Schuhgröße. Er zog ein Gesicht, doch musste er gleich wieder grinsen.

Und das soll ich heute, was heißt heute, nachher, in weniger als zwei Stunden, anziehen? Und nur das? Das wird ja immer lustiger. Und sonst nichts. Nichts? Was ist mit meiner Armbanduhr, meinem Taschenmesser, meiner Brille?

Seine Heiterkeit war ihm selber unheimlich. Warum bin ich plötzlich so obenauf? Keine Pillen genommen, kein Gras geraucht. Hat mir jemand heimlich Drogen verabreicht? Nie im Leben, er musste laut lachen, so komisch fand er die Idee.

Weil er sonst nichts zu tun hatte, holte er den anderen Zettel aus der Tasche, und verglich die Schrift. Es war natürlich von derselben Hand geschrieben. Er faltete beide sorgfältig zusammen und schob sie ins innere Seitenfach seiner Computer-Tasche. Anschließend ging er einen Stock tiefer auf die Toilette, wobei er einem Stubenmädchen begegnete, die scheu vor ihm zu Boden schaute. Er fühlte sich für einen Moment in ein früheres Jahrhundert versetzt.

Nachher machte er seine Abendtoilette, als ob er ins Bett gehen wollte. Doch statt dem Pyjama legte er das seltsame Gewand an. Die Hose ist ja witzig, kicherte er vor sich hin, der lange Eingriff lässt sich gar nicht schließen. Kein Zipp, keine Knöpfe. Wenn ich da eine Erektion kriege... Er sah sich im

Spiegel an. Komisch, komisch. Die Armbanduhr legte er auf den Nachttisch, der sicher eher zweihundert als hundert Jahre alt war. Den Schlüssel steckte er in die Westentasche, die einzige Tasche, die Hose hatte nichts dergleichen. Sein Messer und die anderen nützlichen Kleinigkeiten aus der Jeans ließ er ungern zurück, aber nun. Wenn die das verlangten. Nur die Brille, die musste sein. Auf die konnte er nicht verzichten. Sonst sehe ich das Schwert nicht einmal, mit dem mich der Folterknecht köpft, witzelte er unpassenderweise in sich hinein. Fünf vor zwölf.

Schlagartig verging die künstliche wirkende Heiterkeit. Jetzt wurde es ernst. Und er war wieder ernst. Ernst, aufmerksam, gespannt, neugierig, und fit. So fühlte er sich. Mehr als zwei Minuten brauchte er nicht bis in den Keller. Die Sekunden schlichen zuerst quälend langsam, dann furchterregend schnell dahin. Der Quest. Los jetzt!

Er sperrte sein Zimmer ab. Jetzt trug er beide Schlüssel im einzigen Täschchen, aber er konnte sie leicht unterscheiden.

Die Vorhalle des Hotels war erstaunlich voll, und er war so seltsam kostümiert. Vorsichtshalber hielt er die Jackenteile vorne unten zusammen. Ob der Ausdruck: sich keine Blöße geben, von solchen Hosen kommt? Und, warum sind um Mitternacht so viele Gäste unterwegs, fragte er sich, holte tief Luft, straffte sich. Und nichts wie durch, hoch aufgerichtet markierte er Selbstbewusstsein, das er jetzt nicht hatte, und erreichte den Vorraum der Toilettenanlage ohne Zwischenfälle, niemand hatte auch nur gekichert. Er öffnete die Privat-Tür zum Keller und bemerkte überrascht, das Licht war eingeschaltet. Freilich, eine schwache Funzel, aber immerhin. Er eilte die erste lange Treppe hinunter, zwang sich auf dem zweiten Teil zu einem langsameren, würdevolleren Schritt, und konnte trotz Atemtechnik und allen ihm bekannten Tricks zur Selbstbeherrschung doch nicht verhindern, dass sein Herz zu rasen und seine Ohren zu glühen begannen. Er öffnete die dreckige Tür in der Mitte des Ganges, dahinter war der nur noch mit zwei Fackeln beleuchtet. Willkommen im Mittelalter, versuchte er sich neuen Mut zu machen.

Schon stand er vor der Tür der Kammer. Er legte die Hand auf die Klinke, und zuckte zurück. Da schrie doch jemand. Da schrie jemand in höchster Not. Dazu laute, grobe Schreie und andere Geräusche, alles stark gedämpft von der stabilen Tür. Sollte er abhauen? Die letzte Gelegenheit. Jetzt oder nie.

Wer schrie da so furchtbar? War es seine Aufgabe, jemanden aus Todesnot zu retten? Der Quest. Das konnte alles oder nichts heißen. So eine Art Spiel, hatte die Schöne von der Bar gemeint. Also kein Spiel. Ernst?

Jetzt konnte er noch weglaufen. Kein Problem ist so groß, dass man nicht davor davonrennen kann, hatte mal jemand gesagt. Ein noch furchtbarerer Schrei zerriss die Nacht und sein Herz. Ich muss, dachte er. Entweder es ist ein Spiel, dann warum nicht, oder Ernst, dann wäre es feige, jetzt wegzulaufen. Jemanden im Stich zu lassen, und er hatte ein unbestimmtes Bild vor Augen von einer gemarterten Jungfrau, die ganz auf sein Eingreifen angewiesen war. Er als Drachenbezwinger? Lächerlich, dachte er, aber gut, schauen wir es uns an.

Seine Hand wollte sich partout nicht auf die Klinke legen lassen. Er kämpfte gegen seinen eigenen Arm an, und kam nicht weiter. Da gellte der dritte Schrei durch die Tür. Er packte den Griff und stemmte die schwergängige Tür auf.

Der Raum war rundum mit Fackeln beleuchtet, wie er es sich richtig vorgestellt hatte. Ganz hinten aber war noch helleres Licht, aus welcher Quelle blieb ihm verborgen, und das beleuchtete eine Art Thron. In der Mitte der Kammer kniete eine Frau auf dem Boden, umgeben von mehreren fürchterlich anzusehenden Männern in drohender Haltung. Die Frau war nackt, meinte er zu erkennen.

Er hatte aber keine Zeit, sich alles genau anzusehen, denn direkt neben ihm standen noch mehr von diesen Schlägertypen, riesige Muskelmänner, nur mit Lederhosen und Stiefeln bekleidet, und die packten ihn, rissen ihn von der Tür weg, und pressten ihn an die Wand. Bevor er irgendwie hätte protestieren können, war er schon mit eisernen Ketten an die nasskalte Mauer gefesselt. Das ist ja noch schlimmer als meine schlimmsten Phantasien, dachte er. Im nächsten Moment schrie er auf vor Schmerz, einer der Typen hatte ihm seinen Knüppel in die Rippen gestoßen, ein anderer hielt ihm ein langes Messer an die Kehle und schrie ihn an: „Halt's Maul, Fremder, sonst bist du hin!"

Er versuchte, sich nicht zu rühren, und nicht zu schreien, was bei dem Schmerz in den Rippen nicht einfach war. Da hörte er eine vornehm klingende Frauenstimme, die wohl zu der edlen Dame gehörte, die auf dem Thron auf der anderen Seite des Raumes saß.

„Harras! Du solltest dafür Sorge tragen, dass wir nicht gestört werden! Wer wagt es, unsere Verhandlung zu unterbrechen?"

Einer der Männer, wohl der, der Harras hieß, antwortete mit dröhnender Stimme: „Gräfin von Zeller, bitte untertänigst zu entschuldigen, der Fremde ist eingetroffen."

Die Gräfin entgegnete sarkastisch: „Der Fremde. Ach. Glaubst du, ich dulde eine Unterbrechung, nur weil der Fremde eintrifft? Er hätte schon längst da sein sollen." Sie hob einen silbern funkelnden Stab, deutete damit zur Seite und rief: „Perro! 10 Schläge für Harras, 5 Schläge für den Eindringling!" Ohne auf irgendeine Reaktion zu warten, drehte sie sich zu der Knienden und sprach in schneidend kaltem Ton: „Elende, jetzt wird sich dein Schicksal entscheiden. Kopf oder Zahl. Aber wir werden keine Münze brauchen. Die Zeit der Erfüllung ist nahe!"

Was redet die für ein klischeehaftes Zeug zusammen, dachte der Mann. Wo sie das wohl her hat. Der müsste man mal... Weiter kam er nicht. Er wurde brutal von der rechten Kette getrennt, mit dem Gesicht zur Wand gedreht und schon spürte er einen mächtigen Schlag auf seinen Rücken. Er schrie entsetzt auf, hörte aber hinter sich einen weiteren Schlag, der wohl Harras' Rücken galt. Noch vier Schläge und noch viermal schrie er auf. Dabei übertrieb er ein wenig, denn so schlimm waren die Schläge gar nicht. Er bezweifelte, dass überhaupt irgendwelche Striemen zurückbleiben würden. Das einzige, was wirklich weh tat, war seine Nase, die er sich beim Umgedrehtwerden, noch vor dem ersten Treffer, an der Wand angehauen hatte.

Jetzt wurde er zurückgezerrt und wieder angekettet. Er konnte nun zuschauen, wie Harras, ein paar Meter neben der Frau mit dem Gesicht nach unten auf dem Boden liegend, von einem anderen Folterknecht mit einem schweren Gürtel auf den Rücken gepeitscht wurde. Bei ihm ging das nicht so glimpflich ab, es war trotz des schlechten Lichtes zu erkennen, wie jedesmal mehr Blut den Rücken herunterrann. Dem Mann, der hier „der Fremde" genannt wurde, rannen dafür eiskalte Schauer den Rücken hinunter, obwohl seine Schläge immerhin ganz ordentlich brannten.

Die Gräfin blickte auf die Frau, oder war das ein Mädchen, der Mann konnte sie nur von hinten sehen, ein wunderbar rund geformtes Hinterteil, schmale Taille, ein schlanker Rücken, starke Schultern und Arme, und eine lange, blonde Mähne. Die Beine konnte er schlecht erkennen, sie hatte ihren Po fast auf die Fersen gelegt. Er spürte, wie sich sein Schwanz ausdehnte. Ruhig, bleib ein braver Pimmel, beschwor er sein Geschlecht, sonst würde es sich aufstellen und aus der offenen Hose ragen. Es funktionierte. Er gab sich, sozusagen, keine Blöße.

„Also weiter. Kommen wir zu der entscheidenden Frage. Bekennst du dich schuldig, elende Schlampe, das Geheimnis des Zellerbundes verraten zu haben, und für läppische einhundert verkauft zu haben?"

Dem Mann wurde heiß. War das Mädchen da vorne etwa – ? War das die Bardame? Ellen? Eine Hitzewelle durchflutete sein Hirn. Bevor er irgendeinen Gedanken fassen konnte, hörte er sich selber schreien: „Ellen!" Eine Zehntelsekunde später bekam er einen harten Schlag ins Gesicht. Eine Stimme dröhnte: „Schweig! Unwürdiger Fremder! Schweig!" und übertönte seinen Aufschrei. Er fühlte warmes Blut über die untere Hälfte seines Gesichtes rinnen.

Die Gräfin herrschte die Kniende an: „Antworte, elende Schlampe! Soll ich dir den Mund öffnen lassen?" Schon eilte ein Mann herbei und holte mit einer geflochtenen Lederpeitsche aus.

„Nein!" Gellte der Mann durch den Keller. Sofort fing er sich die nächste Maulschelle. Die Peitsche sauste auf den Rücken des Mädchens, das keinen Laut von sich gab.

Der Mann sah alles wie durch einen Schleier. Tränen oder Blut, einerlei. Was für eine Situation. Ihm tat das Mädchen leid, und er fragte sich, inwieweit er selber an dem allen die Schuld trug. Oder war das alles ein Schauspiel, für ihn arrangiert? Der dominante, gefühlsbestimmte Teil seiner selbst konnte das nicht recht glauben. Das Blut war echt, keine Frage, er schmeckte es im Mund.

Da hörte er eine zaghafte, aber rauchige Stimme „Nicht schuldig!" sprechen. Eindeutig, das war Ellen aus der Bar. Wenn er nicht gefesselt gewesen wäre, wie gerne wäre er ihr zur Seite gesprungen. Nur sein geschrumpfter rationaler Teil, der meinte, erstens würde das nichts bringen, bei der Übermacht an starken Männern, und zweitens wäre es ohnehin überflüssig, weil alles nur ein abgechartetes Spiel war. Aber dieser Teil konnte sich momentan so gar nicht durchsetzen.

Die Gräfin schien zu erstarren. Ihre eiskalte Wut war quer durch die große Kammer bis zu ihm hin zu spüren. Nach einer furchterregenden Pause, niemand hatte es gewagt, sich zu rühren, sprach sie grausam:

„Jetzt ist es sicher. Nicht einmal die mindernden Umstände für ein Geständnis. – Das Urteil ist eindeutig. Die Schlampe wird hingerichtet, durch das Schafott." Sie unterstrich die Endgültigkeit der Verkündung durch ein lautstarkes Aufschlagen des silbernen Stabes auf die Armlehne des Thrones.

Ein Raunen ging durch die versammelten Männer, wobei es dem Fremden nicht klar wurde, ob das Entsetzen oder Vorfreude auf das schreckliche Schauspiel bedeutete.

Die Gräfin hob die Hand mit dem glänzenden Stab. Sofort kehrte absolute Stille ein. Sie sprach leise:

„Es sei denn. Es ist eine alte Regel in unseren Gebräuchen, wenn eine abscheuliche Verbrecherin verurteilt wurde, kann sie von einem Fremden begnadigt werden."

Die Männer zischten, raunten, johlten, scharrten mit ihren Stiefeln. Die Gräfin brachte sie erneut mit ihrem Stab zum Schweigen.

„Der Fremde ist gerade noch rechtzeitig eingetroffen. Bringt ihn zu mir!"

Mit äußerst groben Griffen wurde der Mann abgekettet, und an den Armen gepackt. Er wurde so brutal vorwärts gezerrt, dass er sicher war, er würde nicht nur blaue Flecken, sondern auch Platzwunden davontragen. Falls er hier überhaupt irgendwie lebendig herauskam. Im großen Bogen wurde er um die Kniende herumgeführt, bis unmittelbar vor den reichverzierten, hölzernen Thron. Man trat ihm fest von hinten in die Beine, so dass er automatisch auf die Knie niederging, mit schmerzverzerrtem Gesicht.

„Fremder!" Die Gräfin sah ihn an. Sie war höchstens vierzig, dachte er, dabei hatte er mit einem vielhundertjährigen Geist gerechnet. „Es steht ihm nicht zu, mir ins Gesicht zu schauen." Er brauchte einen Moment, um zu begreifen, sie meinte ihn mit der dritten Person. Er sah an ihr herunter, und das nicht ungern. Ihr wohlgeformter Körper war nur von einem Hauch von durchsichtigem Chiffon bedeckt, wobei bedeckt das falsche Wort ist, denn es war alles so gut zu erkennen, als wäre sie nackt. Und sie war schön.

Die Gräfin begann noch einmal: „Fremder! Die verfluchte Schlampe wurde soeben für ihre Vergehen zum verdienten Tode verurteilt. Das Urteil wird sofort vollstreckt werden. Wir haben allerdings von Alters her eine Regel, nach der ein Fremder die Möglichkeit hat, eine Strafe aufzuheben. Will er das auf sich nehmen? Antworte er. Ich höre." Sie lehnte sich zurück, mit der freien Hand über den silbrigen Stab streichend. Da erkannte der Mann, der Stab war wie ein Phallus geformt.

Er fühlte eine Erregung aufkommen, wie er da vor der nahezu nackten Gräfin kniete, die eine Art überdimensionalen Dildo liebkoste. Da konnte er nichts dagegen machen, sein Glied richtete sich auf und zeigte sich in voller Länge aus dem Hosenschlitz ragend.

Dabei sollte er antworten. Aber was? Worauf ließ er sich da ein? Am Ende sollte er sich für die Dame opfern? So gerne er die Ellen hatte, so wenig war ihm nach Selbstaufopferung zu Mute.

„Hmm. Also. Na ja, ich weiß ja nicht. Ich meine..." All sein Blut schien sich in sein Geschlecht verzogen zu haben, sein Kopf war dumpf und blöde.

Die Gräfin bekam einen etwas weniger bösen Gesichtsausdruck, als ihr Blick auf seine Hose fiel, aber sie sagte trotzdem schneidend:

„Er soll mich nicht hinhalten! Antworte er!"

Ja, ja, aber was? Wie gerne hätte er gleich geantwortet, nur um sie zufrieden zu stellen, aber wie denn? Eine ferne Meta-Ebene in ihm wunderte sich, wie er eine so perfekte Mattscheibe haben konnte.

Endlich traute er sich zu fragen: „Gräfin, was soll ich denn tun, um sie zu retten?"

Die Gräfin hob eine Augenbraue und antwortete gedehnt: „Ah. Eine sachliche Frage. Was soll er tun? Wir werden ihm schon sagen, was er zu tun hat. Nun?"

Das erklärte gar nichts, er war so schlau wie zuvor. Aber seine Erektion beruhigte sich ein wenig und seine Denkfähigkeit kam zurück.

Er rief: „Ich kann doch nicht entscheiden, wenn ich nicht weiß, was ich da für Alternativen habe!"

Die Gräfin hob nur ihren Stab ein wenig, sofort schnalzte eine Peitsche oder so etwas ähnliches auf seinen Rücken. Er zuckte zusammen, unterdrückte aber jeden Laut.

„Vielleicht lernt er sich zu benehmen, bevor es zu spät ist", fauchte die Gräfin böse. „Antworte er! Sonst wird sie geköpft. Meine Geduld ist erschöpft. Genug Gerede. Ich will Taten sehen." Und sie schlug ihren Stab noch einmal auf die hölzerne Armlehne, dass es dumpf hallte in der Kammer.

Also blieb ihm nichts anderes übrig. Er raffte den letzten Rest Mut zusammen und rief schnell:

„Nein! Nicht köpfen. Ich will tun, was nötig ist."

Die Gräfin rieb sich das Ende des Stabes genüsslich zwischen Bauch und Beinen entlang, und gurrte:

„Na also. Warum nicht gleich. Ich werde ihn jetzt in unsere alte Tradition einweihen." Damit stand sie auf. Im Stehen sah sie noch schöner aus, und der Stoff noch durchsichtiger. Sie hob den Stab und rief:

„Holt den Tisch!"

Ein paar Männer schoben eilig einen niedrigen Tisch herbei. Ohne weitere Kommandos wurde das Mädchen auf den Tisch gezerrt, und an Händen und Füßen an die vier Tischbeine gefesselt.

„Stehe er auf!", sprach die Gräfin zu dem Mann. Als er stand, legte sie ihm ihre Hände auf die Schulter und schob ihn auf den Tisch zu.

„Hier liegt deine Aufgabe. Nur ein Akt der Liebe kann diese Schlampe retten. Du weißt, was du zu tun hast."

Die Gräfin zog sich ein paar Schritte zurück. Dem Mann wurde fast schlecht. Sollte er jetzt diese Frau vergewaltigen? Anders waren die Worte der Gräfin wohl kaum zu verstehen. Aber er war doch nicht hier, um ein Verbrechen zu begehen. Das seltsame Spiel ging eindeutig zu weit.

Da lag Ellen vor ihm, wunderschön, er hätte sie stundenlang bewundern können. Nur war er nicht zum Bewundern hier.

Seine Gedanken rasten wie verrückt, dann konnte er gar nicht mehr denken. Schon war er direkt bei dem Tisch, schon beugte er sich über die Liegende. Die Männer waren verschwunden, jedenfalls konnte er niemanden mehr erblicken, als er sich umsah. Nur die Gräfin, die saß wieder in ihrem Thron.

„Ellen!", flüsterte er.

„Komm! Rette mich!", raunte sie kaum hörbar.

Was war das? Wollte sie etwa? War das gar keine Vergewaltigung, was hier anstand?

Er kletterte auf den Tisch, beugte sich ganz über sie, ohne sie zu berühren.

„Aber", er verstand nichts mehr, am wenigsten sich selbst, „aber, ich kann jetzt nicht, nicht so. Was soll das alles? Ich kann dich doch nicht jetzt, hier, in dieser Kammer, vor der Gräfin..."

„Warum denn nicht, mein Dummerchen? Komm nur her, komm zu mir, mach es mir, komm mein Lieber, komm..."

Er liebte sie für ihren gierigen Blick. Aber...

„Ich kann nicht, du spürst ja dass da nichts ist, es geht nicht.

So nicht."

Sie grinste ganz kurz, dann wurde sie wieder ernst und hauchte:

„Leg dich auf mich und hab ein wenig Geduld. Es wird schon. Ich spüre dich schon. Ah ja. Ah."

———

Am nächsten Morgen erwachte der Mann und blickte gegen die alten Dachbalken. Wo bin ich? fragte er sich. Langsam kam die Erinnerung. Das Hotel. Die Kleinstadt. Die Kirchgasse. Die Bar. Der Quest. Ellen.

Ellen!

Was war mit Ellen geschehen?

Er konnte sich schlecht erinnern. Da war diese Verhandlung gewesen, die Gräfin, die eiskalte Schönheit. Und er hatte... Nein! Doch. Er hatte mit Ellen. Er hatte es mit ihr getrieben, vor den Augen der Gräfin. Unglaublich. Wie konnte er nur. Er begann sich zu schämen.

Aber nur ein Teil seiner selbst. Ein anderer fand das ganz in Ordnung. Sie hatte das doch gewollt. Überhaupt. Sie, Ellen, hatte ja wohl am allerwengisten ein Recht auf Unzufriedenheit. Hatte sie nicht all das eingefädelt?

Und außerdem, war es nicht ein feiner Fick gewesen, nach dem etwas mühsamen Anfang? Und, hatte er nicht im Grunde schon vor zwei Monaten mit dieser Frau ins Bett gewollt?

Langsam kam er mit sich ins Reine, und seine übliche gute Laune stellte sich wieder ein. Auch sein Verstand und seine Selbstbeobachtung kamen auf Touren. Er bemerkte, er war nackt, sein Pyjama lag zusammengefaltet auf dem Nachttisch. Das rotschwarze Gewand war nirgends zu sehen. Sein Rücken schmerzte, und noch mehr sein Gesicht, vor allem die Nase. Er stand auf, machte ein wenig Gymnastik, und ging sich waschen. Als er sein Gesicht im Spiegel erblickte, erschrak er. War das er, der ihn da ansah? Dieses blutverkrustete, geschwollene Gesicht mit der Knollennase und dem blauen Auge? Vorsichtig machte er sich sauber, legte sich eine Zeit lang ein mit kaltem Wasser getränktes Handtuch auf, bis er sich einigermaßen wiederhergestellt fühlte. Er zog sich an. Dabei spürte er seinen Rücken. Ach ja, da hatte er auch einiges abbekommen. Geträumt hatte er die Ereignisse der Nacht jedenfalls nicht. Er packte seine Sachen zusammen, sein kleines Waschzeug steckte er in die Computertasche. Da entdeckte er, die beiden Zettel mit den Quest-Anweisungen waren verschwunden!

Auf ein Frühstück im Hotel würde er verzichten, nicht nur wegen seinem blauen Auge, er wollte auch die Ausgabe sparen. Er ging gleich zur Rezeption, um zu bezahlen. Da erfuhr er erstaunt, die Rechnung wäre schon beglichen, und ob er nicht sein Frühstück einnehmen wolle, das sei auch gezahlt? Na gut, wenn es mich nichts kostet, dachte er, dann meinetwegen. Er fand das Croissant dann so gut, dass er noch ein zweites und ein drittes nahm, mit dem Kaffee war er weniger zufrieden. Aber es gab ja auch Tee. Von dem großen Glas mit Erdbeermarmelade blieb nicht viel übrig, als er satt und zufrieden aufstand. Das Auto ließ er stehen, lieber lief er ein weiteres Mal den Fußweg in die Stadt. Er hatte es sich nicht eingestanden, aber es war klar, wohin seine Füße ihn trugen. Zuerst schnell, die letzten Meter immer langsamer und unsicherer.

Zögernd öffnete er die Tür zu der kleinen Bar. Niemand stand hinter der Theke. Unelegant stolperte er durch den Raum, setzte sich auf einen Hocker an den Tresen. Kein Gast im Raum, keine Bedienung. Niemand.

Er wartete. Er räusperte sich. Nichts geschah.

Tausend Fragen sprudelten ihm durch den Kopf, die er Ellen an den Kopf werfen wollte. Was das alles sollte, warum sie ihm nicht vorher erklärt hatte, worum es ging, warum all die grausamen Dinge sein mussten, ob sie das nicht alles ganz anders hätte machen können, wer eigentlich die Gräfin wirklich war, wie diese Abende sonst abliefen, wie sich die anderen Opfer oder Gäste oder Kunden verhielten, ob sie wirklich mit ihm schlafen gewollt hatte, ob es ihr gefallen habe, was sie gemacht hätten wenn er abgehauen wäre mittendrin, ob die sie wirklich geschlagen hätten, ob sie verletzt war, und so weiter und so fort. Da hörte er etwas rumoren. Und nach ein paar Augenblicken kam Ellen aus dem hinteren Raum. Sie sah müde aus, war dick geschminkt, und trug ein hochgeschlossenes, langärmliges Shirt. Hatte sie Striemen auf den Armen?

Sie sah ihn an, ohne zu Lächeln. „Guten Morgen. Möchten Sie etwas trinken? Einen Cappuccino?"

Reichlich förmlich, wenn man bedenkt, was wir vor zehn Stunden miteinander gemacht haben, dachte er. Er wollte antworten, wollte seine Fragen über sie ausschütten, wollte seine Vorwürfe herausschreien, aber ein Kloß schnürte ihm die Kehle zu. Er konnte gar nichts sagen. Er nickte stumm. Einen Cappuccino, das kann nicht falsch sein.

Er starrte sie an, während sie ohne Enthusiasmus die Maschine bediente und den Café herrichtete. „Bitte sehr!" Sie stellte ihm die Tasse hin, räumte ein wenig herum und verschwand nach hinten.

Der Mann war tief enttäuscht. So hatte er sich das Wiedersehen nach der Nacht nicht vorgestellt. Was war mit ihr? War sie ihm böse? Dafür konnte er sich keinen Grund denken, allzu genau erinnerte er sich an ihr zärtliches, befriedigtes Gesicht nach dem Liebesakt.

Er schlürfte seinen Café, der immerhin wunderbar schmeckte, und seine Stimmung ein wenig aufbesserte. Ellen blieb verborgen. Jetzt wäre ein Pastis recht, aber er musste heute Auto fahren, da trank er lieber keinen Alkohol.

Als sie endlich wieder zurückkam, nahm er seinen Mut zusammen und fragte sie:

„Hey, können wir nicht ein bisschen miteinander reden? Nach der Nacht. Ich weiß nicht recht, was ich denken soll."

Sie tat erstaunt: „Nach der Nacht? Wie meinen Sie das?"

„Na ja, wir beide, ich meine, das war doch schon sehr seltsam alles..."

„Wieso seltsam. Lang war die Nacht, aber das kommt oft vor, bis um zwei sind die letzten Gäste hier herumgehangen, und ich hatte alleine Dienst. Das ist freitags immer so. Dafür habe ich heute nur bis Mittag, dann übernimmt der Chef."

„Was? Wieso bis zwei? Ich verstehe nicht. Du warst doch um Mitternacht im Hotel, du warst doch, du hast doch, mit mir..."

„Keine Ahnung, wovon Sie da reden. Was für ein Hotel? Das

ist eine einfache Café-Bar, kein Hotel."

Der Mann rief verzweifelt mit kippender Stimme: „Das Zeller Hotel! Die Kammer! Warum versteckst du deine Arme? Damit man deine Kratzer nicht sieht? Bist du okay?"

Sie beugte sich zu ihm vor und beschwor ihn leise, aber eindringlich:

„Ich war hier, in der Bar, und es waren viele Gäste da. Seien Sie doch vorsichtig, was Sie sagen. Da sind gerade zwei Männer hereingekommen. Schluss mit dem Thema." Sie richtete sich auf, sah ihn noch einmal streng an und eilte zu den neuen Gästen.

Der Mann war irritiert. Sie war nicht im Hotel gewesen? Das war doch eindeutig gelogen. Er konnte sich nicht täuschen. Sie war sie. Ellen. Da war keine Verwechslung möglich. Warum stritt sie das ab? War es ihr unangenehm, daran zu denken? Oder, musste sie sich verstellen? Wurden sie beobachtet?

Ellen kam zurück und richtete ein Tablett mit zwei Bier und zwei Schnäpsen her. Die fingen den Tag gut an, dachte er, alte Säcke. Er war sauer und ließ seine Wut an den Gästen aus, zum Glück nur innerlich. Als Ellen die Getränke serviert hatte, holte er sein Geld heraus, um zu zahlen. „Zahlen!", knurrte er.

„Zweivierzig." Sie streckte die Hand aus. Er reichte ihr den kleinsten Schein hin: „Stimmt so."

Sie lächelte zum ersten Mal heute. „Danke, sehr nett", murmelte sie, und ihn durchzuckte ein elektrischer Schlag, weil sie beim Annehmen des Geldes flüchtig und doch weit intensiver als nötig über seine Hand strich. Diese winzige Zärtlichkeit hatte er jetzt nicht mehr erwartet, und sein Herz begann zu hüpfen. Seine Stimmung sprang vom untersten Kellerverlies ins oberste Turmzimmer. Sie hat mich berührt!

Hier ging etwas vor, wenn er auch keine Ahnung hatte, was das genau war. Und, sie war ihm nicht böse. Das war ihm das Wichtigste. Also musste sie sich wohl so verstellen. Sie wurde von irgendwem gezwungen, sich zurückzuhalten. Dann sollte er auch auf sich aufpassen.

Er blieb noch einen Moment sitzen.

Da beugte sie sich noch einmal zu ihm her. Mit unergründlichem Blick und rauchiger Stimme kehrte sie zum Du zurück: „Und wenn du mal wieder freundlich sein willst – und – du weißt schon – „„ dabei deutete sie mit dem Kopf hinter sich, wo der gelbe Aufkleber hing, „in zwei Wochen kannst du den nächsten Schlüssel haben. Der zweite Quest."

Es schnürte ihm die Kehle zu. Der zweite Quest.

In zwei Wochen.

Sie lief geschäftig zu den eben eingetretenen Kunden, eine vielköpfige Familie machte es sich lautstark an den Tischen gemütlich.

Er hatte noch so viele Fragen. Er wollte noch so viel wissen. Aber er wusste, Ellen würde nichts sagen. Sie würde schweigen, oder sich herausreden, oder ihm den Mund verbieten.

Ellen. Er seufzte.

Er stand auf und holte seine Jacke vom Garderobenständer. Ellen ging knapp an ihm vorbei, zischte ihm zu: „Bring zweihundert mit." Zwei Schritte weiter drehte sie sich noch einmal nach ihm um und sandte ihm einen Blick, der sein Blut zum Kochen brachte. Benommen sah er ihr nach, wie sie zur Theke zurücklief, fast tänzelnd, mit ihrem alten Schwung.

Nicht mal die kühle Luft draußen machte ihn nüchtern.

Voller Bedenken, Ängste, Vorfreude, Begierde und anderer starker Gefühle schlenderte er zum Parkplatz.

Unkonzentriert fuhr er nach Hause.

Wer ficken will, muss freundlich sein.

Zuhause angekommen holte er seinen Terminkalender. In dem Feld für den übernächsten Freitag notierte er ein dickes „Q2".

Februar 2009

Das Meer

Dritter November.

Das große Auto stand zwischen hohen Hecken, keine zweihundert Meter vom Felsenufer entfernt. Sie stiegen aus. Der Himmel war grau, der Wind trieb die niedrigen, dicken Wolken landeinwärts. Die Frau zog ihre Kapuze über den Kopf und schloß alle Reiß- und Klettverschlüsse ihrer Regenjacke sorgfältig. Der Mann setzte sein dickes Stirnband auf und zippte den unteren Teil seiner langen Hose ab. Die Frau warf ihm einen Blick zu, gleichzeitig zärtlich und voller Tatendrang. Allein für diesen Blick hätte er sich in sie verlieben können. Er nahm seine kleine Kamera aus der Tasche und wickelte sie in ein großes Handtuch. Das klemmte er sich unter den Arm.

Sie nahmen sich an der Hand und stapften los, gegen den heftigen Wind gebeugt. Sandige Dünen, stupfiges Strandgras. Vor sich große, runde Felsen, zu bizarren Figuren aufgetürmt. Der Mann bekam Herzklopfen. Hier war es. Hier waren sie richtig. Er konnte sich jetzt wieder erinnern.

Vorher, im Auto, hatten sie eine Weile nach dem versteckten Parkplatz gesucht. Ein Parkplatz für hundert Autos, doch sie waren jetzt die einzigen weit und breit. Niemand sonst hier, nicht um diese Zeit.

Auf dem Hügel da oben, da musste doch diese alte Steinhütte stehen. Ach ja, da war sie schon. Von der Hütte aus war in früheren Jahrhunderten die Küste überwacht worden. Jetzt diente sie Touristen und Liebespaaren als Schutz.

Aber er wollte nicht zu der Hütte. Er drückte die Hand der Frau fester. Gleich. Auf dem Pfad, auf halber Höhe, links herum. So hatte er es in Erinnerung.

Sie kamen um die Ecke.

Da standen sie vor dem Vogel.

Ein riesiger Vogel, drei Meter hoch und fünf Meter lang, ganz aus Stein. Eigentlich war es nur eine eigentümliche Felsformation, die da auf einem ganz unwahrscheinlich dünnen „Bein" auf einer großen Felsplatte balancierte. In der Form eines abstrahierten Vogels. Immer wieder wunderbar anzuschauen. Unter seinem „Bauch" und seinem „Schwanz" konnten sie ins Meer hinuntersehen, wie es da dreißig Meter weiter gegen die Felsen brandete. Manchmal spritzte die Gischt bis zu ihnen herüber.

Und rechts vom Vogel.

Eine Halbdrehung nach rechts, drei Schritte nach vorne. Rechts der Hügel, wo die Hütte drauf stand. Links der Vogel und das Meer.

Vor sich aber.

Vor ihnen hörte der Pfad unvermittelt auf. Sie hätten natürlich die Felsen hinunterklettern können, das war nicht so schwierig. Aber es war nicht nötig. Sie brauchten nur stehen bleiben. Und schauen.

Vor ihnen.

Der heilige Schrein der Bretagne.

So hatte der Mann diesen zweifamilienhausgroßen Felsen genannt.

Der Schrein.

Bei jedem Besuch musste er hier her kommen.

Der Anblick dieses Steines beeindruckte ihn tief.

Andächtig stand er da und schaute.

Diese faltigen Formen. Oben drauf, deutlich abgesetzt, ein kubischer Kopfteil, in der Größe eines Autos.

Der Schrein sah ihn an. Er spürte, der Schrein bemerkte seine Anwesenheit.

„Ich bin wieder da", dachte der Mann.

Seine Frau stand neben ihm. Auch sie mochte den Platz, den Anblick, aber sie fühlte nicht diese tiefe Andacht so wie er. Sie wartete geduldig, bis er sich losreißen konnte. Ohne zu sprechen, kehrten sie um und gingen den Pfad zurück.

Da gab es eine Kreuzung, sie folgten dem Weg nach rechts. Der führte wieder durch Sanddünen und Gras nach fünfzig Metern sanft hinunter zum Sandstrand, der sich von hier nach Westen erstreckte. Auch im Sandstrand lagen und standen große Felsen, die nur bei Flut im Wasser verschwanden. Jetzt war der Wasserstand niedriger. Ganz weit vorne sahen sie einen winzig aussehenden Menschen, um den ein noch winzigeres Pünktchen herumflitzte, sicher ein ausgelassen herumtollender Hund. Ansonsten waren sie allein.

Bei einem der flach daliegenden Felsen angekommen, sahen sich die beiden an.

„Wirklich? Du willst?", fragte die Frau skeptisch dreinblickend.

„Aber ja. Das könnte ich mir nie verzeihen, sonst", antwortete der Mann.

Schnell zog er sich aus, legte seine Kleider auf den Stein. Das Handtuch obenauf. Die Kamera drückte er der Frau in die Hand.

„Mach ein paar Bilder, zur Dokumentation."

Er lief, nur seinen winzigen Tanga tragend, über den kalten, festen Sand zum Wasser, dabei bewusst ganz tief atmend. Der Sand fühlte sich wirklich wie Eis an, so kalt und so hart. Am Wasser angekommen, blieb er schnaufend stehen. Langsam atmete er ein, so tief er konnte, langsam wieder aus. Drei-, vier-, fünfmal.

Er schritt vorsichtig in das dunkel-durchsichtige Wasser. Als er bis zu den Knöcheln im Wasser war, wäre er fast umgekehrt. Der Wind war so kalt. Das Außenthermometer im Auto hatte acht Grad angezeigt.

Nein, er würde nicht umkehren. Er ging weiter, da kam eine Welle und spritzte ihn bis über die Knie nass. Jetzt erst recht. Als er mit den Oberschenkeln schon unter Wasser war, kam eine größere Welle. Er hüpfte ein wenig, trotzdem schwappte das Wasser bis zu seiner Brust. Unangenehm war es im ersten Moment nur an den Seiten und am Rücken. Auf den Lippen spürte er den salzigen Geschmack des Ozeans. Ahh.

Mit schnellen Bewegungen stürzte er sich vorwärts und schwamm ein paar Züge, drehte sich auf den Rücken, planschte mit Beinen und Armen zugleich. Er winkte der Frau, die mit der Kamera in der Hand am Ufer stand. Er hätte ihr gerne zugerufen, komm doch auch, es ist herrlich, aber das Meer und der Wind waren viel zu laut. Jetzt fühlte er sich richtig wohl im Wasser. Ihm war nicht mehr kalt. Er schwamm noch ein Stück, dann kehrte er um und stolperte aus dem Wasser, fühlte sich als Sieger. Puh, war die Luft kalt. Erst jetzt wurde ihm klar, der Atlantik war viel wärmer als die Luft.

Er lief so schnell er konnte über den harten Sand zu der Frau.

„Na, du strahlst ja. War wohl schön?", fragte sie, „Ich gehe auch rein."

Er nahm die Kamera, half ihr beim Ausziehen. Es war niemand zu sehen, sie waren allein, aber sie wollte ihren Badeanzug anziehen.

Einen Moment später war sie schon auf dem Weg zum Wasser. Wie sie aussieht, dachte er. Das Licht. Das Meer. Die Frau. Ich liebe sie.

Beinahe hätte er vergessen zu fotografieren. Gerade rechtzeitig fiel es ihm ein. Der Sand hell-beige. Der Himmel nachtschwarz. Das Meer leuchtete hell türkis. Was für eine Stimmung. Was für ein Licht.

Die Frau stapfte unerschütterlich durch die Gischt. Gerade verschwanden ihre langen, herrlichen Beine im grün leuchtenden Wasser, eine weiße Schaumkrone kam dahergesprudelt. Der Himmel war so unglaublich schwarz. Der Wind wurde noch heftiger, wurde zum Sturm. Da schoss dem Mann der Gedanke „Ein Gewitter!" durch den Kopf. Er knipste, so schnell die Kamera es zuließ, und schon kamen dicke Regentropfen heruntergeprasselt. Schnell schob der Mann die Kamera unter seine zusammengelegte Hose. Breitete das Handtuch über ihre Kleidung. Sah zum Meer.

Die tosenden Elemente.

Blitze zuckten über den schwarzen Himmel. Riesige Wassertropfen und kleine Hagelkörner schossen ihm fast waagrecht entgegen, schmerzten auf der kalten Haut. Das Meer leuchtete so hell, als wäre eine magische Unterwasserbeleuchtung eingeschaltet worden. Der Sand sah durch den Wolkenbruch jetzt eher stumpf aus.

Und in all dem Aufruhr – die Frau. Mit gleichmäßigen Zügen schwamm sie hinaus. Wirkte mindestens ebenso unerschütterlich wie die großen Felsgruppen, die sich von hier bis weit draußen vor der Küste erstreckten.

Dann kehrte sie um. Mit kräftigen Bewegungen kam sie näher,

und schritt stolz aus dem Wasser. Der Hagel hatte aufgehört, der Regen war schwächer geworden. Schnell kam sie zum Felsen, der Mann hielt ihr das Handtuch hin. Hastig zog sie den Badeanzug aus, die Wäsche an, die dabei nicht trocken bleiben konnte, der Wind ließ das Wasser überall hin sprühen. Hose und Sweatshirt, Regenjacke. Auch der Mann zog die kurze Hose drüber und seine T-Shirts, die Regenjacke. Da prasselte schlagartig der Regen erneut mit voller Kraft los, heftiger noch als zuvor. Nahm die Sicht, wie dicker Nebel.

„Zum Auto, schnell!", schrie der Mann der neben ihm stehenden Frau zu, war sich aber nicht sicher, ob sie ihn hören konnte, so laut brüllten der Sturm, die Brandung, der Donner.

Sie nahmen ihre Schuhe und die anderen Sachen in die Hand und rannten los.

Der Weg kam ihnen jetzt reichlich lang vor. Die Steine und das spitze Gras spürten sie kaum noch. Der Wind trieb sie vor sich her.

Kurz vor der Hecke mussten sie noch durch Glasscherben. Aber keiner der beiden konnte darauf Rücksicht nehmen, nur weiter, nur weiter, da vorne musste doch das Auto stehen.

Das Auto stand da, ungerührt. Sie warfen sich hinein, schlugen die Türen zu, sofort waren die Scheiben beschlagen.

Sie schnauften tief durch, dann sahen sie sich an. Lachten sich an.

„Was wir für Sachen machen." Sahen sich ernster an. Küssten sich.

Dann brachten sie, so gut es ging, ihre Kleider in Ordnung, verstauten die nassen Regenjacken, zogen die Schuhe an. Der Mann startete den Motor und stellte die Heizung auf höchste Stufe. Seine rechte Hand lag bald auf ihrem Schenkel, der sich noch ziemlich kühl anfühlte.

Beide waren bester Stimmung. Baden im Atlantik. Luft acht Grad, Wasser vierzehn Grad. Was für ein Fest für alle Sinne.

Der Mann bedauerte, von hier den Schrein nicht sehen zu können. Aber es hätte auch nichts genutzt, momentan war gar nichts zu sehen. Als die Lüftung die Scheibe innen halbwegs klar gekriegt hatte, und der Scheibenwischer eingeschaltet war, fuhren sie los.

„Hmm, war das schön." Der Mann drückte der Frau das Bein, voller Zärtlichkeit.

„Das glaubt uns daheim keiner", sprach die Frau.

„Meinst du? Wir haben ja die Fotos."

„Stimmt. – Jetzt haben wir uns einen café au lait verdient, meinst du nicht?"

„Au fein. Fahren wir nach Cléder hinein, da finden wir sicher eine Bar."

Später dann ein prickelndes Liebesfest in einem feinen kleinen französichen Hotel...

November 2004

Die Rose

Nachdem sich der Wohnungsschlüssel doch gefunden hat, gehen die beiden hinüber. Er dreht gleich mal im Bad das warme Wasser auf, sie spielt mit ihrem Mobiltelefon, bis er ruft das Wasser sei gleich fertig. Er legt seine Kleider im Flur ab, und steigt prüfend in die Badewanne. Fast ein bisschen kühl, er dreht das noch immer laufende Wasser auf heiß. Sie erscheint, schon ganz nackt, und strahlt ihn an. Er rührt um und dreht den Hahn ab. Komm nur, wie findest du den Duft? Er hat Totes-Meer-Salz mit Rosenextrakt ausgewählt, dazu ein wenig von der Meeresalgenmischung und einen Rosenseifenstab. Fein, ja, riecht gut, brummelt sie und steigt in die Wanne. Der Wasserspiegel steigt gleich soweit an, dass der Überlauf Arbeit bekommt und ein lustiges Gluckern ertönt.

Mist, denkt er, jetzt habe ich vergessen, das grelle Licht gegen das romantische bunte auszutauschen. Er streichelt ihr über ihre Unterschenkel, die an den Seiten seiner Brust im Wasser liegen. Sie sitzen sich gegenüber, die Wanne hat sozusagen zwei Kopfenden. Er hebt die Beine und stellt sie sanft auf ihre Brust, mit den Zehen beginnt er ihre Brüste zu tätscheln. Die vielen Teelichter am Wannenrand sind auch längst leergebrannt und seit Monaten nicht nachgefüllt. Das Mädchen beginnt wohlig zu schnurren. Er sagt, er hätte vergessen, das Licht gemütlich zu machen. Sie meint, das mache doch nichts. Er versucht noch einmal, das helle Licht zu ignorieren, konzentriert sich auf die Massage ihrer Brustspitzen mit seinen Zehen, zum Glück hat er die Nägel gerade erst gekürzt. Nach drei Minuten reicht es ihm. Vorsichtig macht er sich los, sortiert die vier Beine auseinander, steht auf ohne ihr weh zu tun. Er trocknet sich die Arme und Hände gründlich ab und dreht die bunten Glühbirnen über dem Waschbecken hinein, die weißen heraus. Sofort ist die Stimmung im Raum ganz anders. Was doch das Licht ausmacht. Und jetzt kann er auch den Rosenduft so richtig genießen. Das hat dir keine Ruhe gelassen, was, fragt sein Mädchen belustigt. Sie zieht die Beine an, um ihn auf seinen Platz zu lassen. Bald kann er sich ganz dem warmen Wasser, dem Duft nach Rosen und nach wer weiß was noch alles, und der zärtlichen Berührung ihrer Haut hingeben. Seine Gedanken wollen wegfliegen, doch sie schaffen es nicht mehr, statt dessen beginnen sie sich langsam ganz aufzulösen. Sein Körpergefühl löst sich ebenfalls langsam auf. Da fühlt er eine Hand auf seinem Bein. Sofort ist er wieder wach, greift unter Wasser nach ihren Schenkeln, ihrem Po. Er muss sich zur Seite krümmen, um an die Spalte zwischen ihren Beinen dran zu kommen. Er fühlt ihre Haare, die sich hart anfühlen, und ihre Lippen, die sich ganz weich anfühlen, fast wie flüssig, oder wie Gelee. Er tastet herum, genießt ihr lustvolles Seufzen. Bequem ist diese Haltung für ihn nicht, darum geht es jetzt aber auch nicht. Eine ganze Zeit lang verschafft er ihr so mit seinen Fingern Wonne. Er weiß, es wird ihr gleich kommen, solange will er durchhalten. Das gelingt auch, sie zuckt ein paarmal und wird still.

Er legt sich zurück und zieht die Beine an, die kühle Luft stört ihn jetzt nicht. Dafür kommt er mit seinem Hintern fast an ihren Po heran. Sie beginnt sich langsam abzureiben, schwappt mit ihren Händen warmes Wasser über ihre keck aus der leicht trüben Badebrühe ragenden Inseln mit den rosa Spitzen. Diese regelmäßigen Bewegungen erzeugen Wellen, die sich zu ihm hin ausbreiten wollen, aber dann an die Barriere stoßen, wo seine angezogenen Schenkel in die Luft ragen. Nur in dem kleinen Spalt zwischen seinen Beinen können die Wellen durch, und erzeugen da einen um so heftigeres Hin und Her von Wasser. Das bewegt seinen Schwanz vor und zurück, was ihm wiederum sehr starke Gefühle beschert. Mit der Zeit lässt sich der Luststab nicht mehr biegen. Er seufzt brünstig. Da kommen unverhofft ein paar kleine Fingerlein und schnappen sich die heiße Stange, drücken sie und streicheln sie. Der Mann atmet heftig, es wird ihm heiß. Hoffentlich macht mein Kreislauf da mit, denkt er. Die kleine Hand will aber mehr. Sie packt das Ding fest und biegt es kraftvoll von ihm weg. Das tut ein bisschen weh. Und schon spürt er seine Spitze am flutschigen Eingang ins Paradiesgärtlein. Aber die Stellung ist zu

178

unangenehm, und seine Erregung schlafft schnell ab. Die Hand zieht sich zurück. Offensichtlich keineswegs beleidigt oder aufgebend, sie tauscht nur mit ihrer spiegelbildlichen Kollegin, die jetzt die erneute Aufbauarbeit übernimmt.

Da kommt etwas angeschwommen. Der Mann sieht über seinem Bauch eine kleine Rosenblüte schwimmen, die aus dem Seifenstab stammen mag. Während sein Unterleib einmal mehr auf höchste Erregung zusteuert, lenkt er seinen Mittelfinger unter die Rosenblüte und hebt sie vorsichtig aus dem Wasser, nicht ohne deutlich zu zittern. Er setzt sich langsam auf, um seine Liebhaberin nicht zu erschrecken, die die Augen geschlossen hält und in anderen Sphären zu weilen scheint. Er beugt sich so weit vor, wie es seine Gelenke zulassen, und hält die eingeweichte Blüte unter die Nase der geliebten Frau. Diese zieht die Nase kraus, schnüffelt, zieht eine Augenbraue hoch und blinzelt ihn fragend an. Als sie die Rose erkennt, lächelt sie auf höchst zärtliche Weise.

Der Mann stützt sich nun über die Badende, die ihre Beine jetzt gerade ausstrecken kann. So langsam wie möglich legt er sich auf sie, wobei er sie zunächst, außer unvermeidlicherweise mit seinen Armen, nur mit seinem Schwanz berührt, den er ihr in den Spalt zwischen ihren starken Oberschenkeln legt. Eine Stelle, die er besonders mag. Dann erst lässt er sich mit seinem ganzen Gewicht auf sie gleiten, wohl wissend, ihr wird das bald zu schwer werden. Er lässt seine Eichel rhythmisch an ihre Möse anstoßen, bis sie wollüstig zu grunzen beginnt. Dabei küsst er sie auf ihre feinen Wangen, oder auf den Mund, manchmal auch bewegt er sich ein Stück zurück und küsst ihre Nippel. Aber das nur kurz, und gleich wieder hinaufgeschoben, bis sich die Geschlechter wieder innig berühren. So geht das ein paar Minuten, dann spürt er seine Last zu groß werden, eine Badewanne ist kein weiches Bett...

Als sie genug haben vom Wasser, duschen sie nacheinander mit kaltem Wasser und trocknen sich gegenseitig ab. Dabei werden die besonderen Stellen extra behandelt, die Pobacken, die Brüste, das jetzt schlaff und lang herunterhängende Glied, aber auch profanere Körperteile, wie die Rückenspeckfalten und die Oberarme, alles wird gerubbelt und gekost. Dazu die üblichen Sprüche als running gag, wie beispielsweise: da kann man trocken reiben was man will, das bleibt immer feucht – bei der Lustgrotte. Oder ein Klaps auf den Po mit der Erklärung: da war noch ein H_2O-Molekül, das musste ich wegklopfen.

Anziehen, Bad in Ordnung bringen, Wohnung zusperren, hinübergehen.

Zuhause, nach Email und Blogs lesen, nach Abendwhisky und Katzenfüttern gemeinsam ins Bett krabbeln. Beide fühlen sich rundum entspannt und müde und glücklich. Nur mit dem sich-entspannt-fühlen, das haut nicht so recht hin. Denn bald stellt sich beim Aneinanderkuscheln eine neue Spannung ein, bei ihr eher innerlich, bei ihm eher äußerlich. Letzten Endes aber exakt zusammenpassend. Wie ein Schlüssel ins Schloss.

Ganz genau passt der Mann mit seiner exponierten Stelle in die feuchtnasse, dafür geschaffene Aufnahme der Frau, und das wird nicht nur einmal, sondern zig mal, hundert mal ausprobiert, ein Stück herausziehen und wieder hineinstecken, und es bleibt ein Geheimnis, wer da heftiger arbeitet, sie oder er. Der gemeinsame Rhythmus passt so genau wie die Körperteile, das Zeitliche wie das Räumliche. Das Räumliche wie das Zeitliche. Einstein hin oder her. Vor oder zurück. Das erotische Raum-Zeit-Kontinuum. Urknall vielleicht nicht gerade, aber eine gewaltige Erschütterung, die auch ihre zeitliche Ausdehnung hat, und beide Körper einschließt. Eine Entladung von Energien, die sich der sinnvollen Nutzung entziehen, und nur eines bewirken, nämlich höchste Lust. Lust, nicht Sinn. Um Sinn geht es hier nicht. Die sich mehr oder weniger langsam aufgebaut habende Schwingung der beiden Körper, die die Seelen mitgenommen hat, immer heftiger mitreißt, und schließlich in eruptivem Chaos von Gefühlen und Körpersäften stoßweise vielfach zerspringt, zersplittert und zerbröselt, bis sich alle Teilchen aufgelöst haben in nur mehr einen einzigen, homogenen Brei aus ehemaligen Elementen wie Gefühle, Sinne, Lust, Begierde, Körperteile oder Liebe, in reine Energie. Alles vergeht, alles schwindet, die Körper werden nicht länger gespürt, die Seelen können nicht mal mehr fliegen, wo sind wir, was geschieht uns, gleichgültig, es ist alles gleichgültig, es ist alles nichts. Nichts.

Niemand knipst die Nachttischlampe aus.

Es duftet nach Rosen.

Januar 2009

... vom selben Autor:

Der Junge
und der Wald der Frauen

Roman. 438 Seiten. Zahlreiche S/W-Abbildungen.
Erschienen im novum-Verlag Neckenmarkt.
ISBN: 978-3-85022-250-1

Ein großer, verbotener, geheimnisvoller Wald. Und ein Junge, der sich von den Ängsten und Tabus der Erwachsenen nicht abschrecken lässt. Immer wieder verlässt er seine Welt für ein paar Stunden, um die Rätsel des mystischen Waldes zu erkunden. Als er dank eines Zufalles sogar über Nacht in seinem geliebten Wald bleiben kann, verunglückt er schwer. Da lernt er die seltsame Gesellschaft der Frauen des Waldes kennen.

In einem Frauendorf im Wald lebt ein Mädchen bei seiner Mutter. Das Mädchen soll eine Gelehrte werden, meint die Priesterin. Doch das Mädchen entdeckt ein Geheimnis und wird in eine Verschwörung hineingezogen. Als sie mitten in ihren Abenteuern auf Ausbildung in den großen Tempel geschickt wird, trifft sie den Jungen.

QR-Code linkt Handy ins Internet -
Software von Kaywa.com gratis holen!

Der Junge
und der Wald
der Frauen **Roman**

Ein tiefer Blick in die Augen genügt: Die Begegnung der beiden wird ihr Leben verändern ...

Das Buch spielt in der Jetztzeit, enthält Elemente verschiedener Genres, wie Phantasy, Abenteuer, Tiergeschichte, Liebesgeschichte, zarte Erotik und andere, und möchte zunächst einmal spannende Unterhaltung sein. Daneben bietet die Beschreibung der matriarchalischen Gesellschaft im Wald allerlei Denkanstöße über das Zusammenleben von Frauen und Männern.

Andererseits ist das Buch auch eine große Ode an den Wald ...

http://artm-friends.at/jungeundwald/

QR-Code

Unterwegs etwas Interessantes entdeckt, und dabei steht eine Internetadresse. Die möchte frau sich mal anschauen, aber bis zuhause ist die URL längst vergessen. Das war gestern.

Jetzt klebt ein kleines, quadratisches Muster daneben, sieht ein wenig wie ein Labyrinth aus. Frau nimmt einfach ihr Handy, startet den Reader und zielt mit der Handycam auf den Code. Voilà!

Der QR-Code ist eine japanische Entwicklung zur Markierung von Gegenständen. Der Code erlaubt die bequeme Eingabe von Webadressen, Visitenkarten, freiem Text und anderer Daten mithilfe geeigneter Lesegeräte, ähnlich einem Barcode-Scanner.

Interessant ist der QR-Code, weil praktisch jedefrau ein Lesegerät dafür schon besitzt: Es reicht nämlich ein neueres Handy mit Kamera. (Technisch gesagt, das Handy muss Java können.) Die Scan-Software kann gratis direkt auf das Handy geholt werden. Mehrere Firmen bieten das an, zum Beispiel:

> http://reader.kaywa.com
> http://www.i-nigma.com

und Hunderte andere.

Dann mit offenen Augen durch die Stadt gehen, irgendwo auf Türen, Mülleimern, Plakaten, oder wo immer, oder gar auf diesem Buch hier, einen QR-Code entdecken, Handy-Kamera draufhalten und schon wird das Internet auf der passenden Seite geöffnet...